パイド・パイパー

自由への越境

ネヴィル・シュート

JN276184

時は1940年夏。現役を退いた老弁護士ジョン・ハワードは，傷心を癒やすためジュラの山村へ釣り竿一本下げて出かけた。しかし，懸念されていた戦局がにわかに緊迫度を高め，突然の帰国を余儀なくされたばかりか，ジュネーヴの国際連盟に勤めるイギリス人の子供二人を預かって帰る破目に陥った。だが，ハワードの運命はそれだけにとどまらなかった。途中で世話になったホテルのメイドの姪や二親を失った孤児など，次々と同行者の数は増えていく。戦火の中を，ひたすらイギリスを目差す老人と子供たち。英国冒険小説の雄ネヴィル・シュートの代表作。

登場人物

ジョン・シドニー・ハワード……元弁護士
ユーステス・キャヴァナー……国際連盟の職員
フェリシティ・キャヴァナー……その妻
ニコル・ルージュロン……フランス陸軍大佐の娘
アリスティド・アルヴェール……牧場主
シモン・フォッケ……漁師
ディーセン……ゲシュタポの少佐
ロナルド（ロニー）……キャヴァナー夫妻の息子
シーラ……同じく娘
ローズ・テノワ……ホテルのメイドの姪
ピエール……フランス人
ヴィレム・アイベ……オランダ人
マリヤン・エストライヒャー……ポーランド系ユダヤ人
アンナ……ドイツ人

パイド・パイパー
自由への越境

ネヴィル・シュート
池　央耿訳

創元推理文庫

PIED PIPER

by

Nevil Shute

1942

パイド・パイパー

1

彼はジョン・シドニー・ハワードといって、ロンドンの私のクラブの会員である。その夜、私は戦局分析をめぐる終日の会議に草臥《くたび》れきって八時頃、夕食のためにクラブに戻った。彼は私のすぐ前をクラブに入ろうとするところだった。七十歳くらいだろうか、背が高く痩せ形で、足下もいささか危うげな老体は入口のマットに躓《つまず》いて、前のめりに転びかけた。ポーターが駆け寄って腕を支えた。

事なきを得た彼はふり返ってマットを見降ろすと、手にした傘で床を突いた。「こいつに躓いてね。ありがとう、ピーターズ。私も、だいぶ年らしい」

ポーターは穏やかに笑い返した。「最近、よくここで躓く方《かた》がいらっしゃいまして。つい先日も、支配人に言ったばかりでございますが」

老人はおどけてうなずいた。「もう一度、言っておやり。マットを平らに直すまで、何度でも言うんだ。さもないと、そのうち私はここでひっくり返って死ぬかもしれない。そういうことになってもいいのかね」

ポーターは慌てて答えた。「いえいえ、とんでもないことで」

「そうだとも。そんなことがクラブで起きてはいけない。私だって、入口のマットの上で死ぬのはごめんだよ。洗面所で死にたくもないけれど。マクパーソン大佐が洗面所で亡くなった時のことは憶えているだろう、ピーターズ」

「はい、もちろん。あの時は大変でございました」

「ああ」老人は一呼吸置いて言葉を接《つ》いだ。「とにかく、私も妙な死に方はしたくない。早急にマットを直すように。私から、と支配人に伝えるんだ」

「かしこまりました」

老人は歩み去った。ポーターが私宛《あて》の手紙を持っていたので、このやりとりの間、私は後ろに控えていた。回転ドアを抜けて手紙を受け取り、ざっと目を通しながら、私は何げなく尋ねた。「今のは誰かな?」

「ハワードさまでいらっしゃいますが」

「死に方については、なかなか注文がやかましいようだね」

ポーターはにこりともしなかった。「はい。お年を召した方は、みなさん、あのようにおっしゃいます。ハワードさまは古くからの会員でいらっしゃいまして」

古くからの会員と聞いて、私もいくらか丁寧な気持になった。「ほう。それにしては、ついぞ見かけない顔だな」

「しばらく外国へお出掛けでしたそうで。それが、こちらへお戻りになって急に老《ふ》け込まれたように思います。お体も、ずいぶん弱っておいでのようで」

私はポーターから目をそらせた。「この戦争というやつがね。年寄りにはさぞかし骨だろう」

「まったくですよ。本当にねぇ」

クラブに入って、私はガスマスクとガンベルトを釘に掛け、その上に軍帽を重ねた。テープで送られてくるニュースを覗いたが、情況は変らず、特に悪い知らせもなかった。イギリス空軍は今なおルール地方に爆撃を加え、ルーマニアは依然として周辺諸国と絶望的な議論を交《かわ》している。三月《みつき》前、ドイツ軍がフランスに侵攻して以来、伝わってくるニュースにはほとんど何の変化も見られなかった。

食堂へ行くと、すでにハワードはテーブルに向かっていた。私たちのほかには誰もいず、ハワードの席では彼自身とほぼ同年配のウェイターが付きっきりで世話を焼きながら、話し相手を務めていた。二人の声は私のところにも聞こえてきた。話題はクリケットで、彼らは一九二五年のテスト・マッチの思い出を懐かしげに語り合っているのだった。

一人きりの私はハワードより先に食事を済ませ、支払いをしながらレジの男に尋ねた。「あのウェイターは、名前は何といったっけ?」

「ジャクソンのことでしょうか」

「ああ、そうだ。ここには長いのかな?」

「はい、それはもう、大変古くから勤めております。生涯ここで過したと言ってもいいくらいで。たしか、一八九五年か、六年以来、ずっとだと思います」

「それはまた、ずいぶん長いね」

男は笑顔で釣り銭を差し出した。「はい。ですが、長いといえば、ポーソンなどはもっと長くここにおりますので」

喫煙室へ上がると、私は雑誌が山をなすテーブルに立ち寄り、ふと興味を覚えてクラブの会員名簿を繰った。ハワードは一八九六年に会員になっている。なるほど、クリケットの話に興《きょう》じていた老会員とウェイターは年来の馴染みに違いない。

散らばった中からグラフ雑誌を二冊手に取って、コーヒーを言いつけ、私は部屋を横切って、クラブで一番坐り心地のいい安楽椅子が二つ並んでいるところへ移った。家に帰る前の一時間、頭を空《から》にしてのんびり過すつもりだった。ほどなく、間近に人の気配を感じて目を上げると、ハワードが痩せ細った長身を折り畳むようにして隣の椅子に腰を降ろすところだった。ボーイが注文を待たずに黙ってコーヒーとブランデーを運んだ。

ややあって、ハワードの方から話しかけてきた。物静かな声だった。「イギリスでは満足なコーヒーも飲めなくなりましたな。これほどのクラブでさえ、きちんとしたコーヒーを飲ませてくれないのだから、困ったものです」

私は読みさしの雑誌を脇へ置いた。しばらくこの老人の相手をすることに否やはなかった。私は一日じゅう、古びたオフィスで報告書を読んだり、会議要項をまとめたりして暮している。たまに眼鏡をはずして目を休めるのも悪くない。私は疲れきっていた。

ポケットの眼鏡入れに手をやって、私は言った。「コーヒー関係の仕事をしている知人から聞いた話ですが、挽《ひ》いたコーヒーはイギリスの気候に合わないそうですね。この湿気がよくないとかで」

「コーヒーは挽いてしまったら、どんな気候でも風味が保《も》ちません」老人は決めつけるように言った。「挽いたコーヒーを買ってきたら決して旨《うま》いコーヒーは飲めません。コーヒーは豆で買うものです。淹《い》れる時に挽かなくてはいけません。ところが、近頃では、どこもそんなことはしてくれない」

ハワードはコーヒーや、チコリの根を煎じて作る代用コーヒーについて、ひとしきり蘊蓄《うんちく》を傾けた。自《おの》ずから、話はブランデーのことに移った。ブランデーに関しては、ハワードはこのクラブを買っていた。

「以前、ワインの仕事に関係したことがありましてね。エクセターにいた頃で、もう、だいぶ昔の話です。先の大戦の後、じきに止《や》めましたが」

聞くほどに、ハワードはクラブのワイン・コミッティに名を連《つら》ねていることがわかった。

「ワインというのは、商売としても面白そうですね」

「それはもう」ハワードは思い入れを込めてうなずいた。「上等のワインはまた、最良の学習と言えましょう。実に楽しいし、奥が深い」

天井の高い広々とした一室に、私たちのほかは誰もいなかった。隣り合ってゆったり落ち着いた私たちは、時折り思い出したように静かに話を交した。疲れている時、古いブランデーを啜《すす》るように言葉少なに語り合うのは快い。

私は言った。「エクセターなら、子供の頃よく行きましたよ」

老人は空《くう》に視線を泳がせた。「エクセターは隅から隅まで知っています。なにしろ、四十年もおりましたから」

「叔父がスタークロスの在でしてね」私は叔父の名を告げた。

ハワードは莞爾《かんじ》と笑った。「あの人の仕事はずいぶん引き受けましたよ。非常に親しくしておりました。今は昔ですが」

「叔父の仕事を、ですか?」

「私のところで扱っていたのですよ。当時、私は開業弁護士で、フルジェイムズ・アンド・ハワードという法律事務所をやっておりました」ハワードは追憶に浸《ひた》り、私の叔父や、叔父の屋敷、叔父の馬や、小作人たちのことを懐かしげに語った。会話はやがて独白になり、時に私がさしはさむ短い言葉が、さらにハワードの話を促《うなが》した。その静かな声を聞いていると、過ぎ去った遠い日々のことどもが絵のように眼間《まなかい》に蘇り、私を少年時代に引き戻した。

安楽椅子に身を沈めて煙草をくゆらせながら、私は体の芯から疲労がじわじわと沁《し》み出してくるのを覚えた。今の私にとって、こうして戦争以外の話をしてくれる相手がいるほど有難いことはない。誰も彼も、この戦争や先の大戦のことで頭がいっぱいになっている。ために神経はささくれ立ち、口を開けばまたぞろ戦争の話である。ところが、戦争はすでにこの痩せた老人の脇をすり抜けて遠ざかり、ハワードの関心は穏やかな世界に向けられている気配だった。

いつしか話は釣りのことになった。ハワードは年季の入った釣人で、私もいくらか嗜《たしな》む口である。海軍士官はたいていが船に猟銃と釣り竿を備えている。非番の午後などに行く先々の海辺で糸を垂れてみるのだが、餌が悪いのか、私はついぞこれといった釣果《ちょうか》を挙げたことがない。そんな私と違って、ハワードは歴とした玄人《くろうと》である。イギリスじゅうを歩いているし、ヨーロッパも名だたる釣り場はほとんど知っている様子だった。彼が若い時分、地方の開業弁護士は齷齪《あくせく》仕事に追われることもなかったのであろう。

話題は釣りからフランスにおよび、私はかつて見たことのある珍しい風景を思い出した。

「フランスで見たのですが、変った釣り方がありますね。二十五フィートもあるような長い竹竿に糸をつけただけで、リールは使わないのです。ウェットフライで、流れの速いところで転がして釣っていました」

ハワードはにっこりうなずいた。「そうです。ああやって釣るのです。どこでごらんになりましたか」

「ジェックスのあたりですが、あそこはもうスイスでしょう」

ハワードは記憶を懐かしむふうだった。「あのあたりは知っています。ええ、よく知っていますよ。サン・クロード。サン・クロードは、ご存じですか?」

私は首を横にふった。「いいえ、ジュラ県はあまり詳しくないもので。モレを越えたあたりじゃありませんか?」

「そう、モレからは遠くない」ハワードはしばらく口をつぐんだ。室内には安息があった。老人は思い出したように言葉を接いだ。「実は、私もこの夏、あの辺の渓流で、例のウェットフライをやってみたいと思いましてね。なかなか面白いものですよ。まず、魚がどこへ餌を漁《あさ》りにいくか、摑まなくてはいけません。ただやたらに糸を投げても駄目です。ドライフライとまったく同じで、正確に場所を見極めて投げないとかかりません」

「戦略ですね」

「その通り。まさに戦略です」

再び快い沈黙が流れた。少しして、私は言った。「あのあたりでまた釣りができるのは、いつのことになりますか」またしても、私自身が戦争を持ち出してしまった。戦争を語らずにいるのはこんなにもむずかしい。

老人は相槌を打った。「本当に、嘆かわしいことです。私は、川が釣りの時季を迎える前にこっちへ戻らなくてはなりませんでしてね。五月の末までは、釣りには向きません。まだ流れが濁っているし、水嵩《かさ》も多すぎます。雪解け水ですよ。ずっと遅く、例えば、八月というと、もう流れが涸《か》れて釣りはできないし、第一、暑くてかないません。何といっても、絶好の時季は六月半ばです」

私は思わず顔を上げた。「すると、それは今年の話ですか?」ハワードがこともなげに口にした五月末は、ドイツ軍がオランダ、ベルギーを攻略してフランスに傾《なだ》れ込んだ時期に当たっている。その後、イギリス軍はダンケルク撤退《てったい》を余儀なくされ、フランス軍は蹴散らされて、パリはドイツ軍の手に落ちた。釣り客の老人がフランスを旅するのにふさわしい情況とはとうてい思えない。

「フランスへ行ったのは四月です。ひと夏、向こうで過すつもりでいたところが、戻ってくる破目になりました」

私は感興をそそられて、ひとりでに頬が緩んだ。「帰りは何かと大変だったでしょう」

「いや、それほどでもありません」

「車、ですね？」

「いいえ、車は持っておりません。もともと運転は巧《うま》くないし、もう何年も前に止めました。目が悪くなったものですから」

「で、ジュラを発《た》たれたのは、いつですか？」

しばらく考えてから、老人は答えた。「あれは、たしか……六月の十一日だったと思います」

私は首を傾《かし》げた。「汽車は、大丈夫でしたか？」私は職掌柄、この時期のフランスの鉄道事情は充分に把握していた。

ハワードは思い出し笑いを浮かべた。「汽車はあまり頼りになりませんでしたな」

「じゃあ、どうやって帰っていらしたんです？」

「あらかた、歩いて戻りました」

覆いかぶせるように、杭を打つに似た鈍い爆裂音が四度、規則的な間を置いて伝わった。一マイルほど離れたところだろうか。頑丈なクラブの建物が震動して、床と窓が軋《きし》った。息を殺して耳を澄ますと、波打つようなサイレンの唸りが闇を裂き、公園の方から対空砲火の乾いた音が聞こえた。またもや空襲である。

「まったく、忌々《いまいま》しいじゃありませんか。どうなさいます？」

老人は動じる気色《けしき》もなく、わずかに顔をほころばせた。「私はこのまま、ここでこうしています」

なるほど、それも一つの見識だった。難儀を避けようとして勇ましく立ち回るのは愚かしい。とはいうものの、頭の上にはなお三層の床がどっしりと重なっている。建物は屋根の重さに耐えるだろうか。天井を仰《あお》いでそんなことを話しながら、結局、私たちは腰を上げなかった。

若いウェイターが懐中電灯と防空ヘルメットを手にしてやってきた。

「防空壕は地下でございます。酒蔵《さかぐら》のドアからお入り下さい」

ハワードはウェイターを見返した。「どうしても、降りなくてはいけないかな？」

「いえ、お厭なら、よろしいので」

私は尋ねた。「きみは防空壕へ入るのか、アンドリュウズ」

「いいえ、私は見張り当番でして。焼夷弾《しょういだん》など落ちてきますから」

「そうか。じゃあ、しっかり持ち場を守るように。それはそうと、隙を見て、私にマルサラを一杯持ってきてくれないか。手が空いたらでいいよ」

ハワードも同調した。「それはいい。私にもマルサラを頼むよ。焼夷弾の合間に。ずっとここにいるからね」

「かしこまりました」

ウェイターが立ち去って、私たちはもとの寛《くつろ》いだ気分に戻った。かれこれ十時半を回るところだった。灯火管制でがらんとした部屋は暗く、私たちは背後に一つだけ消し残された書見用のランプの黄色い光の輪に包まれていた。ただでさえ、ロンドンにしては寂しくなっている交通がほとんど跡絶《とだ》え、どこか遠くで警官の呼笛が夜気をつんざいた。車が一台、猛然と走り過ぎると、時折り聞こえる微《かす》かな砲声を除いては、ペルメル街の端から端までまったくの沈黙が支配した。

ハワードは言った。「いつまでこうしていなくてはいけませんか?」

「これが終るまで、ということでしょう。前のやつは四時間も続きましたからねえ」一呼吸置いて、私は尋ねた。「どなたか、心配しておいでですか?」

ハワードは口早に打ち消した。「いえいえ、私は独りでして。アパート暮しで」

私はうなずいた。「家では私がここにいるのを知っています。電話しようかとは思いましたが、空襲中に回線を混雑させるのも考えものですし」

「電話は使わないように、ということでしたね」

ほどなく、アンドリュウズがマルサラを運んできた。ハワードはウェイターを見送って、グラスを黄色い光に翳《かざ》した。「これで空襲をやり過せるなら、楽なものです」

私は笑い返して話の穂を接いだ。「まったくですね。ところで、こんなことがはじまった頃、ちょうどフランスにいらしたというお話でしたが、向こうでは、ずいぶん空襲に遭われましたか？」

ハワードは一口だけ飲んだマルサラのグラスを置いた。「本式の空襲は知りません。たまに爆弾が落ちたり、道路が機銃掃射にやられたりということはありましたが、さほどひどい目には遭いませんでした」

いかにも穏やかな口ぶりのせいで、私は老人の話を呑み込むのにいささか時間がかかった。立ち入ったこととは知りつつ、私はあえて言った。「この四月に、フランスで釣りを楽しみながら休日を過そうというのは、少々考えが甘かったのではありませんか」

「たしかに、おっしゃる通りでしょう」ハワードは思うところありげにうなずいた。「ですが、何としても行きたかったのです」

その頃、ハワードは焦燥を持てあましていた。見知らぬ土地へ逃れて気持を入れ替える必要を意識するほどに苛立ちが募《つの》り、もはや矢も楯も堪《たま》らぬ思いだった。何がそんなにも彼を駆り立てたのか、ハワードはあまり語りたがらない様子だったが、ついには、戦時下という情況で何一つ自分にできる仕事が見つからない鬱屈を打ち明けた。

七十に手が届く老人にしどころがなかったであろうことは想像に難《かた》くない。戦争がはじまると、ハワードはただちに特別警察官を志願した。法律の知識を役立てるには警察が一番と考えたためである。しかし、警察の考えは違った。老齢の警官に用はない。ハワードは防空警備員を志《こころざ》して同じように断《ことわ》られた。さらに考えのおよぶ限り、あらゆる可能性を探ったが、ハワードが働きを見せる場所はついになかった。

年寄りにとって戦争は辛《つら》い。わけても、男性の老人は気の毒だ。役立たずの余計者に甘んじることを潔《いさぎよ》しとしない彼らは欲求不満に陥り、戦争はますます老人の心を深く蝕《むしば》む。いくばくもなく、ハワードの暮しはラジオのニュース番組に支配されるようになった。彼は毎朝、七時のニュースに間に合うように起床した。風呂を使い、髭を剃って身仕舞いを済ませるのは八時のニュース前である。そして、一日のニュースの合間は時局について思いをめぐらせ、手に入る限りの新聞を読み漁って、時間が来るとまたラジオにかじりついた。深夜のニュースを聞き終えて寝に就《つ》く生活が続いた。

戦争がはじまった時、ハワードはコルチェスターにほど近いマーケットサフロンの片田舎で暮していた。妻を亡くしてエクセターから移ったのは四年前のことである。マーケットサフロンで育ったハワードは、知った顔も多い馴染みの土地で余生を送ろうと、古い田舎家を買い取った。三エーカーほどの土地に庭と牧草地のある、屋敷と呼ぶにはささやかな家だった。

結婚した娘が一九三八年に子供を連れてアメリカから戻り、ハワードの家に身を寄せた。娘の夫、コステロはニューヨークのさる保険会社の副社長で、隠れもない大富豪だったが、なぜか夫婦は反《そ》りが合わなかった。ハワードは何一つ詳しい事情を知らぬまま、娘の方に非があるに違いないと合点していた。彼はこの義理の息子が好きだった。とうてい理解のおよばぬ人物であったにもかかわらず、コステロは不思議にハワードの心を捉えた。

かくてハワードは、娘のイーニッドと、孫に当たるマーティンと、三人で戦争を迎えた。コステロは息子をコステロ二世と呼ばせたがり、それがハワードにはおかしくもあり、ご大層にも思われた。

戦争がはじまると、コステロはしきりに電報を寄越し、ロングアイランドに帰るように妻子を促した。夫と離れた女に幸せはないと信じるハワードはコステロの肩を持って娘を説得し、イーニッドもついには折れてアメリカに戻った。後に残ったハワードの孤独を慰めるのは、時折り週末を過しに訪ねてくる息子のイギリス空軍少佐、ジョンだった。

コステロは電報の都度、言葉を尽くして岳父も一緒にアメリカに来るようにと熱心に誘ったが、ハワードは聞かなかった。厄介者の自分がいて夫婦和解の妨げになるのは好もしくない、というのは表向きの断りで、実を言えば、彼はアメリカが嫌いだった。娘が嫁いだ時、ハワードは大西洋を渡り、しばらく若い夫婦と暮したが、二度とアメリカに行きたいとは思わない。七十年近くイギリスの安定した気候に馴れ親しんだハワードに、ニューヨークの極端な暑さ寒さは耐え難く、こぢんまりとしたイギリスの片田舎の暮しは捨て難かった。コステロは憎からず、娘は愛している。孫は目に入れても痛くない。にもかかわらず、戦火の難儀に悶えるイギリスの危うい平穏と、平和な国の異様な安らぎを引き換えにすることは、とうてい考えられなかった。

イーニッドは息子を連れて、十月にイギリスを発った。リヴァプールの埠頭に親子を見送って後は、夫に先立たれて身軽な妹がクリスマス前の三週間、面倒見がてら滞在し、爆撃機ウェリントンの編隊を率いてリンカンシャーに駐屯している息子のジョンが時たま顔を見せはしたものの、あらかたは孤独な日々だった。

独り暮しは寂しかった。平和な時ならば、鴨猟や園芸に気を紛らすこともできたろう。庭いじりは夏よりも冬の方がよほど面白い。木を移し植えたり、生垣を新しくしたり、庭の模様替えはみな冬の仕事である。ハワードは庭仕事が好きで、いつも何やかやと手入れを欠かさなかった。

戦争はそんなハワードの楽しみをすべて台無しにした。ニュースは日増しに深刻の度を加え、ついには穏やかな田園生活に浸っていられなくなるまで彼の心を圧迫した。何もできないことが苛立ちを煽《あお》り、長い人生ではじめて、彼は時間を重荷に感じるようになった。牧師を訪ねて悩みを打ち明けたこともある。病んだ魂を癒《いや》すことを務めとする牧師はハワードに、軍隊のために編み物でもしてみてはどうかと勧めた。

その後、ハワードは週三日をロンドンで過すことにした。独身者向けのアパートに部屋を借り、食事はクラブで済ませて、ロンドンとマーケットサフロンを行き来していると、時間の重荷から逃れることができた。ロンドンに出るのにほぼ一日。それで火曜日が潰《つぶ》れる。金曜日はマーケットサフロンに帰るだけで一日の大半が過ぎる。不在中、何かと細かな雑用が田舎に溜まって、週末はそれなりに忙しい。こうして、ほんのしばらくながら、ハワードは自分で作り上げた多忙の幻想を支えに充実を味わった。

三月に入って、生涯を大きく左右する何事かが起きた。それが何だったのか、老人は私に語ろうとしなかった。

ハワードはマーケットサフロンの家を引き払ってロンドンに移った。以来、毎日をクラブで送り、数週間は隙行く駒《ひま》だった。が、その時期が過ぎると、またしても時間の重荷がのしかかってきた。依然として、何一つ自分にできることはない。時は春。それも、かつて体験したことのない、とりわけ麗《うら》らかな春である。厳しい冬の後、春陽は重い扉を開け放つにも似た感興を誘った。ハワードは毎日、ハイドパークに遊び、ケンジントン・ガーデンを訪ねて、クロッカスやスイセンが萌え出るのを眺めた。クラブは居心地がよかった。美しく明るい春の公園を歩きながら、時折り気ままに都会を離れることができるなら、ロンドン暮しも悪くないと思った。

しかし、日差しが強くなるにつれてハワードは、しばらくイギリスを去りたい気持が募った。考えてみれば、イギリスに踏み止《とど》まっていなくてはならない理由などありはしない。フィンランドの戦火はおさまっているし、西部戦線は膠着《こうちゃく》状態が続いている。フランスは、週のうち何日か食糧物資が限られているほかは、まったく平時と変りない。ハワードはジュラの山地に思いを馳《は》せた。

アルプスはあまりにも険しく高い。三年前、ポントレシーナで息切れした苦い経験はまだ記憶に新しい。さりながら、ジュラの山で見た春の花々は、スイスで目にした何にもまして美しかった。レルースの高地からはモンブランが見える。ハワードは無性に山が見たくなった。「目を上げて峰を仰ぐ。そこに私の救いがある」その気持に偽りはなかった。

今ジュラに行けば、ちょうど春の花が雪間に顔を出すところが見られるに違いない。一月《ひとつき》か二月《ふたつき》して陽気がよくなれば、釣りもできる。清冽《せいれつ》な渓流で釣りができたらどれほど楽しかろう。ほとんど人に荒らされていない、すがすがしく静かな山中である。

ハワードは今年の春を見たかった。目の限り、余すことなく春を見届けたい思いだった。葬り去られた過去に代って生まれ出る新しい生命の息吹《いぶき》に触れたかった。岸辺に枝を垂れるサンザシや、春泥を押しのけて芽を出すクロッカス、そして、汀《みぎわ》に近く朽ち葉の間から萌え出るさ緑が瞼《まぶた》に浮かんだ。巡り来る春の日の温もりに浸り、新鮮な空気を胸いっぱい吸いたかった。今年の春のありたけを残る隈《くま》なく味わい尽くしたいという気持は、あの出来事のために、何よりも強い願望となった。

ハワードは心急《せ》く思いでフランスに向かった。

出国は思いのほかに容易《たやす》かった。ハワードはまず、旅行代理店クックを訪ねて手続きの要領を教わった。何はともあれ出国許可が必要で、それは自身で申請しなくてはならなかった。役所の窓口は彼に、旅行の目的について説明を求めた。

ハワードは思い入れを込めて事情を話した。「イギリスの春は私の体に合いませんでね。冬の間は引き籠っていましたが、気候のいいところへ行くように、医者に勧められまして」彼は親しい医者に用意してもらった診断書を示した。

「なるほど」窓口の役人はうなずいた。「南フランスですか」

「まっすぐ南までは行きません。しばらくはディジョンに泊まって、雪が解け次第《しだい》、ジュラへ行くつもりです」

健康上の理由で三ヶ月の出国許可が下りた。何も面倒はなかった。

それから二日、老人はペルメル街の釣り道具屋、ハーディの店で夢のように幸せな時を過した。楽しみを小出しに味わう心で、昼前の半時間、そして、午後の半時間を買い物にあて、下宿に戻ると山中の清流に思いを馳せながら、買ってきた道具の手触りを確かめ、次に買い足すものを思案した。

四月十日にハワードはロンドンを発った。その朝、ニュースはドイツ軍がデンマークとノルウェーに侵攻したと報じていた。ドーヴァーへ向かう車中で新聞を読みながら、ハワードは取り立てて何を感じることもなかった。一月前の彼ならば、ラジオのニュースを聞いて飛び上がり、新聞を貪《むさぼ》り読んで、またラジオにかじりつく大騒ぎを演じたに違いない。しかし、今の彼には戦火の拡大もまるで他人事だった。そんなことより、テグスや鉤が揃っているかどうか、その方がよほど重要に思われた。パリには何日か泊まる予定だが、フランス製のテグスはおよそ使いものにならない。フランス人は釣りを知らないから、テグスをやたらと太くする。ウェットフライを使っても、魚は糸を見て逃げてしまう。

パリまでの道中は、快適とはいかなかった。フォークストンで船に乗ったのは午前十一時である。午後遅くなっても船は桟橋を離れなかった。トロール漁船や掃海艇、外輪船、ヨットなど、どれもこれも灰色に塗られた船が水兵を満載して忙《せわ》しなく港に出入りしていたが、海峡横断の汽船は岸壁に横付けのままだった。船は込んでいた。食事をしたくても場所がなく、席が取れたにしても、乗客の数に見合うだけの料理はなかった。出航が遅れている理由については何の説明もなかったが、どこかそのあたりに潜水艦がいるのだと思っておけば、まず間違いはなさそうだった。

夕方の四時頃、沖合で何度か大きな爆発があり、その後間もなく、船は港を離れた。

ブーローニュに着く頃には、すでにとっぷり暮れていた。混乱はフランスにもおよび、暗い税関で荷物を受け取るのに延々と待たされた。列車の連絡は悪く、荷物を運ぶポーターもいなかった。仕方なく、ハワードは駅までタクシーに乗り、九時前後に出るという次のパリ行きを待った。満員の鈍行で、おまけに徐行運転で、どうにかパリに辿り着いた時には夜中の一時を回っていた。

普通なら六時間のところを、十八時間かかった計算である。ハワードは綿のように草臥《くたび》れきっていた。ブーローニュで船を降りた時、すでに心臓の不調を意識していたが、周囲の怪訝《けげん》そうな視線からも、傍目《はため》にそれとわかるほど顔色が悪いことが知れた。こんなこともあろうかと、汽車に乗ってすぐ用意の薬を服《の》んだのが幸いして、どうにか彼は事なきを得た。

シャンゼリゼのはずれからほど近い、以前にも泊まったことのあるホテル、ジロデに宿を取ったが、顔見知りの従業員はあらかた兵役に取られていた。それでもホテルは客あしらいがよく、居心地は悪くなかった。翌日、ハワードは昼近くまでベッドで過し、その後もほとんど部屋を出ずに体を休めた。二日目、すっかり元気を取り戻したハワードは、思い立ってルーヴル美術館へ足を運んだ。

生涯を通じて絵は彼の大きな楽しみだった。ハワードは好きな作品を本物の絵、リアル・ピクチュアと呼んで印象派と区別していたが、とりわけフランドル派は大の贔屓《ひいき》だった。その日、彼はシャルダンの静物『石のテーブルの上のパイプとグラス』を前にゆっくりベンチで寛《くつろ》ぎ、それからシャルダンの自画像を見た。二百年も前にあの素晴らしい作品を残した画家の彫りの深い穏やかな顔に、ハワードはなんどりと心が和《なご》んだ。

ルーヴルで過した昼前、ハワードが見たのはシャルダンの自画像と静物だけだった。

翌日、ハワードはジュラに向けてパリを発った。海峡横断の旅の疲れがまだ体のどこかに残っているようで心細く、無理をせずにディジョンで泊まる腹づもりだった。リヨン駅で何の気なしに新聞を買い、もはやすっかり興味をなくしたニュースに目を通した。新聞はドイツ軍のノルウェーとデンマーク侵攻を憂慮する記事で埋まっていたが、それすらも、ハワードにとってはもはや関心に価《あたい》しない、どこか遠くの出来事だった。

普通なら、ディジョンまでは三時間ほどの距離である。しかし、この頃はすでに鉄道の運行も乱れが激しく、何時間かかるかわからない状態だった。鉄道側はその遅れを、軍隊の移動のためと説明していた。急行は一時間遅れでパリを発車し、おまけに途中で二時間も遅延した。ディジョンに着いたのはかれこれ夕食の時間で、ハワードはここで泊まる予定でいたことを、つくづくよかったと思った。駅前のホテルに荷物を運ばせて、レストランに入った。料理は素晴らしかった。コーヒーと、デザート・ワインのコワントロを楽しんで、部屋に落ち着いたのは九時半頃である。眠りを妨げるほどではない、快い疲れ具合だった。

翌朝、ハワードはもう長いこと感じたことのないすがすがしい気分で起き出した。場所が変り、空気が変ったことが彼をこんなにも元気にしたらしかった。ハワードは部屋で朝のコーヒーを飲み、ゆったりした気持で十時頃ホテルを出た。日差しは明るく、穏やかに澄んだ空気が快かった。市庁舎が見えるあたりまで足を伸ばしたが、ディジョンの街は以前に訪れた時のままだった。あれからほぼ一年半。みんなでベレーを買った店を見つけると、ハワードはひとりでに頰がほころんで、あらためて店の名を確かめた。「オー・ポーヴル・ディアーブル」の看板も以前の通りだった。ジョンがスキーを買った店もあった。ハワードは足早にそこを立ち去った。

ホテルに戻って昼食を済ませ、午後の汽車でジュラに向かった。ローカル線は幹線よりもよほど正確に走っていた。アンドゥロでさらに支線に乗り換えた。午後中、機関車は二輛の客車を牽《ひ》いて単線の登りを喘《あえ》ぎながら這い進んだ。あたりの景色はすべてが雪解けの水に浸されているようだった。雪代水《ゆきしろみず》は斜面を抉《えぐ》り、滝となって小さな流れに注いでいた。早春のこの時期だけ水を集めて迸《ほとばし》り、岩を嚙んで麓《ふもと》に下る渓流である。松の梢には新しい緑が輝いていたが、牧場はまだ灰色に泥濘《ぬかる》んでいた。高原に萌えはじめたさ緑の中に、ハワードはクロッカスが花芽を覗かせているのを見つけた。間に合った。舞い立つほどの歓喜が胸を満たした。

汽車はモレに三十分停車し、最後の登りをサン・クロードへ向かった。汽車を降りる頃には、あたりに春の夕闇が迫っていた。シドートンのオテル・ド・ラ・オート・モンターニュまでは十八キロあって、サン・クロードでは車が拾えない。ハワードはディジョンから電報を打って迎えを頼んでおいた。ホテルの車が駅でハワードを待っていた。クライスラーの十年前のモデルだった。運転してきたのはホテルの男衆だが、ホテルが閑な時はダイアモンド細工を仕事にしていると話した。後《のち》に聞けば、この地に遊んだハワードが引き揚げるのと入れ違いにホテルで働くようになったという。

男はハワードの荷物を車の後ろに積み込んだ。九十九折《つづら》りに山の斜面を這い登り、八キロほど行ったあたりから道は平らになって、牧場を見降ろす森陰を縫うように続いていた。ロンドンの冬を過した後で、澄んだ山の空気は何とも言えず旨《うま》かった。暮れなずむ春のドライブは快適この上なく、助手席に乗っていながらハワードは周囲の夕景に見とれて口を開くことも忘れていた。途中、一度だけ戦争が話題に上った。男は、村でおよそ五体満足な者はみな兵隊に取られていると話した。彼自身はダイアモンドの切粉に胸を冒されているために、兵役を免《まぬか》れたのである。

オテル・ド・ラ・オート・モンターニュは古い街道の居酒屋をかねた馬宿で、冬の間、十五ほどの部屋はスキー客でいっぱいになる。シドートンはせいぜい民家二十軒の鄙《ひな》びた村で、多少とも立派な構えの建物といえば、このホテルをおいてほかにない。ホテルは山の斜面が周囲から下って一つになるところにあって、牧場のなぞえに松の茂みが点在する眺めが美しい、静かな場所である。フランスの若者たちがスキーを履いて押しかけるシーズン最中も、こぢんまりとしたシドートンの村は閑寂を妨げられることがない。これが、かつてここを訪れたハワードの印象だった。

ホテルに着く頃、すでに日は暮れきっていた。ハワードはゆっくり正面の石段を登り、ダイアモンド細工の男が荷物を持って後に続いた。重い樫の扉を押してロビーに入ると、居酒屋に通じる横手の潜り戸が大きく開いて、そこに内儀《おかみ》リュカールの姿があった。太り肉《じし》で陽気なところは以前と少しも変りなかった。子供たちが彼女にまとわりつき、背後から肩越しにメイドたちが笑いかけていた。亭主のリュカールは仲間と猟に出て留守だった。

一同はフランス流に、賑《にぎ》やかにハワードを迎えた。彼はホテルのみんながこれほど自分のことをよく憶えているとは思ってもいなかったが、イギリス人がジュラの山奥までやってくるというのも、めったにないことであろう。女たちは息もつかせず、先を争って口々に話しかけた。お変りはありませんか？　海峡横断の船はどうでした？　途中、パリにお泊まりで？　ディジョンにも？　それはそれは。この戦争の最中、旅は憂《う》いもの辛《つら》いものじゃありませんか。今度はスキーではなしに、釣り道具を？　まあ、よろしいこと。何はともあれ、まずはマダムとペルノでも一杯、いかが？

そして、内儀が尋ねた。息子さんも、お達者で？

訊かれれば、答えないわけにはいかなかった。ハワードは内儀から顔をそむけて言った。

「奥さん。息子は死にました。飛行機が撃墜されましてね。ヘルゴラント島の上空でした」

2

ハワードは難なくシドートンの暮しに馴染んだ。新鮮な山の空気を吸って見違えるほど元気になり、食欲も進んで、夜はぐっすり眠った。居酒屋にやってくる村人たちと話すのも楽しかった。田舎の生活習慣をよく心得て人をそらさず、教養人の正確なフランス語を操って巧みに座を取り持つハワードを土地の農夫たちも歓迎して、日々の暮しにまつわるあれこれを気さくに話した。ハワードが息子を亡くしたことも、農夫たちとの隔たりを除く助けであったろう。

総じて村人たちは戦争に関心が深いとも見えなかった。

はじめの二週間ほどは、必ずしも心安らかではなかったが、それでも、ロンドンにいるよりははるかに幸せに違いなかった。雪が残っている間、山の斜面はハワードにとって鬼門だった。森陰を散歩できるようになるまでにはまだ間があり、近くの街道に立って目を上げると、今にもついそこの崖端から、息子のジョンが風を切って躍《おど》り出るなり、ステムクリスチャニアで身を翻《ひるがえ》し、雪を蹴立てて谷底へ消え去るのではないかという気がした。息子に寄り添って、金髪を靡《なび》かせたシャルトル生まれのフランス娘、ニコルが雪煙を上げて眼間《まなかい》を過《よぎ》ることもしばしばだった。二人の面影は何よりもハワードの胸を痛めた。

ほどなく、日差しが強まって雪を解かした。いたるところにせせらぎが聞こえ、白い斜面だったあたりは草の緑に覆われた。花が咲きはじめ、散歩はハワードの新しい楽しみに変った。辛《つら》い思い出は雪とともに消え去った。緑の斜面にまつわる悲しい記憶はなかった。春たけなわを迎える頃、ハワードはすっかり落ち着きを取り戻した。

キャヴァナーの妻がいたことも幸いだった。

観光ルートから遠くはずれたホテルにイギリス人女性がいると知って、当座、ハワードは困惑を覚え、気詰まりを感じた。フランスに来てまで英語を話し、あまつさえ、英語で物を考えるのは煩わしい。それ故、ハワードははじめの一週間、キャヴァナー夫人と二人の子供を努めて避けた。もっとも、ことさら気を遣うまでもなかった。オフシーズンで、ほかに泊まり客はいず、親子はほとんどサロンで過していたし、ハワードは自分の部屋か居酒屋で暇を潰《つぶ》すことが多かったからである。居酒屋では、ハワードはチェッカーの常連だった。

土地者の話から、キャヴァナーはジュネーヴの国際連盟の職員と知れた。ジュネーヴは指呼《しこ》の間《かん》、直線距離にしてわずか二十マイルのところである。キャヴァナーはドイツ軍のスイス侵攻を恐れ、考えた末に妻子を盟邦フランスに遠ざけた。親子がシドートンに来て、かれこれ一月《ひとつき》になるという。毎週末、キャヴァナーは妻子の顔を見に、車で国境を越えてやってきた。ハワードも、最初の土曜日にキャヴァナーを見かけている。年の頃四十五、六か、砂色の髪をした憂い顔の男だった。

二度目の週末、ハワードはキャヴァナーと言葉を交《かわ》した。老弁護士の目に、戦局ここにおよんでなお国際連盟に身を挺《てい》しているキャヴァナーは、およそ現実離れした変人と映った。

「国際連盟は失敗だった、と言う人は少なくありません」キャヴァナーは訥々《とつとつ》と話した。

「でも、それは、あんまりだと思います。この二十年の実績を見てもわかるように、連盟はほかのどんな機関にもできなかったことをたくさんやっています。麻薬密売の規制に国際連盟がどれだけの働きをしたかはご存じでしょう」

戦争について、キャヴァナーは言った。「国際連盟が間違っていたとすれば、それはただ一つ、加盟国に連盟の理想を説いて、行動を促《うなが》すことができなかった点でしょう。問題はプロパガンダです。しかし、宣伝には経費がかかります。加盟国がそれぞれ軍事費の十分の一でも連盟のために使っていたら、戦争は回避できたはずです」

ものの三十分も話を聞くうちに、老ハワードはキャヴァナーという男に辟易《へきえき》した。生真面目で、丁寧な態度も結構だが、なにしろ退屈なことといったらない。ハワードは辛《かろ》うじて礼を失しないところで早々に退散した。キャヴァナーがどこまでご念の入ったお人好しか、数日後、ハワードは森で行き合った奥方とホテルへ帰る道々話してあらためて思い知った。

キャヴァナーの妻は何事も、すべて夫の言いなりだった。「ユーステスは何があろうと、決して国際連盟を離れる意思はありません。ドイツがスイスに攻め込んでも、きっとジュネーヴに踏み止《とど》まると思います。仕事は山ほどありますから」

ハワードは眼鏡越しに彼女を見返した。「しかし、ドイツがスイスに侵攻したら、ご主人は仕事を続けられますか？」

「ええ、もちろん。国際連盟は名前の通り国際機関ですから。それは、ドイツが連盟を脱退したことは存じておりますけれど。でも、ドイツだって、連盟の非政治的な活動は認めていますでしょう。連盟はどの国の、どんな体制でも機能します。そうでなかったら、本当の国際機関とは言えませんでしょう」

「たしかに」ハワードはうなずいた。「おっしゃる通りだとは思いますが」

二人はしばらく黙って歩いた。「しかし、ドイツが本当にジュネーヴを攻略したら……それでも、ご主人はジュネーヴに残りますか？」

「もちろん、残りますとも。逃げ出したら、連盟を裏切ることになりますもの」ちょっと間を置いて、彼女は言葉を足した。「だからこそ、夫は私と子供たちをこうしてフランスに置いているんです」

夫婦とも、イギリスには何の係累もない、と彼女は言った。ジュネーヴはもう十年になり、子供たちもジュネーヴの生まれである。その間、休暇にもほとんどイギリスへは行っていない。今ここで子供たちを、父親と離ればなれになるイギリスへ連れていくことなど思いも寄らない。つい国境を越えたフランスのシドートンでさえ、家族にとってはあまりに遠かった。

「何週間かすれば、情勢もよくなるでしょう」彼女は落ち着きはらって言った。「そうしたら、私たちも帰れると思います」彼女にしてみれば、ジュネーヴこそが帰るべきところだった。

二人はホテルの入口で別れたが、翌日、昼食の席で顔を合わせると、キャヴァナーの妻はハワードに笑いかけ、散歩の模様を尋ねた。

「ポワント・デ・ネージュまで行ってきました」ハワードは丁寧に答えた。「眺めのいいところです。今朝はまた格別でした」

以来、彼らはちょくちょく言葉を交し、やがて、ハワードは夕食後のコーヒーを飲む十五分ばかり、キャヴァナーの妻とサロンで過す習慣になった。そうして、子供たちとも知り合った。兄妹二人で、上のロナルドは八歳になる髪の黒い小柄な少年だった。ロナルドはいつもサロンの床いっぱいにブリキのレールを敷いて玩具の汽車を走らせていた。機械が大好きで、男衆が十年前のクライスラーに乗り込み、使い古したプラグを騙しながらエンジンをかける時などは、目を皿にしてガレージを覗き込んだ。ある日、老ハワードはちょうどそんなふうにロナルドが車に見とれているところへ行き合わせた。

「きみもああやって、運転できるかな?」彼は後ろから優しく声をかけた。

「メ・ウイ。セ・ファスィル、サ」英語よりも自然に、フランス語が少年の口を衝《つ》いて出た。できるさ。簡単だよ。「あそこへ乗って、ハンドルを切ればいいもの」

「エンジンは、どうやってかけるね?」

「ボタンを押せばいいんだよ。ほら、あれが電気スターター」少年はスターター・ボタンを指さした。

「ああ、そうだ。しかし、この車は、きみには大きすぎやあしないか」

少年は肩をそびやかした。「車は大きい方が小さいのより運転しやすいんだよ。車、持ってる?」

ハワードは首を横にふった。「今はない。前は持っていたけれども」

「どんな車？」

老人は答える術《すべ》もなく少年を見降ろした。「さあてな。あれはたしか、スタンダードではなかったかな」

ロナルドは信じられない顔でハワードを見上げた。「憶えてないの？」

何と言われようと、ハワードは思い出せなかった。

下の子は今年五つで、その名をシーラといった。パステル画に夢中になっているところで、サロンの床にはいつもシーラの描いた絵が散らばっていた。ある時、ハワードが階段を降りていくと、シーラが曲り角の踊り場に坐り込み、踏み板を机にしかつめらしく、本の見返しに絵を描いていた。

ハワードは少女の傍《はた》に屈《かが》み込んだ。「何を描いているのかな？」

少女は答えなかった。

「見せてごらん」老人は重ねて話しかけた。「きれいなパステルだね」

ハワードはリューマチが痛む片膝を突いた。「ほう、女の人だね」

少女は顔を上げた。「犬を連れたキフジンよ」

「犬はどこかな？」彼はのたくったようなパステルの線を目で辿った。

シーラは無言だった。

「犬を描いてあげようか。紐で引かれているところを」

シーラは大きくこっくりした。ハワードは膝の痛みを堪《こら》えてパステルを動かした。少しは心得のあるつもりが、寄る年波で思うに任せず、出来上がった絵は犬よりも豚だった。

シーラは言った。「キフジンは豚なんか連れて歩かないわ」

老弁護士は咄嗟《とっさ》の機転で答えた。「この人は連れているんだ。マザーグースの歌にあるだろう。これは市場へ行った子豚だよ」

少女はしばらく考えた。「家でお留守番をした子豚を描いて。それから、ローストビーフを食べてる子豚も」

膝の痛みはもはや堪《た》え難かった。ハワードはぎくしゃくと立ち上がった。「それはまた明日にしよう」

ハワードはここではじめて、彼の子豚を連れたキフジンが『キリストの幼時』の見返しを飾っていることに気づいた。

翌日、昼食を済ませて戻りかけるハワードを、シーラがロビーで待ち受けていた。「ママがね、よかったら、どうぞって」少女は何やらべとべとするものの入った皺だらけの紙袋を差し出した。

ハワードは真顔で会釈した。「これはこれは」彼は袋の底を探り、申し訳にほんの一摘《つま》みだけ口に運んだ。「どうも有難う、シーラ」

シーラは踵《きびす》を返して居酒屋を抜け、ホテルの大きな調理場に駆け込んだ。少女が内儀のリュカールに甘いものを勧める流暢なフランス語が聞こえた。

ふり向くと、キャヴァナーの妻が階段の上に立っていた。老人はズボンのポケットに手を入れたまま、こっそりハンカチで指先を拭った。「お子さん方は、フランス語が達者ですね」

母親は頬をほころばせた。「ええ、本当に。もちろん、学校はフランス語ですけれど」

「自然に身につくのですね」

「耳から覚えますから。私たち、教えるまでもありません」

そんなことがあって、間もなくハワードは子供たちと親しくなり、二人だけでいるところを見かけると、しばらく一緒に過すようになった。子供たちの方でも必ず「ハワードさん、こんにちは」と教えられた通りを繰り返すように挨拶した。事実、これは母親の言いつけだった。ハワードは子供たちともっと深く接したいと思ったが、年齢を考えると気後《きおく》れがして、たいていは庭の松の木の下で遊ぶ二人を遠くから眺めるばかりだった。子供たちが馴染みのない変った遊びをしているのを見ると、自分も仲間に加わりたかった。幼い二人は、ハワードの遠く霞んだ記憶の弦をそっと掻き鳴らした。一度だけ、ハワードは子供たちの気持を惹きつける機会に恵まれた。

日毎《ごと》に暖かくなって芝生も乾き、ハワードは昼食後の三十分を庭のデッキチェアで過すようになった。その日も、子供たちが立木の間を飛び回るさまを、彼は見るともなしに見やっていた。子供たちはアタンスィオンというゲームをしようと相談したが、そのために必要な肝腎の笛がなかった。

「口笛でやればいいよ」ロナルドは得意げに口笛を吹いて見せた。

妹はそれを真似て幼い唇を尖らせたが、ぺっと唾が飛んだだけだった。そこへ、老人がデッキチェアから声をかけた。

「笛をこしらえてやろうか」

子供たちは疑わしげに、黙ってハワードを見返した。

「笛を作ってほしいか?」老人は重ねて言った。

「いつ?」ロナルドが尋ねた。

「今だよ。そこに植わっている、その木の枝で作るんだ」ハワードはハシバミの植え込みへ顎をしゃくった。

子供たちはまだ信じられない顔でハワードを見つめていた。老人は腰を上げ、植え込みのハシバミから小指ほどの枝を切り取った。「こうするんだ」

デッキチェアに戻ると、ハワードはパイプの内側を削るペンナイフで笛を作りにかかった。これまでの長い生涯に何度となく子供を喜ばせた特技である。はじめがジョン。そして、イーニッド。最近では孫のマーティン・コステロだった。キャヴァナーの子供たちは、ハワードの皺だらけの手がゆっくりと動くのを一心に見つめていた。半信半疑はじきに強い好奇心に変った。ハワードは小枝の皮を剝ぎ、木部に溝を彫って、皮をもとに戻した。一端を銜《くわ》えて軽く吹くと、小枝の笛は高く鋭い音を発した。

二人の子供は目を輝かせた。ハワードは笛を少女に渡して、ロナルドに言った。「きみは口笛が吹けるね。シーラは吹けないから」

「僕にも作ってくれる?」

「ようし、明日、きみにも作ってやろう」二人は連れ立って駆け去り、笛を吹き鳴らしてホテルじゅうを回った挙句、ついには飛び出して村を練り歩いた。少女の温かい手の中で、ハシバミの皮は見る影もなく型崩れした。それでもシーラは、縫い包《ぐる》みの熊や、人形のメラニーと一緒にベッドに入ってまで、笛を手放そうとしなかった。

「子供たちに笛をこしらえて下さって、どうも有難うございました」夜、サロンでコーヒーを飲みながら、キャヴァナーの妻は言った。「二人とも、ただもう大喜びで」

「子供はみんなあれを喜びます。特に、目の前で作ってやりますとね」老人は長い人生で学んだ月並みの真理を淡々と語った。

「いとも簡単にお作りになったと、二人ともびっくりしておりました。よっぽど慣れていらっしゃいますのね」

「そう、若い頃、ずいぶん作りました」ハワードはかつてエクセターの家の静かな庭で、ジョンやイーニッドのために作ったいくつもの笛を思い出して感慨に耽った。結婚してアメリカに渡ったイーニッド。成人して空軍に入った息子のジョン……。

ハワードは心して気持を現在に引き戻した。「気に入ってくれて、何よりです。明日、ロナルドにも作る約束で」

翌日は五月十日だった。老人が木陰のデッキチェアでロナルドの笛を作っている頃、ドイツ軍は国境を突破してオランダに傾《なだ》れ込んだ。オランダ空軍は戦闘機四十機の総力を挙げてドイツ空軍を迎え撃ち、連合軍も抗戦に立ち上がった。終日、ドイツ軍の空挺部隊が引きも切らずにパラシュート降下した。シドートンでは、たまたま、村にたった一台のラジオのスイッチが切られていた。ハワードは無心にハシバミの小枝を削っていた。

ラジオが鳴りだしても、ハワードの心の平和を掻き乱すほどのことはなかった。シドートンでは、戦争はどこか遠くの出来事である。ドイツとの間にスイスが横たわっているせいで、土地者たちはこの期《ご》におよんでもまだ戦争を傍観する態度だった。ベルギーがまた侵略された。先の大戦と同じではないか。性悪のドイツ人どもが。今度はオランダも巻き込まれた。そうは言っても、まだフランスの守りは堅い。ドイツ軍はオランダを制圧占領することが先決だから、今度もしょせん、フランスまでは侵入してこないのではなかろうか。

村人たちがそんなふうに話し合うのを、ハワードは黙って聞き流した。前の大戦がどのような経過を辿ったかはまだ記憶に新しい。彼自身、義勇農騎兵として戦地に赴きながらリューマチ熱で早期に退役した経緯がある。またしても、ヨーロッパの戦場は惨害をこうむることだろう。今にはじまった話ではない。シドートンが火の粉を浴びる気遣いはなかった。ハワードはさしたる関心も湧かぬまま、時折り漫然とニュースに耳を傾けた。もうじき釣りの季節がやってくる。山裾の雪もあらかた消え去り、渓流は日毎に穏やかになっていた。

ベルギー軍の守備隊がブリュッセルから退却してもハワードは驚かなかった。前にもあったことである。ドイツ軍がアブヴィルまで進撃した時には微《かす》かに不安を覚えたが、軍事に疎《うと》い彼は、西部戦線で何が起きているか、本当には理解していなかった。五月二十七日、ベルギー国王、レオポルド三世が武器を捨て、ドイツに全面降伏して、はじめてハワードは強い衝撃を受けた。先の大戦にはなかったことで、彼は胸騒ぎを感じた。

しかし、この日、いつまでも戦争のことを思い煩ってはいられなかった。翌日は、フランスへ来てはじめての釣りに出掛ける予定である。ハワードは釣り道具を点検し、テグスの養生をしたり、毛針《けばり》を選んだりして夜を過した。夜明けとともに起き出して、ハワードは六マイルの山道を歩き、ブルートラウト三尾を物にした。気持よく疲れて夕方六時頃ホテルに帰ると、食事を済ませてそのまま部屋に引き取った。かくてハワードは、ダンケルク撤退の第一報を聞き逃した。

次の日、ハワードはついに隠遁の夢から揺り起こされた。不安と焦燥に駆られて彼はまる一日、ほとんど居酒屋のラジオに付きっきりだった。史上例のないダンケルク大撤退作戦は、ここ数ヶ月来、味わったことのない動揺を彼に与えた。胸の裡に、イギリスへ帰りたい気持が兆した。帰ったところで何ができるわけでもない。それは承知だが、しかし、ハワードは帰りたかった。物情騒然たるロンドンの街頭でイギリス軍の制服に行き合い、緊張と憂悶をイギリス市民と分かち合いたかった。戦争とは縁のないシドートンの長閑《のどか》な田園生活は彼を苛立たせた。

六月四日には最後の部隊がダンケルクから撤退し、パリもたった一度の空襲を浴びた。ハワードは心を決めた。その夜、彼はキャヴァナーの妻に気持を打ち明けた。

「何としても面白くありません。私はイギリスへ帰ろうと思います。こんな時、人は自分の国にいなくてはいけません」

キャヴァナーの妻ははっと顔を上げた。「でも、ハワードさん。まさか、ドイツ軍がここまで攻めてくるとは思っていらっしゃらないでしょう。こんなところまで、来るはずがありませんわね」彼女は自分を励ますように、無理にも笑顔を覗かせた。

「そう、ドイツ軍は、今以上に攻めてはこないでしょう。が、それはともかく、私は国へ帰ります」ハワードは自信なげに言葉を足した。「防空警備員ぐらいの役には立つと思うので」

キャヴァナーの妻は静かに編み物を続けた。「毎日この時間、お話し相手がなくなると寂しいわ。子供たちも、がっかりするでしょうね」

「お子さん方と近づきになれて幸いでした。私も、寂しくなりますな」

「シーラはお散歩に連れていっていただいて、本当に嬉しかったようで。あの時の野の花を、今も歯磨きのコップに入れておりますの」

気の早い行動は性に合わなかったが、ハワードは内儀のリュカールに一週間後の出発を告げた。六月十一日の予定だった。折から居酒屋に来合わせた村人たちは、ハワードのふるまいをめぐって、早速、やかましい議論をはじめた。村じゅうが加わったにも等しい議論はいつ果てるとも知れなかったが、ペルノの酔いも手伝って、大勢はハワード支持に傾いた。地元の警官をかねる憲兵が一同を代表して進み出た。上得意の客がいなくなっては、さぞかし内儀も寂しかろう。自分たちとしても、こうして馴染みになったイギリス人と別れるのは残念だが、こんな時、老兵は自国にいなくてはならない、というのはいかにも正しい。もっとも、これきりになってしまうわけでもあるまい。

ハワードは、何週間かして戦争の危機が去り次第《しだい》、すぐにもまた来よう、と答えた。

翌日、ハワードは旅支度にかかったが、出発まではまだたっぷり一週間あって、急ぐことはなかった。それが証拠に、ハワードはまた釣りに出掛け、この日はブルートラウトが二尾かかった。ダンケルクの撤退以後、戦局は一時小康状態を保ち、ハワードは帰国を躊躇《ためら》ったが、ドイツ軍が再びソンム川の防衛戦を突破して進撃し、彼は予定変更を思い止まった。

六月九日、前触れもなくキャヴァナーが自分の小さな車でジュネーヴからやってきた。常にもまして浮かぬ顔の彼は、子供たちを庭に追い出し、妻と二人して部屋に籠った。一時間ほどして、キャヴァナーはハワードの部屋を訪ねた。読みさしの本を膝に広げたまま いつしか微睡《まどろ》んでいたハワードは、二度目のノックで目を覚まし、眼鏡を直して言った。「どうぞ」

意外な来訪者の姿に、ハワードは慌てて立ち上がり、丁寧に挨拶した。「これはこれは、ようこそ。平日にまた、何のご用です？　勤めはお休みですか？」

キャヴァナーは心なしか打ち沈んだ様子だった。「休暇を取りまして」遠慮がちに、彼は言った。「お邪魔でしょうか」

「いえいえ。さあ、どうぞ」老人はもどかしげに、部屋にもう一つの椅子から本の山を片付けて、キャヴァナーに煙草を勧めた。「まあ、お掛けなさい」

キャヴァナーはおずおずと腰を降ろした。「この戦況を、どうお思いですか？」

「容易ならぬ事態です。ニュースを聞いても、悪い話ばかりで」

「まったくです。ところで、

「ええ、帰ります。こんな時は、やはり、私はイギリスの人間だ」

短い沈黙があって、キャヴァナーは言った。「ジュネーヴでは、スイスが侵略されるだろうという、もっぱらの観測です」

ハワードは我知らず身を乗り出した。「ほう！　次はスイスですか？」

「だと思います。それも、そう先のことではないでしょう」

再び沈黙が続いた。ややあって、ハワードは言った。「そんなことになったら、どうなさいます？」

ジュネーヴからやってきた砂色の髪の小男は席を立って窓近くに寄り、松の林が点在する牧場の斜面を眺めやった。と、ハワードに向き直って、彼は言った。「ジュネーヴを離れるわけにはいきません。私には仕事がありますから」

「しかし、それはその……あまり賢明とは言えないでしょう」

「おっしゃる通りです」キャヴァナーは悪びれるふうもなかった。「ですが、自分で決めたことですし」

キャヴァナーは椅子に戻った。「今も妻のフェリシティと話しましたが、ジュネーヴを離れるわけにはいきません。ドイツの占領下であっても、まだまだ我々にはするべきことがあるはずです。決して楽ではないでしょう。何の利益にもなりません。だとしても、意義ある仕事です」

「ドイツは、国際連盟の存続を許すでしょうか？」

「私どもは、そのように確信しています」

「奥さんは、どうお考えですか？」

「妻は、私が連盟に残るのは正しいと信じています。一緒にジュネーヴへ戻るつもりです」

「ほう……」

キャヴァナーは居住まいを正した。「実は、そのことで、こうしてお邪魔に上がりました。ジュネーヴにいるとなると、戦争が終るまで、何かと不自由だと思います。連合軍が勝つためには、封鎖作戦しかありません。ドイツの占領地域が食料不足になるのは目に見えています」

ハワードは感に堪《た》えてキャヴァナーを見返した。この小男がここまで思いつめているとは知らなかった。「そうでしょうねぇ」

「問題は子供たちです」キャヴァナーは言いにくそうに切り出した。「私ども、いろいろ考えまして……これは、その、フェリシティの口から出たことですが……イギリスへお帰りになるのでしたら、子供たちを一緒に連れていっていただけませんでしょうか」

ハワードに口を開く隙を与えず、キャヴァナーは急いで先を続けた。「オックスフォードのボアズヒルに私の姉がおります。サウサンプトンまで出迎えるように、私から電報を打ちます。子供たちは、姉が車でオックスフォードへ連れていけばいいのです。大変、勝手なお願いで、ご迷惑は重々承知です。とうてい無理だとおっしゃるなら、たってお願いできないことはわかっています」

ハワードはまっすぐにキャヴァナーを見つめた。「いやぁ、それは。もちろん、この私でお役に立てるものなら、何なりと喜んでお引き受けしますがね。しかし、正直な話、私のような年寄りになると、自分だけでも旅は体に応《こた》えるのです。こっちへ来る時も、途中、パリで二日ほど加減が悪くなりましてね。私はもう七十ですよ、キャヴァナーさん。子供さんたちは、誰かもっと元気な人に預けられた方が安心でしょう」

キャヴァナーは眉を曇らせた。「その通りかもしれません。ですが、現実の問題として、頼める相手は誰もいません。ほかに道があるとすれば、フェリシティ自身が子供たちを連れてイギリスへ帰ることですが」

ややあって、老人は言った。「なるほど。それは奥さんの意に添わない、と」

キャヴァナーは心苦しい思い入れで曖昧にうなずいた。「私ども、離ればなれになりたくないのです。いつまた会えるかわかりませんし」

ハワードは真っ向からキャヴァナーを見据えた。「これだけははっきり言っておきますが、私としても、力のおよぶ限りにおいて手助けをすることに吝《やぶさ》かではありません。お子さん方を私に預けるのがいいかどうか、判断するのは、キャヴァナーさん、それはあなただ。途中で私が倒れたら、オックスフォードの姉御さんも、子供たちも、えらい目に遭いますよ」

キャヴァナーは寂しく笑った。「覚悟はできています。この情勢では、何が起きても不思議はありません。それを考えれば、多少の危険は取るに足りません」

老人も、穏やかに笑い返した。「そう、七十に手が届く私も、こうして何とか生きています。まだしばらくは大丈夫でしょう」

「じゃあ、連れていっていただけますか？」

「どうしてもと言われれば、お引き受けするしかないでしょう」

キャヴァナーはこの結果を伝えに妻の部屋へ戻った。独り残ってハワードは、さあ大変、と頭を抱えた。彼は来た時と同じに、ディジョンとパリで泊まるつもりでいたが、子供たちを預かるとなると、まっすぐカレーに出た方がよさそうだった。ホテルを取ってあるわけではなし、乗車券もまだ買っていないから、道順を変える分には差し支えない。ただ、心づもりの予定を変更するには頭の切り替えが必要だった。

自分一人で子供たちの面倒を見きれるかどうかも心配だった。土地の娘で、カレーまで子守役として付き添ってくれる誰かを探した方がいいのではあるまいか。とはいえ、果たしてそんな娘がいるだろうか。内儀のリュカールに頼んだら、誰か探してくれるかもしれない。

この頃、カレーはすでにドイツ軍の制圧下で、海峡を渡るにはサンマロからサウサンプトンに向かうしかないことを、ハワードはまだ知らなかった。

しばらくしてサロンに降りると、フェリシティ・キャヴァナーは涙ながらにハワードの手を取った。「子供たちを連れていって下さいますそうで、本当に、本当に有難うございます」

「どういたしまして。旅は道連れと言いますから」

キャヴァナーの妻は潤んだ目でにっこり笑った。「今しがた、子供たちに話したところですの。二人とも、それはもう大喜びで。ハワードさんと一緒にイギリスへ帰るのが、よほど嬉しいと見えましてね」彼女の口から、イギリスへ帰る、という言葉が出るのをハワードははじめて聞いた。

ハワードは子守の相談を持ちかけ、二人して内儀のリュカールに希望を伝えた。しかし、シドートンの誰一人、サンマロどころか、パリまですら、同行を買って出る者はなかった。ハワードは言った。「まあ、いいでしょう。一日だけの辛抱だ。何とかなりますよ」

キャヴァナーの妻は老人をふり返った。「私、パリまで参りましょうか。それでしたら……。パリからジュネーヴへ帰ればいいんですから」

「いやいや、それにはおよびません。あなたはご主人の傍《そば》においでなさい。着るもののことと、それから、ああ、手洗いに行きたい時は何と言うか、それだけ教えておいて下さい。後は心配ご無用です」

その夜、ハワードはキャヴァナーの妻とともに、すでにベッドに入っている子供たちに会った。「じゃあ、きみたち、私と一緒にイギリスへ帰って、伯母さんのところへ行くね?」

ロナルドは目を輝かせて老人を見上げた。「うん、行くよ！　汽車に乗るの?」

「ああ、そうだ。ずっと汽車で行くんだ」

「蒸気機関車?　それとも、電気機関車?」

「ああ……蒸気機関車だと思うがね。うん、蒸気機関車だ」

「車輪はいくつ?」ハワードには答えかねる質問だった。

シーラが割り込んだ。「汽車の中でお食事するの?」

「そう、汽車の中だよ。夜も、朝も、食事は汽車の中だ」

「わぁ……わぁ」少女は信じられない顔だった。「朝のお食事も、汽車の中?」

ロナルドは言った。「どこで寝るの?」

居合わせた父親が答えた。「寝るのも汽車の中だ、ロニー。専用の小さなベッドがあってね」

「本当？　汽車で寝るの？」彼は老人に向き直った。「ねえ、ハワードさん。機関車の傍で寝られる？」

シーラも声を張り上げた。「あたしも、機関車の傍で寝たい」

ほどなく、母親は子供たちを寝かしつけ、老人と夫の後から階段を降りた。「リュカールさんに頼んで、食べるものをバスケットに詰めてもらうようにしましょう。寝台車で食事ができるように。子供たちを食堂車に連れていくのは大変ですもの」

ハワードはうなずいた。「それは有難い。その方がずっと楽です」

キャヴァナーの妻は笑顔を覗かせた。「子供連れの旅の苦労はよくわかりますから」

その晩、ハワードはキャヴァナー夫婦とともに夕食を済ませて、早めに寝に就《つ》いた。快い疲れに誘われてぐっすり眠り、朝はいつもの通り、明けやらぬうちに目を覚ました。横になったまま、これから出合うであろうさまざまなことどもに思いを致し、起き出した時はいつになく気分がよかった。ここ数ヶ月、これほど気持のいい朝を迎えたことはない。はじめて自分に責任が生じたためであることに、彼は気がついていなかった。

一日じゅう、することは山とあった。子供たちの荷物は着替えの入った小さな旅行鞄一つだが、母親の助けを借りて老人は、ややこしい服の着せ方や、寝かせる時のこと、食べ物の注意などを習い覚えた。

キャヴァナーの妻は荷造りの手を止めて、つくづくハワードの顔を見た。「私、やはりパリまで行こうかしら」

「いえいえ、奥さん。子供さんたちは、私が付いていれば大丈夫です」

「そうは思いますけれど」彼女はなお気懸かりな様子だったが、やがて、自分を納得させるように言った。「そうですね。大丈夫ですね」

以後、彼女は二度とパリ行きを口にしなかった。

キャヴァナーはいったんジュネーヴへ帰ったが、夕食の時間にまたやってくると、ハワードを片隅に引き寄せ、旅費の足しに、となにがしかを手渡した。「本当に、何とお礼を申していいかわかりません。それはともかく、子供たちはイギリスにいる、と思えるだけで私ども、勇気百倍です」

老人は言った。「お子さん方は大丈夫、私が付いていますから。私もこれで、子供を育てたことがありましてね」

食事は家族水入らずで、とハワードは同席を遠慮した。旅支度はととのっていた。スーツケースはいつなりとそのまま持って出ればよく、釣り竿もまとめて携帯用のブリキの筒におさめた。もはや、することは何もなかった。

部屋に戻ると、月が明るく射し込んでいた。ハワードは窓に寄って斜面の牧場や森を見渡した。動くものの影もなく、村は静まり返っていた。

彼はしっくりしないものを感じて窓を離れた。ジュラの山間の静けさが気持にそぐわなかった。二、三百マイル北のソンム川左岸ではフランス軍が必死の抗戦を続けている。それを思うと、シドートンの閑寂《かんじやく》が急にいたたまれなくなった。静謐《せいひつ》は不気味だった。子供たちをイギリスに連れ帰る責任を引き受け、身辺があわただしくなって、ハワードは物の見方が変った。少しでも早く、イギリスへ帰って激動の只中に所を得たい。出発が待ち遠しかった。心が沈んでいる時、シドートンの平穏は彼を慰めた。しかし、今は行動の時だった。

翌朝は大忙しだった。ハワードがいつもより早く階下に降りると、キャヴァナーの家族はもう顔を揃えていた。一緒に簡単な食事をとり、ハワードは最後の学習で、子供たちのパンをコーヒーでふやかすことを教わった。ホテルの正面には、一行をサン・クロードまで送るべく、例の古いクライスラーが待機していた。

別れは忙《せわ》しなく、よそよそしかった。すでに、ハワードはキャヴァナー夫婦に話すだけのことを話して、この上、何を言うこともなく、子供たちは早く車に乗りたがっていた。いつまた会えるともしれない母親との別れも、サン・クロードまでの長いドライブや、本物の蒸気機関車に牽《ひ》かれて昼夜にわたる汽車の旅に期待の胸を弾ませる子供たちにとっては、およそ感慨がなかった。両親は複雑な表情でぎこちなく二人に別れのキッスをしたが、当の子供たちは涼しい顔だった。ハワードは見るに堪《た》えぬ思いで傍《かたわ》らに立ち尽くすほかはなかった。

「さようなら。元気でね」キャヴァナーの妻は低く声をふるわせて顔をそむけた。

ロナルドは言った。「僕、前の席に乗っていい?」

シーラも早速それを真似た。「あたしも前に乗りたい」

ハワードはきっかけを摑んで進み出た。「二人とも、私と一緒に後ろに乗るんだ」彼は子供たちを車に押し込み、母親をふり返って穏やかに言った。「お子さんたちは大喜びです。何はともあれ、それが一番ですよ」

ハワードがしんがりに乗り込み、車が動きだして、別れの愁嘆場は幕となった。

ハワードは中央に坐り、両側に子供を一人ずつかけさせた。どちらも同じように景色を見られる計算だったが、山を下っていくほどに、ロナルドかシーラのいずれかが牧場の山羊や驢馬《ろば》を見つけてフランス語と英語の混じった歓声を上げ、そのたびに、反対側の子供が老人の膝を乗り越えて同じものを見たがった。サン・クロードまでのあらかた、ハワードは子供をそれぞれの席に戻すことで気の休まる隙《ひま》もなかった。

三十分ほどでサン・クロードの駅に着いた。男衆は車から子供たちを降ろすのに手を貸して、フランス語でハワードに言った。「二人とも、いい子だ。両親はさぞかし寂しがるこってしょう」

老人はフランス語で答えた。「その通りだね。しかし、戦時下では、子供は自分の国で無事に暮した方がいい。母親の決断は正しいと思うよ」

男衆は肩をすくめた。明らかに反対意見だった。「シドートンが、どうして戦争に巻き込まれるもんですか」

男衆は一等のコンパートメントに荷物を運び、ハワードがスーツケースを預けるのを手伝った。ほどなく、小さな汽車は谷間に煙の尾を曳《ひ》いてシドートンを後にした。イタリアが連合軍に宣戦布告し、ドイツ軍がセーヌ川を越えてパリ北方に侵入した翌朝のことである。

3

モレを出て三十分もすると、子供たちはすっかり飽きてしまった。予想されたことだった。キャヴァナーの妻からこんな時のためにいろいろと遊び道具を渡されていたハワードは、アタッシェケースから雑記帳と色鉛筆を取り出して、子供たちに船の絵を描かせた。

三時間かかってアンドゥロに着くまでの車中で一行は昼の食事をした。コンパートメントにサンドイッチの包み紙やオレンジの皮が散らかり、ミルクの空き壜は座席の下に片付いた。シーラは老人の膝を枕に、座席に丸くなって眠った。ロニーはほとんど窓際に立ちづめで景色を眺めながら、フランス語の数え歌を口ずさんでいた。

一つ、二つ、三つ、
　森の中へ行って、
四つ、五つ、六つ、
　さくらんぼ摘《つ》んで……

アンドゥロへ着く頃には、ハワードはこの数え歌が耳にこびりついた気持だった。

田舎の小さな乗換駅で、ハワードは眠りこけたシーラを揺り起こした。目を覚ましたシーラは火照《ほて》ったような顔をして機嫌が悪く、わけもなくめそめそ泣きだした。老人は涙を拭いてやり、子供二人をプラットホームに抱え降ろすと、手荷物を取りに客車へ戻った。駅にポーターはいなかった。もっとも、戦争の最中のフランスではやむを得まい。ハワードも、こんなことだろうと思っていた。

ハワードは手荷物を提《さ》げて、子供たちとプラットホームを歩いた。幼い子供に足並みを合わせるために、改札口までかなり時間がかかった。切符売り場に、髪の黒い、大柄な駅長が控えていた。

ハワードは駅長に、スイスからの急行は時間通りかどうか尋ねた。

急行はもとより、スイスからの汽車は全線不通という答だった。

啞然として、ハワードは駅長に詰め寄った。サン・クロードでそれを知らされなかったことは許し難い。これからどうやってディジョンへ行けというのか。

駅長は、まあ落ち着いて、とハワードをなだめた。スイス国境沿いのヴァロルブからディジョン行きの汽車があって、もう来てもいい頃だという。汽車はすでに二時間も遅れていた。

何ともやりきれない気持でハワードは子供たちのところへ戻った。急行が来ないとなると、アンドゥロからまっすぐパリへは行かれない。ディジョンで汽車を乗り継ぐ頃には、すでに日が暮れていよう。しかも、パリ行きの汽車をどれほど待たされるか知れず、子供たちを寝かす席があるかどうかも覚束《おぼつか》ない。一人旅さえ楽ではないところへ、足手まといの子供二人を預かって、ハワードは困《こう》じ果てた。

気を長く持つことにして、ハワードは子供たちの機嫌を取った。ロニーは転轍《てんてつ》機や、信号や、機関車の入れ替えに興味を示し、矢継ぎ早にハワードには答えようのない質問を発するほかは、およそ手を焼かせなかった。問題はシーラだった。シドートンで見馴れた少女とは事変って、シーラはむずかるばかりで聞きわけがなく、絶えずめそめそ泣きじゃくった。ハワードは何とか少女の気持を引き立てようとあれこれ努力を試みたが、まるで甲斐がなかった。

二時間近く待たされて、ほとほと草臥《くたび》れきった頃、やっとディジョン行きの汽車が到着した。汽車は込んでいたが、一等車にどうにか空いた席を見つけ、ハワードはシーラを膝に乗せて坐った。ほどなく、少女は泣き寝入りした。ロニーはドアの脇に立って景色を見ながら、隅の席にいる太った年配の女とフランス語で話した。

しばらくすると、女はハワードの方へ身を乗り出して言った。「そっちの子供さん、熱があるんじゃないかしら」

ハワードはぎくりとして、フランス語で言い返した。「いえいえ、ちょっと疲れているだけでしょう」

女は黒い小さな目に険を帯びてハワードを見据えた。「熱があるんだわ。熱のある子を汽車に乗せるなんて、まあ、どうでしょう。傍《はた》迷惑ですよ。熱を出してる子と一緒にされたんじゃあ、こっちは堪《たま》らないわ」

「熱だなんて、奥さん、そんなことはありません。それは思い過しですよ」言う傍《そば》から、ハワードは背筋に冷たいものが走るのを覚えた。

女は周りの乗客へ向けて声を張り上げた。「そんなことはないですって。思い過しですってよ！　冗談じゃない。何が思い過しなもんですか。そんなことはないって、それはこっちの言うことですよ。その子、熱がありますよ。熱のある子を汽車に乗せるなんて、とんでもない！　周りは病人じゃないんですからね。ほら、顔や手脚を見てごらんなさい。猩紅熱《しょうこうねつ》か、水疱瘡《みずぼうそう》か、きちんとした家の子だったらかからない悪い病気だわ、きっと」女は周囲を意識して、なおも激しく言い募った。「病気の子を連れて乗ってくるなんて、どういうつもりかしらねえ！」

乗客の間にざわめきが広がった。中の一人が言った。「それはまずいな。病人は困る」

ハワードは女に向き合った。「奥さん、あなたも、お子さんがおありでしょう」

女はふんと鼻を鳴らした。「五人ですよ。でも、あたしは病気の子を汽車に乗せたりしませんからね。とんでもないわ」

老人は言った。「奥さん、助けて下さいな。この二人、私の子供ではないのです。知人に頼まれて、イギリスへ連れて帰るところでしてね。このご時世で、子供は自分の国にいた方がいいのですから。熱があるとは気がつきませんでした。母親として、あなただったら、どうします？」

女は肩をすくめた。「あたしが？　はっきり言って、あたしにはかかわりのないことですよ。そのくらいの年頃の子供はね、母親の傍に置いてやらなくちゃあ。なんたって、子供は母親の傍が一番。この陽気に、込んだ汽車に乗せたりすれば、そりゃあ、熱も出ますよ」

ハワードは目の前が真っ暗になった。なるほど、女の言うことも理屈だった。向かいの乗客が口を出した。「イギリスの子供はすぐ病気をするんだ。母親は満足に子供の面倒も見られないから。風ん中に放ったらかしておきゃあ、子供は熱を出すわね」

車内のあちこちから同調の声が上がった。ハワードは女に向き直った。「奥さん、これは伝染病の熱だと思いますか？　そうであれば、私ら、次で降ります。ですが、私はただの疲れだと思いますよ」

年配の農婦は黒い小さな目でハワードの顔を覗き込んだ。「発疹はあるかしら？」

「発疹？　さて、それはどうかな」

女は眉を寄せた。「その子をこっちへ」女はシーラを抱き取ると、小山のような膝の上で手早く服を脱がせ、胸と背中を仔細にあらためた。「発疹はないわね」彼女は元通り、シーラに服を着せた。「だけど、この熱。可哀想に、まるで燃えるよう。こんな子供を外の空気にさらしちゃあ駄目ですよ。そっと寝かせといてやらなきゃあ」

ハワードはシーラを受け取った。フランス女の言う通りだった。ハワードは女の助言に感謝した。「ディジョンに着いたら、寝かせてやらないといけませんね。医者に診《み》せた方がいいでしょうか？」

年配の女は肩をすくめた。「その必要はないわ。薬屋で煎じ薬を買って服《の》ませれば、それでよくなるでしょう。でも、熱があるうちはワインは駄目ですよ。ワインは血を熱くしますからね」

ハワードはうなずいた。「わかりました。ワインはいけないんですね」

「水で割ったり、コーヒーに入れたりしても駄目ですよ」

「なるほど。ミルクはどうです？」

「ミルクならいいわ。大人のワインと同じくらい、子供はミルクをたくさん飲むといいって言いますよ」これをきっかけに、二人はディジョンに着くまで、児童福祉について語り合った。

ディジョン駅はフランス軍の兵士でごった返していた。子供と荷物を降ろすのは、並大抵《なみたいてい》の苦労ではなかった。手荷物はハワードのアタッシェケースとスーツケース、それに釣り竿のブリキ筒で、子供たちの着替えを詰めた小さな旅行鞄はパリまでチッキ扱いにしていた。片手にシーラを抱き、一方でロニーの手を引くと、もう荷物は持てなかった。やむを得ず、ハワードは荷物をプラットホームの片隅に置き、群衆に揉まれながら子供たちを連れて出口へ向かった。

駅前の広場はトラックと兵士で埋まっていた。ハワードは人混みを縫って、前に泊まったホテル目当てに通りを渡った。見るからに、街は混乱の極みだった。驚愕と不安に急《せ》かれつつ、ようようホテルに辿り着くと、フロントの若い女性はハワードを憶えていたが、部屋は残らず軍が押えて、老人の一行が泊まる場所はなかった。

「済みませんが、病気の子供がおりましてね」ハワードは事情を話した。

「それはお困りですね。でも、どうしたらいいかしら」

ハワードは心当たりのある顔で、にやりと笑った。「女将《おかみ》に会わせてくれませんか。何とかしてもらえるかもしれない」

二十分後、ハワードは大きなダブルベッドのある部屋をあてがわれ、上官から同僚と相部屋を命じられて不機嫌な陸軍中尉に深く詫びた。

はちきれそうに太って頑丈な、飾り気のないメイドがやってきて、かいがいしく部屋をととのえた。「可哀想に、病気ですって？　心配ありませんよ、お客さん。ちょっと冷えたか、何か悪いものを食べたかしただけでしょう。大丈夫。二、三日すれば、すっかりよくなりますよ」彼女はベッドの支度を終えると、シーラを抱いて椅子にかけているハワードの前に立った。「さあ、お客さん。どうぞ、ごゆっくり」

老人はメイドを見上げて懇《ねんご》ろに言った。「どうも有難う。一つ、頼みがあるのだがね。この子を寝かせて医者を呼びにいく間、ここにいてもらえるかな？」

メイドはうなずいた。「ええ、いいですよ。可哀想にねえ」彼女は膝の上でシーラの服を脱がせる老人の手もとを見守った。寝ているところを起こされて、シーラはまた泣きだした。フランス人のメイドはにっこり笑い、子供をあやす母親の態度で、しきりにフランス語で話しかけた。シーラはじきに泣きやんだ。ハワードはメイドがシーラを抱き取るに任せ、ただ彼女のすることを見ているしかなかった。メイドは老人をふり返った。「どうぞ、お医者さんを呼びにいって下さい。子供さんたちは、あたしが見ていますから」

ハワードは込み合ったロビーに降り、どこへ行けば医者に会えるかフロントに尋ねた。ごった返す中で、フロントの若い女ははたと思案に暮れた。「さあ、お医者さんを呼ぶと言っても……。ああ、そうだ。レストランで食事をしている中に、軍医さんがいます」

老人は混雑しているレストランを覗いた。どのテーブルもむっつりと黙り込んだ将校でいっぱいだった。イギリス人ハワードの目に、二人に一人が無精髭を伸ばした士官たちは図体の大きな無頼の徒党と映った。あちこちのテーブルを訊いて回り、ハワードはようやく食事を終えようとしている軍医を捜し当てて事情を話した。軍医は赤いベルベットの帽子を摑むと、ハワードについて階段を上がった。

十分後、軍医はハワードに向き直って言った。「心配ありません。一日二日、暖かくして寝かせておくことです。明日には、熱も下がるでしょう」

ハワードは尋ねた。「どこが悪いのでしょうか?」

軍医は無表情に肩をすくめた。「伝染性の病気ではありません。たぶん、汗をかいたまま冷たい風に当たったか何かしたのでしょう。このくらいの子供はすぐ熱を出します。いきなり熱が上がりますが、長くは続きません。じきに下がります」

軍医は去りかけて言った。「とにかく、寝かせておいて下さい。食事は軽いものにするように。私から、女将に言いましょう。ワインはいけません」

「わかりました」ハワードは財布を取り出した。「ほんの心ばかりですが」

軍医は黙って紙幣を受け取ると、小さく畳んで胸のポケットにおさめた。「これから、イギリスへ?」

ハワードはうなずいた。「この子が動けるようになり次第《しだい》、まっすぐパリへ出て、サンマロ経由でイギリスへ帰るつもりです」

無精髭の濃い太った軍医は寝ているシーラを見降ろして、しばらくは無言だった。「それだったら、ブレストへ行った方がいいでしょう。ブレストなら、間違いなくイギリス行きの船がありますから」

老人は怪訝《けげん》な顔で軍医を見返した。「しかし、サンマロからも船はあるでしょう」

軍医は肩をすくめた。「サンマロは前線からすぐ近くです。今はおそらく、軍の輸送船しか出入りしていないでしょう」軍医はちょっと言い淀んだ。「ドイツ軍はランスあたりでセーヌ川を突破した模様です。なぁに、それほどの大軍ではありません。すぐに押し戻せると思いますがね」確信のない口ぶりだった。

ハワードは声を落とした。「それは容易ならぬ事態ですね」

軍医は苦々しげに言った。「この戦争に関しては、事態は悪くなる一方です。そもそも、フランスが戦争に巻き込まれたのが間違いだった」

軍医は踵《きびす》を返して部屋を出た。ハワードも後に続き、子供たちのためにレストランで冷たいミルク一壜と小ぶりな薄味のケーキをいくつか、それに、自分のことを考えて、長い棒状のフランスパンを買った。子供たちをいつまでも放っておくのは気懸かりで、ハワードは買い物を胸に抱え、ロビーの人混みを搔き分けて部屋へ急いだ。

ロニーが窓から通りを見降ろしていた。「駅の前にトラックや自動車がいっぱいだよ」少年は興奮に声を張り上げた。「大砲もあるよ。本当の大砲だよ。自動車でひっぱってる。ねえ、見にいってもいい？」

「今は駄目だ」老人は言った。「もう寝る時間だからね」

彼は子供たちに食事代りのケーキを与え、歯磨きのコップでミルクを飲ませた。シーラはいくらか熱も下がったか、あまりぐずらずにミルクを飲んだ。妹と一緒に大きなベッドに寝る段になって、少年は言った。「僕のパジャマは?」

ハワードは慌てずに答えた。「駅に置いてある。いいかね。まず、服のままベッドに入るんだ。面白いだろう。それから、私がきみのパジャマを取りにいくのだよ」

老人は遊びめかして長い枕を中に、兄妹を並んで寝かせた。「さあ、おとなしく寝るんだ。私は荷物を取りにいくからね。明かりは点けておこう。恐くないね?」

すでに半分眠りかけたシーラは物も言わず、乱れた髪に火照《ほて》った顔でベッドに丸くなっていた。ロニーもそろそろ瞼《まぶた》が重たかった。「明日、大砲やトラックを見にいってもいい?」

「いい子にしていればね」

ハワードは二人を残して部屋を出た。レストランもカフェもそれまで以上に込み合っていた。このありさまでは、とうてい人手を頼んで荷物を運ぶ望みはなかった。混雑を分けて通りに出たハワードは、街の異様な空気に少なからず動揺を覚えた。

駅前広場にトラックと砲車が溢れ、軽戦車も何台か駐まっていた。砲車の大半は馬に牽《ひ》かせる型式で、引き具をつけた馬たちがいつでも出動できるように前車の脇に控え、トラックのアイドリングが空気を揺るがす周囲の暗がりに、南仏特有の、野太くも歌うような叫び声が飛び交っていた。

駅は相変らず兵士でいっぱいだった。薄暗いプラットホームを埋め尽くした兵士らは埃だらけのアスファルトに腰を降ろし、何であれ寄りかかる物があれば背を凭《もた》せて、不機嫌に煙草を吹かし、ところ構わず唾を吐いていた。ハワードは到着ホームに踏み入ると、うずくまった兵士たちの間を隈なく捜した。釣り竿とアタッシェケースは見つかったが、スーツケースとチッキ扱いの荷物はどこにも見当たらなかった。

予期せぬことではなかったが、スーツケースの紛失は深刻だった。チッキにした荷物は半年後でもパリ駅の荷物預り所に保管されているだろうが、スーツケースが置き引きに遭ったことは明らかである。さもなければ、親切な駅員が気をきかして預かっているかだが、この情況で、それはまずあり得ないことだった。明日もう一度捜すとして、今夜はパジャマなしで我慢するしかない。ハワードは諦めてホテルへ戻った。

子供たちは二人とも寝付いていたが、シーラはまだ熱があって寝苦しいのか、上掛けを踏み脱いでいた。ハワードはシーラの上掛けをそっと直してレストランに降りた。草臥《くたび》れきったウェイトレスは、もうホテルに食べるものはない、とけんもほろろだった。老人はカフェでブランデーの小壜を買い、部屋に戻ってフランスパンと水で間に合わせの食事を済ませた。窮屈な肘掛け椅子に体を沈めて、明日のことを考えると何とも気が重かったが、釣り竿が無事だったのは唯一の救いだった。

かれこれ五時を回って朝の光が射し込む頃、ハワードは埃除けのベッドカバーを引っかけて、椅子で寝入っていた。子供たちは明るくなるとすぐに目を覚ましてベッドの中で騒ぎはじめた。

ハワードは強張った体で椅子に起き直り、顔をこすった。非常に気分が悪かった。子供たちは何やかやとうるさく訴え、老人は立って二人をもとの通りにきちんと寝かせた。

もはや眠りに戻ることはできなかった。ホテルの中も、人の行き来する気配がしきりだった。窓から見える駅前広場では、トラックや、戦車、砲車が動きだしていた。キャタピラの響き、排気音、馬具や蹄《ひづめ》の音が混じり合って戦争のメロディがあたりを満たした。ハワードは子供たちをふり返った。シーラはかなりよくなっていたが、まだ全快にはほど遠い様子だった。ハワードは洗面器をベッドに運んで少女の顔と手を洗い、有り合わせの小さな櫛で髪を梳かしてやった。櫛は老人が身だしなみに持ち歩いている数少ない道具の一つだった。体温計を銜《くわ》えさせると嚙んでしまいはせぬかと恐れ、彼はシーラの腋の下で熱を測った。

平熱よりいくらか高いだけだった。腋の下で測った場合、体温計の目盛りに何度足すのか思い出せなかったが、どのみち、もう一日寝かせておかなくてはならないことに変りはない。ロニーを起こして顔を洗ってやり、身仕舞いは一人でするように言うと、ハワードは自分も濡れタオルで顔を拭き、ベルを押してメイドを呼んだ。髭剃りは後回しでよかった。

メイドはやってくるなり、椅子とベッドカバーを見て頓狂な声を発した。「おやまあ、お客さん、これじゃあねえ。ベッドは大きいんですから、一緒に寝られたでしょうに」

ハワードはいささかうんざりした。「下の子は病気だからね。病気の子供はゆったり寝かせてやらないと。私はこれで不自由はないよ」

メイドは表情を和らげ、あらためて舌打ちをした。「今夜はここへマットレスを敷きましょう。任せて下さい、お客さん。何とかしますから」

ハワードはコーヒーと、パンとジャムを頼んだ。ほどなく、メイドは注文の品を運んできた。

彼女がドレッシングテーブルに朝食の盆を置くのを待って、ハワードは切り出した。「私は荷物を捜しにいかなくてはならないのだよ。買いたいものもあるしね。上の子は連れていくよ。そう長くはかからないと思うけれども、もし、下の子が泣くようなら、見てやってもらえるかな?」

メイドは満面をほころばせた。「ええ、いいですとも。どうぞ、ゆっくり行ってらっしゃい。ラ・プティット・ローズをここへ寄越しましょう。病気の子のお守りなら、お手のものですよ」

「ローズ、というと?」

それから十分あまり、ハワードは立ったまま、メイドが滔々《とうとう》と語る家族の閲歴を聞かされる破目になった。ローズはイギリスにいる兄の娘で、今年十歳。お客さんも、きっと、兄に会ったことがあるんじゃないかしら。名前はテノワ。アンリ・テノワですよ、ロンドンはラッセル・スクウェアのホテル・ディケンズでソムリエをしている。鰥夫《やもお》だもので、それで、ラ・プティット・ローズはあたしが預かっているんですが……。それからそれへ、メイドの話は止めどなかった。

ハワードは精いっぱい愛想を装って、ようよう、コーヒーが冷めないうちに引き取ってもらった。

一時間後、ハワードは髭を剃り、身ごしらえをして、ロニーとともに街へ出た。ベレー帽で、コートにソックスの少年はどこから見てもフランス人。対するに、ツイードのスーツも古めかしいハワードはイギリス人を絵に描いたようだった。約束通り、広場でしばらくトラックや、砲車や、戦車を見物することにして、ほかより一回り小さいキャタピラ式の車輛の前に足を止めた。

「スリュイ・スィ」ロニーは得意げに言った。「ほら、これ。セ・タン・シャール・ドゥ・コンバ。装甲車だよ」

ドライバーの兵士はにっと笑ってフランス語で応じた。「そうだ」

ハワードもフランス語で脇から言った。「私なら、戦車と言うところだね」

「違うよ、違うよ」ロニーは大真面目だった。「戦車はもっと、ずっと大きいもの。本当だよ」

兵士は声を立てて笑った。「私も、ちょうどこのくらいの子がいましてね。国はナンシーですが。やつも、じきにこんなのに乗るようになるでしょう。あのちびが」

二人は駅へ向かった。前日と同じ、草臥れきった兵士らでいっぱいの構内を三十分ほど捜したが、スーツケースは影も形もなかった。疲れて不機嫌な駅員に掛け合っても埒《らち》が明かず、ハワードはついに諦めた。子供たちの衣類なら、アタッシェケースに入るものを見繕って旅を急いだ方がいい。心臓の弱い男にとって、この戦争の最中に、スーツケースの紛失は厄介払いかもしれなかった。

ロニーを連れて駅を出ると、子供たちのパジャマを捜しに中心街へ向かい、シーラに土産《みやげ》と赤紫のスグリの実のキャンディと、緑の表紙の大きな絵本『象さんババール』を買って、ホテルへ引き返した。

途中でロニーが言った。「ほら、イギリスの車だよ。ねえ、何だろう?」

老人は答えようがなかった。「さあて、私にわかるかな」通りを隔てた向こうのガソリンスタンドに、黒ずんだ緑の塗装も粗末な大型のオープンカーが泥濘《ぬかるみ》にまみれて駐まっていた。もう何週間も洗車していないことは一目で知れた。男が数人、燃料を入れ、オイルや水を補給し、タイヤの空気圧を調節し、と忙しく立ち働いていた。

ハワードは、ぼんやりとながら、中の一人に見覚えがあった。老人は足を止めて記憶を探った。さて、どこで見た顔だろうか。思い出した。半年前にクラブで知り合ったロジャー・ディキンスン。たしか、報道関係の仕事をしていると言った。あれは、そう〈モーニング・レコード〉だ。記者仲間では、多少、名の売れた男らしかった。

ハワードはロニーの手を引いて道路を渡った。「やあ、ディキンスンさん、ですね?」

フロントグラスを拭いていた男はぼろ切れを摑んだままふり返り、すぐにハワードの顔を認めた。「これはこれは。いつぞや、ワンダラーズ・クラブで……」

「ハワードです」

「憶えていますよ」男はまじまじとハワードを見つめた。「それにしても、また、どうしてこんなところに?」

「パリへ行く途中ですがね。困ったことに、二、三日は足止めです」ハワードはシーラのことを話した。

新聞記者は言った。「早いところ、発《た》った方がいいですよ」

「というと？」

ディキンスンはぼろ切れを玩《もてあそ》びながら、上目遣いにハワードを見た。「ドイツ軍はもう、マルヌ川の向こうまで来ていますから」老人は新聞記者を見返した。「おまけに、イタリア軍が南から攻めてきますからね」

後の一言はハワードの耳に入らなかった。「マルヌ川の向こうまで？　それはまずい。えらいことになりましたね。しかし、フランス軍はどうしているんです？」

「臆病風に吹かれて逃げ腰ですよ」

ややあって、ハワードは尋ねた。「イタリアが、どうしましたって？」

「フランスに宣戦布告したんですよ。知らないんですか？」

老人は首を横にふった。「今、はじめて聞きました」

「つい一昨日です。フランス政府はまだ発表していないとしても、これは事実です」

燃料タンクがいっぱいになって、給油口からガソリンがこぼれ落ちた。燃料を入れていた男はホースを抜き取り、鈍い金属音を立ててキャップを閉じると、ディキンスンに声をかけた。「満タンだ。ちょいと、ひとっ走り行って食料を仕入れてこよう。こんなところに長居は無用だ」

ディキンスンはハワードに向き直った。「逃げるが勝ちですよ。急いだ方がいい。少なくとも、今夜のうちにパリまで行ければ大丈夫でしょう。サンマロからは、まだ船がありますから」

老人は眉を曇らせた。「とうてい無理です。もう一人の子供が熱を出しているもので」

新聞記者は肩をすくめた。「悪いことは言わないって。本当の話、フランスはもう、長いこと持ち堪《こた》えられません。というより、もう運が尽きているんだ。脅しで言うんじゃあないですよ。本当にそうなんだから」

ハワードは通りの向こうに目をやった。「で、これからどこへ?」

「サヴォワまで行ってイタリア軍の動きを見届けたら、あとは逃げ出すだけですよ。マルセイユか、あるいは、そのまま西へ向かってスペイン国境を越えるか」

ハワードはにっこりうなずいた。「どうぞ、お気をつけて。巻き添えを食わないように」

新聞記者は言った。「そちらは、どうするんです?」

「さあ、どうしますか。ここが思案のしどころですね」

ハワードはロニーの手を引いて歩きだした。百メートルほど行ったところで、泥だらけの緑の車がゆっくり追い越し、路肩に寄せて停まった。

運転席からディキンスンが顔を出した。「ああ、もし、ハワードさん。この車、まだ乗れますよ。子供二人は膝へ乗せればいい。そりゃあ、楽じゃありません。向こう二、三日、昼夜交替で走り通しですから。でも、十分でそのもう一人の子供を連れてこられるようなら、待ちますよ」

老人は思い迷って車を覗いた。親切な男の温情だった。しかし、車にはすでに四人が乗って、荷物も山と積んでいる。子供二人は疎《おろ》か、大人一人、割り込む余地があるとも見えなかった。おまけに、車はオープンカーである。貧弱な幌《ほろ》があるだけで、横風を遮る何もない。この車で夜通し山中を走るのは、熱のある五歳の女の子にとって、あまりにも過酷な負担であろう。

ハワードは言った。「ご親切に、有難うございます。ご好意はどんなに感謝しても足りないくらいですが、現実の問題として、私ども、自分で何とかするしかないでしょう」

新聞記者はうなずいた。「そうですか。路用は、大丈夫ですね？」

そのことなら心配ない、と老人は胸を叩いた。大きな車は走り去った。泣き顔で後を見送って、たちまちロニーはすすり上げた。ハワードは少年の様子に気づいた。

「どうした？」彼は優しく声をかけた。「どうかしたか？」

ロニーは答えなかった。今にもわっと泣きだしそうだった。

ハワードは少年の気持を察した。「車か？　乗せてもらえると思ったか？」

少年は黙ってうなずいた。

老人は屈《かが》み込んでロニーの涙を拭いた。「泣かなくてもいい。シーラが元気になったら、私らも車で行こう」手配がつくなら、ディジョンからサンマロの波止場まで、通しで車を雇う考えだった。莫大な費用がかかるに違いないが、危急の際には許される散財、とハワードは合点した。

「いつ？」

「明後日ぐらいかな。シーラがすっかりよくなったら」

「食事の後で、またトラックや装甲車を見にいってもいい？」

「その頃、まだ広場にいるなら、ちょっとだけ見にいこうかね」期待を裏切った埋め合わせにそのくらいは許してやるつもりだったが、駅前広場にさしかかって、見るとトラックも装甲車も残らず消え失せて、ビールとペルノのけばけばしいポスターの下に痩せ衰えた馬が何頭か繋がれているばかりだった。

ホテルでは何もかもうまく行っていた。ローズは黒い髪を長く伸ばした、小柄で内気な少女ながら、年に似ず並みはずれた母性本能の持ち主で、早くもシーラはすっかり懐《なつ》いていた。ローズはハワードの汚れたハンカチ二枚と屑糸三本でウサギを作り、ベッドのロニー側に上掛けを畝《うね》にしてウサギ穴を設《しつら》えた。わっ、と声をかけると、ローズが巧みに操る糸に引かれて、ウサギは穴へ逃げ込む仕組みだった。老ハワードの顔を見るなり、シーラは目を輝かせて、英語とフランス語の混ざった早口でウサギのことをまくし立てた。その騒ぎの最中、三機の戦闘機がホテルと駅の真上を低くかすめ去った。

ハワードは包みを解いて『象さんババール』をシーラに渡した。幼い頃から親しんでババールを知り尽くしているローズは、早速、絵本を手に取り、ロニーをベッドに呼び寄せて二人に読んで聞かせた。飛行機の方がはるかに重大なロニーはすぐに飽きてしまい、また飛んでこないかと窓から身を乗り出した。

ハワードは子供たちをそのままに、電話のあるロビーへ降りた。電話はなかなか通じなかったが、長いことかかってやっとシドートンのホテルに繋がった。ハワードは何としても、旅の難儀をキャヴァナーに伝えずには済まない気持だった。内儀のリュカールが出て、夫婦は前の日、ジュネーヴへ発ったと告げた。キャヴァナー夫婦はハワードがすでにイギリスに着いたものと思っているに違いなかった。

ジュネーヴの国際連盟に電話してキャヴァナーに連絡しようと試みたが、交換手はフランス・スイス間の回線は不通、とにべもなかった。電報を打てるかどうか尋ねると、スイス宛《あて》の電報は市役所で検閲を受けなくてはならず、検閲窓口は長い行列という答だった。かれこれ時分時《じぶんどき》で、キャヴァナーと連絡を取る努力はひとまず中断した。どのみち、はじめからあまり気が進まなかった。老人の分別で、しょせんは無駄とわかっている。仮に二親と連絡が取れたところで、ハワードが国境を越えて会いにはいかれず、夫婦の方から出向いてくるのもできない相談である。乗りかかった船で、このまま子供たちをイギリスへ連れ帰るほかはない。スイスを当てにするのは間違いだった。

兵士らの出払ったホテルはがらんとして、不気味に静まり返っていた。ハワードはレストランに寄って、食事を部屋に届けてくれるように頼んだ。待つほどもなく、ローズの叔母に当たるいつものメイドが食事を運んできた。子供たちは、ババールや、ハンカチのウサギのことをフランス語で賑《にぎ》やかにしゃべり合っていた。パーティさながらの空気に、メイドは顔じゅうで笑った。

ハワードは言った。「ラ・プティット・ローズに、ラ・プティット・シーラの相手をさせてくれて、本当に有難う。二人はもう、大の仲好しでね」

メイドは気さくに答えた。「どういたしまして、お客さん。いいんですよ。ローズはなにしろ、小さい子供や、仔猫や仔犬と遊ぶのが好きなんですから。まるで、小さな母親ですよ、この子は」彼女は愛《いとお》しげにローズの頭を撫でた。「何でしたら、食事の後でまたローズを来させましょうか」

シーラはねだった。「ハワードさん。またローズに来てほしい」

「食事の後は寝なくてはいけないよ」ハワードは穏やかに言い聞かせて、メイドに向き直った。「四時頃、来てもらえると助かるのだがね」彼はローズに声をかけた。「夕方、ここで一緒に食事をしないか？　イギリス式に」

ローズは遠慮がちにうなずいた。「ウイ・ムッシュー」

メイドとローズを見送って、ハワードは子供たちに食事をさせた。シーラはまだ少し熱があった。空いた皿を廊下に出し、ロニーを妹の隣に寝かせると、ハワードは肘掛け椅子に体を沈め、キャヴァナーの妻から渡された童話『サーカスのアメリアンヌ』を読んで聞かせた。子供たちはじきに寝付き、老人も読みさしの本を置いて一時間ほど眠った。

午後遅く、ハワードはキャヴァナー宛の長い電文を懐《ふところ》に、ロニーを連れて市役所へ出掛けた。あちこち尋ね回ってようやく辿り着いた市役所の前に、大勢の市民が詰めかけて口々に不平をこぼしていた。検閲官は役所を閉じたまま所在が知れず、翌朝の九時まで窓口は開かないという。

「それはない。でたらめだ」市民たちはいきり立ったが、どうする術《すべ》もなかった。

二人はもと来た道を引き返した。街には再び軍隊が溢れ、駅から北へ伸びる道をトラックの長い列が塞いでいた。広場には重戦車が三台駐まっていた。戦車砲を搭載した外観は威風堂々ながら、いずれも汚れ放題で、手入れが行き届いているとも見えなかった。憔悴《しょうすい》した乗組員たちがタンクローリーから給油していたが、みなむっつりと不機嫌な様子で、まるで生気がなかった。その締まりのない作業ぶりを見て、ハワードは何やら寒々しいものを覚えた。ディキンスンは何と言っていたろうか？「臆病風に吹かれて逃げ腰ですよ」

まさか、そんなはずはない。フランス軍は常に、勇敢に戦ってきたではないか。

ロニーにうるさくせがまれて、ハワードはしばらく広場に足を止めた。戦車を見て、少年は言った。「戦車はねえ、塀だって、家だって、平気で乗り越えちゃうんだよ」

老人は奇っ怪な鋼鉄の車輛をつくづくと眺めた。ロニーの言う通りかもしれないが、あまり感心できずに、彼は声を落とした。「乗り心地はよさそうでもないね」

ロニーは老人の無知を笑った。「走るのだって、すごく速いよ。大砲を撃ってさ。ドカーン、ドカーン」少年はハワードを見上げた。「ねえ、この戦車、今夜ずっとここにいるの？」

「どうかな？　たぶん、いるだろうね。さあ、行こうか。シーラはそろそろ食事の時間だ。きみも腹が空いたろう」

食事の誘惑には勝てなかったが、ロニーは未練げに何度も肩越しに戦車をふり返った。「また明日、見にきてもいい？」

「まだここにいるならね」

部屋の方は相変らずうまく行っていた。ローズは動物の鳴き真似を繰り返す童歌《わらべうた》が得意だった。

トゥールの小母《おば》さん
庭には桜の木
ちっちゃなネズミはチュウチュウ
おおきなライオンはウォーウォー
モリバトはホウホウ……

歌はいつ果てるとも知れなかった。頭を使うことのない歌遊びで、シーラにはこれが何よりだった。みんなで一緒に歌っているところへ、ローズの叔母が食事を運んできた。

メイドは相好を崩して言った。「トゥレンヌで育った子供の頃、あたしもよくこんなにして歌いましたよ。楽しい歌でね。昔も今も、子供たちはみんな、トゥールの小母さんが大好きで。イギリスの子供衆も同じですか?」

「似たり寄ったりだね」ハワードはうなずいた。「どこの国へ行っても、子供の遊びは同じだよ」

彼は子供たちに、バターとジャムを塗ったパンとミルクの食事をさせた。市役所から帰る途中、ハワードは、とある店で砂糖漬けの果物とアイシングの載ったジンジャー・ケーキを買った。家事に不馴れの老人が求めたケーキは、子供たちが食べる量の三倍もあった。ハワードはドレッシングテーブルで、小さなペンナイフを使ってケーキを切り分け、子供たちに配った。楽しく賑やかなティーパーティだった。笑いが弾ける中で、窓の下を過ぎる戦車のキャタピラの響きや、排気音には誰も気づかなかった。

食事の後も、子供たちはしばらく一緒に遊んだ。メイドがベッドの支度をする傍《かたわ》らで、ハワードは兄妹の顔を洗ってやった。服を脱がせ、新しいパジャマを着せるのはメイドが手伝ってくれた。ハワードはメイドの太った膝に抱かれたシーラの熱を、腋の下で慎重に測った。体温はまだいくぶん平熱より高かったが、シーラはずいぶん元気になっていた。原因が何にせよ、病気は峠を越したと思われた。とはいえ、もう一日は様子を見た方がいい。もっと不便なところでぶり返されてはかなわない。明日一日、ゆっくり休めばその翌日には動けるだろう。朝早く発《た》てば、夕方にはサンマロに着く。ハワードは、夜のうちに車を調達する考えだった。

ほどなく、子供たちはベッドに入って、おやすみの挨拶をした。ハワードはローズを連れたメイドと廊下に出た。彼女は言った。「子供さんたちが寝付いたら、マットレスを探してきましょう。床に敷けば、椅子で寝るよりはましですから」

「それはどうも、ご親切に。感謝しています。しかし、何から何まで、どうしてそんなによくしてくれなくてはならないのかな」

「でも、お客さん。ご自分だって、ずいぶん親切にしていなさるじゃありませんか」

溢れるばかりの思い遣りに心打たれて、ハワードはロビーへ降りた。

ホテルはまた兵士らでいっぱいだった。混雑を抜けて、ハワードはフロントの若い娘に用向きを話した。「車がいるのだがね。今すぐではなくて、明後日、少々遠くまで行きたいもので。自動車会社は、どこが一番いいかな？」

「遠くまで、というと、行く先はどちらでしょうか？」

「ノルマンディのサンマロだよ。下の女の子はまだあまり加減がよくないので、車の方が楽だと思って」

フロントの娘はあやふやに答えた。「それでしたら、シトロエン交通がいいと思いますけれど、でも、どうかしら。車はみんな軍に徴発されていますからねえ。汽車の方が便利ではないでしょうか」

ハワードは首を横にふった。「私は車にしたいのだよ」

娘は老人の顔を窺った。「じゃあ、明後日お発ちなんですね？」

「ああ。女の子の具合がいいようならば」

娘はちょっと言い淀んだ。「こんなことを申し上げるのは、大変、心苦しいのですが、どのみち、明後日には部屋を空けていただかなくてはなりません。女の子さんがまだ具合が悪いようでしたら、どこか泊まるところをお世話します。私どもも、ついこの午後はじめて聞かされたのですが、パリの鉄道局が明日付けでこのホテルを接収するそうなんです」

ハワードは娘を見返した。「パリからここへ疎開してくるって？」

フロントの娘は口ごもった。「詳しいことはわかりません。とにかく、宿泊客は部屋を明け渡すように、と言われておりまして」

ハワードはしばらく考えた。「で、さっきの自動車会社は、何と言ったかな？」

「シトロエン交通です。何でしたら、こちらから電話いたしましょうか？」

「そうしてもらえると有難いね」

娘はすぐさま奥の電話ボックスへ向かった。カウンターで待ちながら、ハワードは募る不安と焦燥を持てあました。情況の網に絡まれて、意思とは反対の方向に引きずられていく気持だった。サンマロ行きの車はその網を断ち切って彼を解き放つ刃物だった。ガラス越しに、電話で一心に交渉する娘の様子を、ハワードは祈る思いで見守った。

娘はやがてフロントに立ち戻った。「あいにくですが、サンマロまで行ける車はないそうです。申し訳ありません。ムッシュー・デュヴァルも……ええ、その会社の経営者ですが、済まないと言っています。やっぱり、汽車でいらっしゃるしかありません」

ハワードは低く声を落とした。「何とかならないかな？　贅沢は言わない。どんな車だろうと、とにかく一台、手配できないだろうか」

娘は肩をすくめた。「ムッシュー・デュヴァルに直接お会いになったらどうかしら。このディジョンで、そういう車を手配できる人がいるとしたら、ムッシュー・デュヴァルしか考えられませんから」

道順を教わって、十分後、ハワードはそのフランス人のオフィスを訪ねた。自動車会社の社長は言下《げんか》に突っぱねた。「車ねえ。車一台、手配しろというなら、それはお安いご用ですよ。が、問題は燃料です。ガソリンのありったけは軍隊に召し上げられていますから。燃料を手に入れようとすれば、闇で買うしかありません。燃料が手に入ったとして、今度は道です。パリまで車で行こうなんて、とうてい無理ですよ、お客さん。おまけにもう一つ、サンマロまで行ける運転手はどこを探したっていやあしません。ドイツ軍はセーヌを越えようという時ですよ。敵はもう、マルヌ川の向こうまで来ているんだ。明後日、ドイツ軍がどこにいるか、わかったもんじゃありません」

ハワードは声を失った。

フランス人は言った。「イギリスへ帰ろうというんなら、汽車しかありません。それも、急いだ方がいい」

ハワードは忠言に感謝して外に出た。夕闇が迫っていた。思案に暮れてホテルへ戻る道すがら、ハワードは舗道に店を出しているカフェに寄ると、ペルノと水を頼んで壁際のテーブルに腰を落ち着けた。見上げる壁には強壮剤入りのアルコール飲料、コルディヤルのけばけばしいポスターがかかっていた。

事態は深刻だった。今すぐここを発って何とかサンマロまで行き着けば、イギリスへ帰れるのではあるまいか。しかし、一日半遅らせたら、サンマロもカレーやブーローニュと同じ運命を辿って、傾《なだ》れ込むドイツ軍に踏みにじられ、やがては制圧されるかもしれない。ドイツ軍の進撃がかくも急だとは信じ難かった。フランス軍は果たしてパリの手前で敵を食い止めるだろうか。パリ陥落など、あり得べからざることではなかろうか。

鉄道局がパリから疎開してくるというのも気が滅入《めい》る話だった。

すぐにもホテルへ帰って子供たちに支度をさせ、払いを済ませて、駅へ行くこともできなくはない。ロニーは心配ないだろう。シーラはどうか。なに、コートはあるし、どこかでショールを手に入れて、体を包んでやればいい。夜分のことで、汽車は不規則かもしれない。いつ来るかもわからない汽車を待ってプラットホームで夜明かしをする破目にならないとも限らない。だとしても、ただちに行動を起こせば、キャヴァナーとの約束を果たして、子供たちをイギリスへ連れ帰ることができるではないか。

だが、しかし。シーラがまた悪くなったらどうだろう。冷たい風に当たって、肺炎でも起こしたら？

そんなことになったら自分を許せまい、とハワードは思った。子供たちはハワードの責任である。幼気《いたいけ》な、しかも、一人は病み上がりの子供たちを叩き起こして、夜の夜中に見境《みさかい》もなく駅へ駆け込み、途中で何があるともしれぬ長丁場の旅に連れ出すのは責任ある態度ではない。それは無分別な、うろたえ者のふるまいである。

ハワードの顔を薄笑いが過《よぎ》った。何のことはない。恐怖にうろたえた自分がおかしかった。恐怖は乗り越えなくてはならない。子供たちは彼の責任である。病気であろうがあるまいが、そのことに変りはない。それこそが、責任を負うということではないか。考えるまでもない。子供たちを引き受けた時には思ってもみなかった困難が待っているとしても、いったん負った責任は最後まで果たさなくてはならない。

ハワードは決然としてホテルに戻った。ロビーでフロントの娘が声をかけた。

「車、見つかりました？」

ハワードは首を横にふった。「明後日までここにいて、女の子の加減がいいようなら、汽車で行くよ」

彼は遠慮がちに言葉を接《つ》いだ。「実は、お願いがあるのだがね。子供二人を連れて、荷物は旅行鞄一つがやっとだと思う。釣り竿は置いていくとして、しばらく預かってもらえるかな？」

「ええ、いいですよ。うちでお預かりしていれば安心ですものね」

レストランは席が空いていた。釣り竿を預かってもらえることで、ハワードは心底ほっとした。この小さな問題が解決してみると、それがいかに苦になっていたか、今さらながら驚きを禁じ得なかった。心配が一つ減って、前途に待ち受けているであろう困難にも、余裕をもって対処できそうだった。

食事を済ませて部屋へ向かう途中、裸電球が薄ぼんやりと灯っているだけの、みすぼらしく煤《すす》けた廊下でローズの叔母と行き合った。「マットレス、敷いておきましたから。どうぞ、ごゆっくり」メイドは低く言って顔をそむけた。

「それはどうも」ハワードは行きかけて、はたとメイドをふり返った。暗がりで、はっきりとは見えなかったが、メイドは泣いている様子だった。

「どうかしたかな?」彼は穏やかに問いかけた。

ローズの叔母はエプロンの端で目頭を押えた。「いえ、いいんです。何でもありません」

ハワードは戸惑った。悩みごとを抱えている女を置き去りにして、さっさと部屋に引き取るわけにはいかなかった。彼女には、子供たちがさんざん世話になっている。「女将《おかみ》と何かあったかな? 仕事のことで文句を言われたとか。もし、そうなら、私が話をしよう。どれほど親切にしてもらったか、私から女将に言うよ」

メイドは頭をふって涙を拭いた。「いいえ、そうじゃないんです。実は、あたし……辞めさせられて、明日にはここから出されるんです」

ハワードは眉を寄せた。「どうしてまた?」

「五年ですよ、お客さん。五年の間、一日も休まずここで働いてきたのに、突然、明日辞めろなんて、あんまりじゃありませんか」彼女はもはやすすり泣きを堪《こら》えようとはしなかった。

老人は言った。「何を理由に、女将はあなたを辞めさせるのかな?」

「聞いてませんか? ここは明日で閉まるんですよ。鉄道局が越してくるんで」彼女は涙に濡れた顔でハワードを見上げた。「働いてる者はみんな、一人残らず馘首《くび》ですよ。あたし、どうしたらいいんですか。ローズもいるっていうのに」

ハワードは慰める言葉を知らなかった。鉄道局がホテルを接収すれば、部屋係のメイドはもちろん、ほかの従業員もすべて職を失うはずである。ハワードは困《こう》じ果てた。

「なあに、心配ない」せめてのことに、彼は言った。「あなたのように仕事のできるメイドさんなら、働き口はいくらでもあるのではないかな」

ローズの叔母は首を横にふった。「それが、そうはいかないんです。土地のホテルは、全部、店仕舞いだし、今時、普通の家で下働きを雇えるところなんてありますか。お客さんは親切にそう言って下さるけれど、あたしら、どうすることもできやしません。お先真っ暗ですよ」

「親類なり、兄弟なり、どこか身を寄せるところはあるはずだね？」

「そういうところがあれば苦労しません。たった一人の兄は……ええ、ローズの父親ですが、イギリスだし」

ハワードは、ローズの父親がラッセル・スクウェアのディケンズ・ホテルでソムリエをしていることを思い出した。彼は当たり障りのない気休めを言い、その場を逃れるように部屋へ戻った。危機に瀕した一人の女に、ハワードがしてやれることは何もなかった。

ローズの叔母はハワードのために、床にマットレスを敷いて寝心地のよさそうなベッドを用意してくれていた。ハワードは子供たちの寝顔を覗いた。シーラはまだ熱がある様子だが、二人ともぐっすり眠っていた。しばらく本を読むつもりで肘掛け椅子に体を沈めると、たちまち眠気に襲われた。前の晩よく眠れなかった上、昼間は心労と焦燥の一日だった。ほどなく、ハワードは服を脱いで俄造《にわか》りのベッドに横たわった。

翌朝は快晴だった。戦車が重い図体を引きずるけたたましい地響きが窓を揺すった。子供たちはすでに目を覚ましてベッドの中でふざけ合っていた。ハワードは寝たふりをして横になっていたが、じきに起き出した。シーラは顔色もよく、目に見えて元気を取り戻していた。

ハワードは身支度をととのえて、少女の熱を測った。まだいくらか平熱より高かったが、何であれ、シーラを苦しめていたものは去りかけているに違いなかった。ハワードは二人の顔を洗ってやり、ロニーには自分で服を着るように言って、レストランへ降りた。

ホテルは早くも混乱の最中だった。レストランはすでにテーブルも椅子も運び出されて食事のできる状態ではなかった。調理場を覗くと、ローズの叔母がメイド仲間と憂い顔で身のふり方を話し合っていた。ハワードは食事を部屋へ運んでくれるように頼んだ。

重苦しく、不穏な一日だった。北部からのニュースはことごとくフランス軍の敗色を伝え、街頭のあちこちに市民が小さくかたまってひそひそ話し合った。朝食後、ハワードはシーラを面倒見のいいローズに預け、鉄道事情を調べに、ロニーを連れて駅へ向かった。列車の運行は「軍事上」の理由で乱れに乱れていたが、とにもかくにも三時間、ないし四時間置きに、パリ行きは走っていた。駅で摑んでいる情報では、パリ・サンマロ間の西部鉄道は平常通りだった。

二人は中心街へ足を伸ばし、おずおずと、大きな店の子供服売場に寄った。愛想のいい豊満なフランス女が応対に出た。ハワードは子供たちにウールのセーターと、柔らかい手触りのグレーの毛布を買った。毛布は深い考えよりも、旅の困難を恐れた咄嗟《とっさ》の思い付きだった。何が厄介といって、子供がまた体調を崩す以上の厄介はない。

ほかにいくらか甘いものを見繕って、二人はホテルへ帰った。ロビーにはげっそりやつれて不機嫌な鉄道の職員がいっぱいで、口々に旅の疲れや、部屋割りの不満を訴えていた。フロントの娘が階段を上がりかけるハワードを呼び止め、もう一晩だけ部屋を使える、と伝えた。ただし、一晩だけで、翌日には明け渡さなくてはならない。食事は部屋へ運ぶように計らうが、見た通りのありさまで、充分なことはできないから悪しからず、と娘は不行き届きを詫びた。

ハワードは礼を言って部屋へ引き取った。ローズがシーラに『象さんババール』を読み聞かせていた。シーラはベッドに丸くなり、ローズに凭《もた》れかかるようにして挿し絵を覗いていたが、入ってきた老人を見上げるその顔は、シドートンで見慣れた明るく元気な少女だった。

「ルガルデ、ヴォワスィ・ジャッコ」シーラは言った。「ほら、見て。お猿のジャッコよ。ババールのしっぽをよじ登って背中に乗っかっちゃうの」少女は肩を揺すってはしゃいだ。「いたずらねぇ」

老人は足を止めて仲間に加わった。「ああ、そうだとも。ジャッコはいたずら小猿だ」

シーラは大喜びだった。「すっごく、いたずらなんだから」

ローズが遠慮がちに尋ねた。「ケス・ク・ムッシュー・ア・ディ? 」今、何て言ったの?

ロニーがハワードの言葉を通訳して、それをきっかけに、子供たちの会話はフランス語になった。ハワードに対しては、ロニーもシーラも英語だが、子供同士ではフランス語の方が自然らしかった。どちらが得意か、ハワードには判断がつきかねた。概してロニーは英語を好み、シーラはフランス語の方が自由と見受けられるのは、妹はまだ年端もいかず、最近まで子守の世話になっていたためであろう。

子供たちは屈託もなく楽しげだった。アタッシェケースを取り出してみると、どう考えてもハワードと子供たち二人の身の回りのものを入れるには小さすぎた。ならば、アタッシェケースをロニーに持たせて、自分は大きな鞄を用意すればいい。思い立つと気が急《せ》いて、ハワードは安直な人造繊維の鞄を買いに部屋を出た。

踊り場で、ローズの叔母と行き合った。彼女は躊躇《ためら》った末にハワードを呼び止めた。

「明日、お発ちですね？」

「やむを得ずね。部屋を明け渡さなくてはならないので。まあ、おかげさまで、女の子も旅ができるまでになったようだし。昼には起こして、午後、その辺を散歩させてやろうと思っているところだよ」

「それはいいわ。体のためには、陽に当たって歩くのが何よりですよ」彼女はまたちょっと躊躇った。「じゃあ、まっすぐイギリスへ？」

老人はうなずいた。「パリに泊まってはいられない。乗れる汽車があり次第《しだい》、サンマロへ行かなくては」

ローズの叔母は皺の濃い老け込んだ顔で拝《おが》むようにハワードを見上げた。「お客さん、……こんなこと、お願いできた義理じゃあないですけど。ラ・プティット・ローズを、イギリスへ連れてってやって下さいませんか？」

ハワードは返事に窮して立ち尽くした。彼女は急き込んで言葉を接いだ。

「もちろん、足代は持ちますよ。ローズはいい子です。気立ては優しいし、おとなしくて、扱いやすい子だし、決してお客さんに迷惑はかけないと思います。ネズミ一匹連れていくのと変りないですよ」

五体に宿る全神経が、この頼みは言下に断《ことわ》れ、と老人に警告していた。自《みずか》ら認めたくはなかったが、子供二人を連れてイギリスへ向かうのが、すでにして命懸けであることをハワードは心のどこかで知っていた。意識の奥に、悲惨な最後の恐怖が頭を擡《もた》げた。

彼は涙に濡れて苦渋に歪んだ女の顔を見降ろしながら、答を躱《かわ》した。「しかし、どうしてあの子をイギリスへやろうと言うのかな？　戦争は、このディジョンまではおよばない。ここにいれば安全だよ」

ローズの叔母は言った。「あたし、これから先、お金を稼ぐ当てがありません。ローズの父親はイギリスですが、こっちへお金を送れません。だから、この際、ローズをイギリスへやった方がいいんです」

「送金のことなら、私も手助けできると思うがね」ハワードの信用状にはまだ相当の残高があった。「あなただって、ローズを手放したくないのではないかな」

「お客さん。今フランスでは、あなた方イギリス人にはわからないことが起きているんです。この先どうなるのか、あたしら、とても不安で……」

沈黙が二人を隔てた。

「情況が非常によくないのはわかっていますよ」ややあって、ハワードは静かに言った。「イギリス人の私でさえ、この混乱の中を国まで帰り着けるかどうか覚束《おぼつか》ない。たぶん、大丈夫とは思うけれど、途中、何が起こるかわからない。ローズを預かっておきながら、何らかの事情で出国できなかったら、どうします？」

ローズの叔母は顔を顰《しか》め、エプロンの端で目頭を押えた。「イギリスへ行けば、あの子は安心です。ディジョンにいたら、どうなるかわかりません。心配で、心配で……」彼女は泣き崩れた。

ハワードはぎこちなく彼女の肩に手を置いた。「じゃあ、午後いっぱい、考えてみましょう。こういうことは、結論を急いではいけない」彼はその場を逃れて街へ出た。

そもそも何のために出てきたのかも失念して、蹌踉《そうろう》と中心街へ向かいながらハワードは、どうしたらもう一人子供を引き受けずに済むか思案をめぐらせた。これといった知恵も浮かばず、考えあぐねて彼はとあるカフェに腰を降ろし、ビールを注文した。

ローズに含むところはない。それどころか、ハワードはこの気立てのいい大人びた少女が可愛かった。とはいえ、ただでさえ、これ以上はとうてい堪《た》えられないとわかりきっている重荷を負った老人にとって、ローズはがんじがらめの足枷でしかない。ハワードは身の危険を意識した。ドイツ軍の急進撃でフランス北部が制圧されたことは今や公然の事実である。先にベルギーが嘗めた辛酸と同じだが、その規模と激しさにおいてフランスはベルギーの比ではない。ここでいたずらに時を移せば、傾《なだ》れ込んでくるドイツ軍の捕虜となる運命は免《まぬか》れまい。イギリス人にとって、それは強制収容所を意味するのみか、老いの身では、死の宣告にも等しかった。

舗道に並んだ椅子に席を占めて、ハワードは人気《ひとけ》の絶えた日向の広場を眺めやった。フランスは悪い時代に向かっていた。少しでも早く、子供たちを連れて脱出しなくてはならない。ドイツ軍のフランス攻略は、略奪と飢餓を不可分に伴うはずである。敗戦を目前に、フランスはいくばくもなく無政府状態に陥るに違いない。子供たちが巻き添えを食うのは見るに忍びない。敗戦国フランスの子供たちは悲惨である。

ローズは不運だった。ローズに含むところはない。この二日間、ローズは本当によくやってくれた。彼女がいなければ、ハワードはとうていシーラを扱いかねたろう。まだ赤ん坊とさして変りないシーラを、ローズはハワードではおよびもつかぬほど巧みにあやした。

ローズを連れていかれないのは残念だ。平和な時なら喜んで引き受けもしよう。シドートンでハワードは、せめてカレーまで同行してくれる土地の娘を探して意を満たさなかった。たしかに、ローズは十になるやならずの少女には違いない。とはいえ、フランス農民の血を引いている。農民の子は老成《ませ》ている……。

どうあっても連れてはいけないだろうか？

ローズを置き去りにするのはいかにも酷《むご》い。とてもできないことだった。

ハワードはなお半時間、逡巡に悩んだが、ついに決心してとぼとぼとホテルに帰った。げっそりとやつれた顔つきは、五つも年取ったかと思われた。

階段の踊り場でローズの叔母に行き合うと、彼は口重く言った。「腹を決めました。ローズは私がイギリスの親元に送り届けましょう。支度をさせて下さい。明日朝、七時にここを出ます」

4

その夜、ハワードはまんじりともせず、床のマットレスで輾転《てんてん》反側しながら、旅の難儀や、不測の事態にどう対処するかについてあれこれ思案をめぐらせた。パリまでは、まず心配ない。三、四時間置きとはいえ、とにかく汽車は走っている。が、その先はどうか？　無事にパリを出て、サンマロからイギリス行きの船に乗れるだろうか？　そこが一番の問題だった。一八七〇年の普仏戦争で、パリはプロイセン・ドイツ軍の包囲を凌《しの》いだ。今度も何とか持ち堪《こた》えるのではなかろうか。子供三人を抱えて包囲されたパリに足止めを食っては目も当てられない。パリへ着く前に、どうにかしてイギリスまでの交通事情を摑んでおかなくてはならなかった。

かれこれ五時半に起き出して髭を剃り、身支度を終えた。子供たちは寝起きが悪く、シーラはめそめそむずかった。ハワードは出発準備の手を止めてシーラを膝に乗せ、涙を拭いてなだめすかした。むずかりはしたものの、熱が下がって元気を回復したシーラは、ほどなく機嫌を直して顔を洗い、素直に服を着た。

ロニーがまだ目の覚めきらぬ声で言った。「車で行くの？」

「いいや」老人は首を横にふった。「今日は違う。車が見つからなかったのでね」

「じゃあ、装甲車？」

「いや、汽車で行くんだ」

「汽車の中で寝るの？」

ハワードは根気よく答えた。「そういうわけにもいかないな。ことによると、汽車で寝るようになるかもしれないが、きっと、夜にはもう波の上だ」

「船に乗るの？」

「そうだ。さあ、歯を磨いておいで。歯ブラシに歯磨きをつけておいたからね」

飛行機が爆音を轟かせてホテルと駅を低くかすめ去った。窓からまっすぐ見える方向で、黒ずんだ緑色をした双発の低翼単葉機だった。遠くで小銃を思わせる散発的な発砲音が聞こえた。

ハワードはマットレスにへたり込んで、遠ざかる機影を見送った。まさか……。

ロニーは歓声を上げた。「低かったたねえ、ハワードさん」

ドイツ兵にあれほど低空で飛ぶ勇気があろうはずはない。今のはフランス軍の戦闘機に違いない。「ああ、低かった」ハワードは不安な面持ちで言った。「さあ、歯を磨いてくるんだ」

そうこうするところへ、ローズの叔母がコーヒーとパンを盆に載せて運んできた。他所《よそ》行きに着飾ったローズが後に続いた。鍔広《つばひろ》の黒い麦藁帽子に、これも黒のきついコートをはおり、白いソックスを履いたローズは見るからに窮屈そうだった。

ハワードはフランス語で優しく声をかけた。「おはよう、ローズ。一緒に、イギリスへ行くね？」

ローズはうなずいた。「ウイ・ムッシュー」

叔母のメイドが横から言った。「この子は夜通し、汽車で行くことや、イギリスのことや、父親と暮すことを話しづめで、ほとんど寝ていないんですよ」彼女の引き攣った笑顔にハワードは溢れる寸前の涙を見て取った。

「それはそれは」老人はローズの叔母に向き直った。「一緒に、コーヒーをどうぞ。ローズも、どうかな？」

「どうも、恐れ入ります。でも、あたし、サンドイッチを作らなくてはならないし、コーヒーはもう飲みましたから」彼女は姪の小さな肩に手を置いた。「あんた、もう一度ここで飲むといいわ」

叔母はローズを残して立ち去った。ハワードは子供たちを坐らせ、バターを塗ったパンと薄目のコーヒーを与えた。子供たちの食事は時間がかかり、ハワードが食べ終える頃、まだ半分も済んでいなかった。老人は心急《せ》く思いで、多くもない荷物の支度にかかった。ローズは自分の小さなアタッシェケースを足下の床に置いていた。

子供たちは黙々と食べ続けた。ローズの叔母が旅の糧に体裁の悪い大きな包みをいくつかと、ミルクを満たしたワインの大壜を届けてきた。「さあ」彼女は心なしか上ずった声で言った。

「みんな、これで今日は飢え死にしないわ」

おかしくもない冗談に、子供たちは嬉しそうに笑った。ローズは食べ終り、ロニーも最後の一口を頬張るところだったが、シーラはまだ長くかかりそうだった。ぐずぐずしてはいられない。汽車を逃すのではないかと、ハワードは気が気ではなかった。「もう食べないね」彼は半分になったシーラのパンを指さして言った。「それは残して、そろそろ行こうか」

「まだ食べるの」シーラは口を尖らせた。

「もう出掛けなくてはいけないよ」

「まだ食べるの」

ハワードはここでごたごたしたくなかった。「ようし、じゃあ、それを持っていこう」彼は荷物を取り上げ、子供たちを急かして階段を降りた。

ホテルの正面で、彼はローズの叔母をふり返った。「どうしても無理なようなら戻ってきますがね、そうでない限り、イギリスに着いてローズを父親に渡し次第《しだい》、電報を打ちますから」

叔母は慌てて言った。「いえいえ、お客さんがお金を使うことはないですよ。電報はアンリが打てばいいんですから」

ハワードはほろりとした。「とにかく、ロンドンから電報を打つようにしましょう。いろいろお世話になりました。そんなら、これで。オ・ルヴォワール、マドモアゼル」

「オ・ルヴォワール、ムッシュー。ボンヌ・シャンス」ご機嫌よう。お気をつけて。ローズの叔母は皺の深い頬を涙が伝い落ちるに任せて、薄明かりの中を遠ざかるハワードと子供たち三人を見送った。

駅は混乱の極みだった。汽車の時刻どころか、果たして汽車が出るかどうかさえわからず、また、汽車に乗れたとしても、兵士で込み合っている中で子供たちの席が見つかるかどうか、はなはだ心許なかった。辛《かろ》うじてハワードが聞き集めた限りでは、パリ行きは四番線で、前夜からこれまでに二本出たということだった。ローズの切符を買いに出札所へ行くと、窓口が閉まっていた。

「切符なんぞ、いらないよ」居合わせた土地の男が言った。「何の役にも立たないから」

ハワードは男の顔を覗き込んだ。「というと、乗ってから車内で払うわけですか」

男は肩をすくめた。「あるいはな」

一同は無人の改札口を素通りした。ハワードは先に立って人混みを進んだ。シーラは汗ばんだ手に食べかけのパンをしっかり握っていた。意外にも、四番ホームは人影も疎《まば》らだった。この分なら、パリ行きに乗るのにさほど苦労はないかもしれない。人の流れは彼らと逆に、パリから遠ざかる方向を指していると思われた。

ハワードは機関士を見かけて声をかけた。「パリ行きは、ここでいいのだね？」

「そうですよ」

とはいえ、ハワードは安心しきれなかった。人気《ひとけ》のないプラットホームは異様にひっそりとして、何やら不吉なものさえ感じさせた。気長に待つ覚悟で、ハワードはベンチに荷物を降ろした。

子供たちはホームを駆け回り、即興《そっきょう》のルールを編み出して遊んだ。ハワードはシーラが風に当たって熱を出した先頃の難儀を思い出し、兄妹を呼び寄せてコートを脱がせた。汽車に乗ってから、また着せるつもりだった。ローズのことも考えてやらなくてはならなかった。

「きみも、コートと帽子を脱いだ方がいい」

子供たちのコートを脇へ置き、パイプを吸いつけると、あとはひたすら待つばかりだった。

一時間半ほど待たされて、かれこれ八時半を回る頃、やっと列車が到着した。ホームにはちらほら人の姿が見えていたが、しょせん、数は知れたものだった。蒸気を吐いて進入した見上げるような機関車のステップに、兵士が二人、乗員と肩を並べていた。

嬉しいことに、汽車は空いていた。ハワードは老いの身の足の限りに一等車へ急いだ。コンパートメントに空軍士官が二人、むっつり黙りこくって乗っていた。子供たちは客室に傾《なだ》れ込むなり、座席によじ登り、手当たり次第にあちこち触り、フランス語と英語で騒々しくしゃべり立てた。二人の士官はますます不機嫌になり、五分と経《た》たぬうちに捨て台詞を残して別の車輌に移った。

ハワードは済まないと思いつつも、どう謝罪してよいやらわからず、なす術《すべ》もなく二人を見送った。

やがて、彼は子供たちを席に落ち着け、風邪を引かせない用心に言った。「さあ、きみたち、コートを着た方がいい。ローズもだ」

ハワードはシーラにコートを着せかけた。ローズはぼんやりあたりを見回した。「あたしのコート、どこですか？　それと、帽子も」

ハワードははっと顔を上げた。「乗る時、ちゃんと自分で持ってきたね？」

ローズは持ってこなかった。ローズが何も考えずにほかの二人と一緒に客車に駆け込む後ろから、ハワードは山の荷物を抱えて足を速めた。ローズのコートと帽子はベンチに置き去りのままだった。

たちまちローズは顔じゅうを皺にして泣きじゃくった。手助けを当てにしていたハワードはやりきれない気持で少女の泣き顔を見やったが、失意の七十年に培《つちか》われた忍耐が彼を支えた。老人は腰を降ろし、ローズを引き寄せて涙を拭いてやりながら、優しく言った。「泣かなくていい。パリへ着いたら新しい帽子とコートを買おう。自分で好きなのを選ぶんだ」

ローズはしゃくり上げた。「とても高いのだったのに」

ハワードはまたも溢れるローズの涙を拭いた。「心配することはないよ。起きてしまったことは仕方がない。叔母さんには私から電報で、きみの落ち度ではないと言おう」

ローズはようよう泣きやんだ。ハワードは包みを開けて子供たちにオレンジを配った。これで悲しみも、悩みごとも、遠く背後に消え去った。

汽車は各駅停車でのろのろと這うように進み、時には駅のないところでも停まった。ディジョンからトネールまで七十マイル。ディジョンを発《た》ってから三時間かかって、汽車は十一時半にトネール駅を出た。子供たちは長丁場によく堪《た》え、最後の一時間は奇声《まどろ》を発して通路を駆けずり回った。ハワードはコンパートメントの隅に凭《もた》れて眠るともなく微睡んだ。

トネールを出てからハワードは子供たちを呼び集め、サンドイッチにミルクとオレンジの食事をさせた。子供たちは窓外の景色に気が散って、サンドイッチはそっちのけになり、クッションの間に消えたりもして食事は時間がかかったが、やがて、それぞれに満腹した。ハワードはシーラを座席に寝かせ、ディジョンで買った毛布をかけた。ローズとロニーは並んで坐り、一緒におとなしく『象さんババール』を読んだ。おかげでハワードも、しばらくはゆっくりすることができた。

トネールからジョワニまでは三十マイルの距離である。汽車はそれまで以上に速度を落とし、ここかしこで理由もなしに長いこと停車した。ちょうどそんなふうに停まっている時、航空機の大編隊が高度上空を過《よぎ》った。砲声が遠くに聞こえ、雲一つなく澄みわたった空に点々と白煙が散るのを見て、ハワードは愕然とした。信じ難いことながら、編隊はドイツ空軍に違いなかった。絵本を見ている子供たちに気づかれないように用心して、ハワードは空の果てに目を凝らした。戦闘機の姿はなかった。編隊は大きく輪を描くと、およびもつかない対空砲火を尻目に東へ去った。

老人は暗澹として座席にへたり込んだ。

一時を少し回ってジョワニに着いた時、ハワードはうつらうつらしていた。汽車は炎天下の駅に停まったきり、動く気配もなかった。しばらくして、車掌が通路をやってきた。

「デサンデ、ムッシュー。お降り願います。この列車はここまでです」

ハワードは耳を疑って車掌を見上げた。「降りろって……これはパリ行きだろう」

「当駅で乗り換えです。この列車は、パリまで行きません」

「次のパリ行きは、何時かな？」

「わかりません。なにしろ、軍の事情ですから」

ハワードは子供たちにコートを着せ、荷物を集めて汽車を降りた。三人の子供にまとわりつかれ、荷物は持ち重りして身動きもままならなかった。まっすぐ駅長室へ行くと、老人は若い駅長にはっきりした説明を求めた。返事は取りつく島もなかった。

「パリ行きはもう、一本もありません。理由は言えませんが、ジョワニから北へ行く列車は全線不通です」

頑として有無を言わせぬ口ぶりだった。ハワードは言った。「サンマロまで行きたいのですがね。サンマロからイギリスへ。この子供たちが一緒です。どうしたらいいでしょう？」

若い駅長はハワードの顔を覗き込んだ。「サンマロですか。となると、なかなか大変ですね」駅長はしばらく考えた。「シャルトルからなら汽車がありますが……ええと、今から一時間後、二時半にモンタルジ行きのバスが出ます。バスでいったん、モンタルジまで行って、それから、ピティヴィエ。ピティヴィエからアンジェヴィル。アンジェヴィルからシャルトル。シャルトルからは、サンマロへ行く汽車があるでしょう」

言うだけ言うと、駅長はハワードの後ろの不機嫌なフランス女に向き直った。弾き出された格好で、聞いたばかりの地名を頭の中で繰り返しながらホームを戻る途中、ハワードは荷物の中にベデカの旅行案内があることを思い出した。早速、ベデカを開いて地図を当たると、駅長に薦《すす》められたシャルトルまでの道順は、パリの西六十マイルを大きく迂回する遠路だった。なるほど、バスがありさえすれば、シャルトルまでは行かれるに違いない。ただし、どれほど時間がかかるかは想像の外だった。

ことフランスの田舎のバスに関しては、ハワードは事情に通じていた。駅前に停まっているバスを見るなり、彼は迷わず子供たちを押し込んで席を取った。もう十分遅かったら、空席一つなくなっていただろう。

子供たちの騒々しいおしゃべりに閉口しながら、ハワードはこれから行く道について思案した。モンタルジに出るほかはなさそうだが、果たしてそれは賢明と言えるだろうか？　ディジョンに戻った方がよくはなかろうか？　ベデカで見る限り、駅長の教えてくれたモンタルジからシャルトルに至る経路は理屈にかなっていた。シャルトルまでの百マイルを、大きな国道にほぼ平行して走る道である。このバスは、三十五マイルから四十マイルの地点まで運んでくれる。そこからシャルトルまで六十マイル弱。シャルトルからサンマロまでは汽車がある。その六十マイルにバスが通じていれば何の問題もない。うまく行けば、今夜のうちにシャルトルに着くだろう。明日の昼前にサンマロから海峡横断船に乗れば、イギリスは一衣《いちい》帯水《たいすい》である。

どうやらこれで行けそうだが、本当にこのまま進むことが賢明かどうか、ハワードは今一つ確信がなかった。途中で何があるかは知れないが、ディジョンに引き返すことも、まったく無理な相談ではあるまい。しかし、ディジョンに戻ったところでどうなるというのか？　北からドイツ軍、南からイタリア軍がフランスに攻め入って、ディジョンは挟み撃ちの危機にさらされている。ディジョンに長くはいられない。となれば、勇を鼓してこのバスで北へ向かい、シャルトルから海峡を指して西へ折れるに如《し》くはない。

バスは土地のフランス人で込み合い、汗と人いきれでむっとするほどだった。乗客はいずれも持てるだけの荷物を持って西へ向かう避難民で、不安と焦燥に神経がささくれ立っていた。

ハワードはシーラを膝に乗せ、ロニーを脚の間に立たせて席を空けた。ローズは押しつけられたように縮こまり、嬰児を抱いた大女がハワードの隣に割り込んだ。乗客たちのやりとりからハワードは、ドイツ軍がなおも進撃していることや、フランスはパリを死守する構えであることを聞き知ったが、ドイツ軍がこのジョワニからどのあたりまで攻め寄せているかははっきりしなかった。ただじっと戦火を浴びるのは愚かしい。土地者たちは縁故を頼って、我も我もと西へ避難するところだった。

誰かが言った。「議会はパリを捨てたと。トゥールへ疎開したとさ」別の乗客が、それは単なるデマだと言い返すのをきっかけに、車内はとりとめのない議論になった。土地の農夫や半農の市民らは、議会の動きにさしたる関心もなく、パリをはじめ、フランスの大都《たいと》の命運はどこか遠くの出来事だった。

車内は息苦しいほどの暑さだった。イギリス人の子供二人は、ハワードが案じたよりもこの劣悪な条件によく耐えた。ローズの方がよほど参っている証拠に、早くも顔面蒼白だった。ハワードは彼女の耳元に口を寄せて優しく言った。「くたびれたか?」

ローズは弱々しく頭をふった。ハワードは狭い座席で体をよじり、さんざん苦労してやっと窓を細目に開けた。

ほどなく運転手が現れて、はちきれるほどに客を詰め込んだバスは重たげに駅前広場を後にした。

バスが走りだして、いくらか涼しい風が入った。

さらに二ヶ所で客を拾い、溢れた客を屋根に乗せて、バスはようよう町を出た。乾いて白茶けた、穴だらけの道がどこまでもまっすぐ続いていた。鈍重なバスが巻き上げる土埃は容赦なく窓から流れ込んで乗客の頭に降りかかった。ハワードの膝の間に立って、ロニーは何一つ見逃すまいと沿道の景色に目を凝らした。ハワードは苦労してシーラの向きを変え、同じように景色が見えるようにしてやった。

隣でローズが哀れな泣き声を上げた。見ると、その顔は土気色だった。ハワードが何をしてやる暇もなく、ローズは床に嘔吐した。

ハワードは狼狽《うろた》え、一瞬、嫌悪を催した。が、じきに忍耐が蘇った。子供のことで、仕方がない。ローズは泣きながら咳き込んだ。ハワードはハンカチでローズの顔を拭いてやり、努めて彼女を慰めた。

「ポーヴル・プティット・シュー。可哀想になぁ」老人は不馴れな口ぶりで言った。「でも、これでいくらか楽になったろう。暑さのせいだな」

ハワードはまた大変な苦労をしてシーラを膝から降ろし、代りにローズを抱え上げて、景色がよく見えて新鮮な空気が吸えるようにしてやった。ローズはなおも激しく泣きじゃくった。ハワードは彼女の涙を拭きながら、せいぜい優しく言葉をかけた。一部始終を見ていた隣の大女はおよそ動じる気配もなく、伸びやかな笑顔を覗かせた。

「この揺れがね」女は穏やかな中部フランス訛りで言った。「船酔いと同じですよ。私も、子供の頃は決まって乗り物酔いを起こしましたよ。汽車でも、バスでも、きっとですよ。目の前が真っ暗になってねぇ」女はローズに顔を寄せた。「ソワ・トランキル、マ・プティット。大丈夫よ。何でもないわ」

ローズは女を見上げて泣きやんだ。ハワードはハンカチの汚れていないところを探してローズの涙を拭いた。ローズは老人の膝に落ち着き、ゆっくりと変っていく沿道の景色を黙りこくって眺めやった。

「僕、車で酔ったことなんか一度もないよ」ロニーが得意然と英語で言った。それまでフランス語を話していた子供の口から英語が出て、隣の大女はあらためて不思議そうにハワードの一行を見回した。

道路は西へ向かう乗り物でいっぱいだった。古い年式のひしゃげた車、トラック、ラバやロバに牽《ひ》かせた荷車など、いずれも破壊寸前まで積めるだけの人と荷物を載せてモンタルジを目指していた。それらの車は、同じく荷物を山と積んだ手押し車や乳母車、果ては猫車まで利用して戦火を逃れようとする長い避難民の列を縫って進んだ。ハワードはその信じ難い光景に目を瞠《みは》った。あたかも地方全体が挙げて大移動の群に加わったかのようだった。沿道の畑で働く農婦たちは、時折り手を休めて国道の異様な行列を眺め、じきにまた腰を屈《かが》めて収穫作業に戻った。彼女たちにとっては、引きも切らずに蜿蜒《えんえん》と続く人の流れよりも、目の前の仕事の方がはるかに大切だった。

モンタルジまでの半分を過ぎたあたりでバスはよたよたと路肩に寄った。運転手は歯を食いしばってハンドルを切ったが、どこか後輪の近くで固いものが触れ合う、短い周期の耳障りな音がした。バスは揺れ傾いて退避車線に停まった。原因を調べに降りた運転手は、間もなく乗車口に戻って無愛想に言った。「パンクです。タイヤ交換しますから、降りて下さい」

バスを降りてハワードはほっとした。かれこれ二時間、狭い車内に坐りづめで、うち一時間は揺られ通しだった。子供たちは暑さと疲れで不機嫌になっている。ここで手足を伸ばすのは格好の気分転換だった。ハワードは一人ずつ、こっそり茂みの陰で用を足させた。バスの周りにたむろした乗客たちはこれを見逃さず、袖を引き合って言った。「ありゃあイギリス人だぜ……」

運転手は二、三の乗客の手を借りて重い車体をジャッキで持ち上げ、パンクしたタイヤをはずした。タイヤ交換の作業を眺めるうちに、子供たちに食事をさせるいい機会だと気がついて、ハワードは網棚の包みを降ろし、乗客の集団からやや離れた道端の木陰に車座を作ってサンドイッチとミルクの中食を広げた。

道は定規で引いたようにまっすぐ西へ伸びていた。見渡す限りを埋め尽くして人と車の列が同じ向きに流れていくありさまは、ハワードがかつて見たことのない民族大移動の異常な光景だった。

飛行機の音がする、とローズが言った。

ハワードははっと空をふり仰《あお》いだ。老人の耳には何も聞こえなかった。

「聞こえる、聞こえる」ロニーも言った。「編隊だ」

シーラは口を尖らせた。「あたしも、飛行機の音、聞きたい」

「馬鹿だなあ」ロニーは得意顔だった。「あんなに飛んでるのに、聞こえないの?」

ハワードは一心に耳を澄ませたが、やはり何も聞こえなかった。「見えるかな?」こともなげな口ぶりを装いながら、彼は背筋に冷たいものが走るのを覚えていた。

子供たちはいっせいに空を見回した。「あそこ」ローズがいきなり指さした。「三機、ほら」

ロニーは興奮してハワードをふり返った。「あそこ」「こっちへ来るよ!　ねえ、近くで見えるかなあ」

「どこだって?」ハワードは今しがた自分たちのやってきた方角に目を凝らした。「ああ、あれか。こっちへは来ないだろう。ほうら、ずっと向こうだ」

「なあんだ」ロニーはがっかりした。「そばで見たかったのに」

飛行機は二マイルほど後方の道路へ向けて高度を下げた。道沿いの畑地に着陸すると思いきや、三機は水平飛行に移って木々の梢をかすめた。道路を挟む格好で二機が翼を並べ、やや後《おく》れて道路の中心線上に一機という布陣だった。何やら小刻みに、金属の触れ合う乾いた音を耳にして、ハワードは茫然と編隊を見上げた。まさか……。

しんがりの一機が爆弾を五発、立て続けに投下した。ハワードは爆弾が機体を離れるのをはっきりと見た。道路に火柱が五つ上がり、土石や物の破片が宙を舞った。

バスの方で女が叫んだ。「ドイツ軍よ!」たちまち、道路は大混乱に陥った。バスの前方五十ヤードあたりを小型のプジョーで走っていた男は騒ぎに気を取られ、肩越しにふり返る途端にラバの牽く荷車に追突した。車輪が一つ弾け飛んで、乗っていた人々は荷物もろとも路上に投げ出された。乗客たちは我がちにバスの乗車口に殺到した。ガラスと合板の車体すら、ないよりはましの遮蔽物と、彼らはなりふり構わず、押し合いへし合い先を争った。編隊は機銃掃射の火を噴きながら頭上に迫った。爆弾を投下したしんがりの一機が前方へすり抜けて右へそれると同時に、右側の一機が身をくねらせるように後尾へ回って爆撃の構えを取った。

どうする暇もなく、もとより身を隠すべき場所もない。ハワードはシーラとロニーを引き寄せて地面に伏せ、ローズにも伏せるように叫んだ。間一髪だった。

編隊は真上を過ぎた。低翼単葉の単発機で、主翼が中央で奇妙な形に折れ曲がり、胴体はくすんだ緑色だった。左右の二機がバスに機銃掃射を浴びせ、中央の一機からバスの前方へ向けて曳光弾が煙の尾を曳《ひ》いた。銃弾がハワードと子供たちの至近をかすめ、数ヤード背後の草地に降り注いだ。

一瞬、ハワードは後尾の銃座で機関銃を撃っている射手を見た。年の頃せいぜい二十歳か、彫りの深い日焼けした顔で、学徒兵の黄色い帽子をかぶり、さも愉快げに笑いながら機関銃を撃ちまくっていた。

両側の二機が飛び去ると、しんがりの一機が間近に迫った。翼下に吊られた爆弾がありありと見えた。今にも落ちてくるかとハワードは気が気でなかったが、爆撃機はそのまま百フィートほど向こうを過ぎた。ハワードは吐き気を催すほどの安堵を覚えながら、遠ざかる機影を見送った。敵機は三百ヤードほど前方の道路に爆弾を投下した。噴き上がる土砂をハワードは声もなく眺めやった。荷車の車輪が空《くう》を切り、回転しながら畑に落ちた。

古式の円舞さながらに、中の一機が前に出ると、今度は左の一機がしんがりに付いて、編隊は視野から去った。ややあって、はるか前方の道路を見舞う爆撃の轟音が伝わった。

ハワードは子供たちの手を放して、草の上に坐らせた。ロニーは興奮冷めやらず、顔を火照《ほて》らせて言った。「近かったねえ！　すごくよく見えた。見たかい、シーラ？　機関銃の音って、すごいなあ」

有頂天の兄と違って、シーラはまるでけろりとしていた。「オレンジ、もっとほしい」

ハワードは声を落としてきっぱり言った。「いいや、もうたくさん食べただろう。ちゃんとミルクを飲まなくては駄目だ」見ると、ローズは涙をいっぱい溜めていた。ハワードは片膝を突いて、フランス語で尋ねた。「どこか、怪我でもしたか？」

ローズは黙って首を横にふった。

「じゃあ、もう泣くんじゃあない」老人は優しく言った。「さあ、こっちへ来て、ミルクを飲むといい」

ローズはハワードを見上げた。「飛行機、また来ますか？　あたし、あの音、嫌い」

老人は少女の肩に手を置いた。「大丈夫だよ」我ながら、いささか頼りない口ぶりだった。「音だけで怪我をすることはないからね。いや、もう来ないだろう」彼はコップにミルクをついで差し出した。「さあ、飲みなさい」

ロニーが言った。「僕、恐がらなかったよね」

シーラも負けじと言った。「あたし、恐がらなかったもん」

ハワードは忍耐を心懸けた。「誰も恐がらなかったとも。ただ、ローズはあの音が嫌いなだけだ。恐がるのとは違う」バスの周りに乗客が人垣を作っていた。何かあったに違いない。ハワードは事情を知っておきたかった。「じゃあ、オレンジをもう一つ。三人で仲好く分けるんだよ。剝いてくれるね、ローズ」

「メ・ウイ、ムッシュー」

オレンジの追加に気をよくした子供たちをその場に残して、ハワードはゆっくりバスの方へ向かった。乗客たちが声を尖らせて口々に喚き散らし、女性客の多くが恐怖と怒りに涙を流していた。年配の女性が一人、機銃掃射で左手の指二本を関節からもぎ取られたほかは、意外にも、乗客に怪我人はなかった。農婦が三人、畑仕事にも怪我は付き物で、応急処置を心得ていると見え、馴れた手つきで年寄りを介抱していた。

爆撃で死者が出なかったのは奇跡的と言えた。バスは車体の右側から後部にかけて撃ち抜かれていた。左側は前輪とボンネット、それに、ラジエターがものの見事にやられていた。そんな中で、乗車口に重なり合っていた乗客たちは負傷を免《まぬか》れ、プジョーの一団も無事だった。ただ、荷車から投げ出された女性は太股に貫通銃創を受け、車を牽いていたラバは道の真ん中で死にかけていた。

怪我人の介抱を手伝う術《すべ》もなく、ハワードは浮かぬ顔で運転手を囲んでいる男たちの集団に目を転じた。彼らはボンネットを開け、肩を落としてエンジンを覗き込んだ。自動車の構造についてはおよそ知識のないハワードが見ても、バスが走れる状態にないことは一目で知れた。エンジンルームは水浸しで、ラジエターとシリンダーに穿《うが》たれた穴から茶色く濁った液体が流れ出していた。

男の一人が脇を向いて吐き捨てるように言った。「サ・ヌ・マルシュ、プリュ」これじゃあ走れねえや。

ハワードは遅ればせに、その一言の意味するところに思い至った。「で、どうなるんです?」彼は運転手に尋ねた。「別のバスでも出るのかな?」

「頭がどうかした運転手がいるものならね」張りつめた沈黙があたりを覆った。運転手は言った。「イル・フォー・コンティニュエ・ア・ピエ」この先は歩いてもらわにゃあ。

悲しいかな、動かし難い現実だった。時刻はかれこれ夕方四時、モンタルジまでは十五マイル、約二十五キロの距離である。ジョワニへ戻るよりは近い。ジョワニからここまで来る間にいくつか村を過ぎた。だとすれば、モンタルジの手前にも村はあるだろう。もっとも、そこからバスが出ているはずはなし、きちんとしたホテルがあろうとも思えない。子供たち三人を連れて、と考えただけで気が遠くなるような話だが、ほかに道はなかった。子供たち三人を連れて、おそらくは、モンタルジまでの道のりを歩き通すより仕方がない。

ハワードは大破したバスからアタッシェケース二つと小さなスーツケース、それに食料の包みを運び出した。一人では持ちきれない量だったが、長い距離を歩くとなると、子供たちに持たせるのも考え物だった。シーラは何も持てないどころか、ほとんどは抱いてやらなくてはなるまい。ロニーとローズも十五マイルを徒歩で行くには身軽でなくてはならない。

ハワードは子供たちのところへ戻って、草の上に荷物を広げた。スーツケースは諦めるしかなかった。持ち物を詰め替え、当面はなしで済ませるものをスーツケースにまとめて、取り戻す機会がもしあるならばめっけものと、バスに残すことにした。荷物は脹れ上がったアタッシェケース二つと食料の包みだけになった。これなら何とか一人で持つことができる。

「これから、モンタルジまで歩くんだよ」彼は子供たちに言って聞かせた。「バスが動かないから」

「どうして?」ロニーが訊き返した。

「何でも、エンジンが故障だとかで」

「へぇ……。見にいってもいい?」

ハワードは厳しく答えた。「それは駄目だ。先を急ぐからね」彼はローズに向き直った。「きみは、バスより歩く方がいいだろう」

ローズは眉を寄せた。「バスは気持が悪くなって」

「暑かったからね。もう、気分は悪くないね?」

ローズはにっこりうなずいた。「ウイ、ムッシュー」

一行はモンタルジへ向けて歩きだした。日盛りは過ぎて、まだ涼しいとは言えぬものの、歩けない暑さではなかった。シーラに足並みを合わせると、なかなか道は捗《はかど》らなかった。老人は根気よく、ゆっくり歩いた。むやみに急《せ》かせて子供たちの気分を害することは禁物である。まだまだ先は長い。無理のない速さで歩かせるのが一番だった。

さるほどに、第二波の爆撃を受けたところにさしかかった。

道路の真ん中に大きな弾孔が二つ口を開け、道沿いの茂みの地べたが三ヶ所にわたって抉《えぐ》れていた。荷車らしきものが打ち捨てられている傍《かたわ》らで、小人数の集団が忙しげに立ち働いているのが見えた。ハワードは、子供たちに見せたくないところを迂回しようと考えたが、遅かった。

ロニーが目聡く気づいて、好奇心を剝き出しに言った。「あれ、死んだ人、ハワードさん？」

ハワードは子供たちを道の反対側に寄せて声を落とした。「ああ、そうだ。気の毒にねえ」

「見にいってもいい？」

「それは駄目だ。亡くなった人は見るものではないよ。そっとしておかなくてはいけない」

「死んだ人って、変な顔してるよね、ハワードさん」

ハワードは答えるに言葉を知らず、黙って子供たちを追い立てた。シーラは鼻歌混じりで、悲劇にはまるで無関心だった。ローズは控え目に十字を切り、目を伏せて足早にそこを過ぎた。

一行はとぼとぼと歩き続けた。脇道を行きたいところだが、それらしい道はなく、惨害の場を避けようとすれば畑中を歩くしかなかった。今さらジョワニに引き返したところで意味がない。このまま行くことだ、とハワードは意を決した。

またしても悲惨な場面を通りかかった。子供たちはもはや興味を示さなかった。ハワードは三人を急き立てて、そそくさと行き過ぎた。最後に被弾した場所を越してしまえば、子供たちに痛ましい光景を見せずに済む。半マイルほど先に車が二台、もつれ合って道を塞ぎ、その上に木が何本か倒れかかっていた。

老人と子供たちはゆるゆるとその場にさしかかった。車の一台はもとの形を留《とど》めぬまでの破壊をこうむっていた。前輪駆動のシトロエン・サルーンで、走っている直前に爆弾が落ちたらしく、ラジエターが真っ二つに破断して、フロントグラスが砕け散った上に木が倒れかかり、押し潰された屋根は車台に接して、路面は血の海だった。

もう一方の、古びてひしゃげたドゥ・ディヨンから男が四人、倒れた木を退《ど》けて道を開けようと苦労しているところだった。道端の草の上に、間に合わせのぼろ毛布に覆われて遺体が横たわっていた。

男たちは倒れた木を、引き退け押し上げ、さんざん骨を折った末、辛《かろ》うじて車一台が通れる隙間を開けた。彼らは額《ひたい》の汗を拭って旧式のクーペに乗り込んだ。エンジンがかかったところへハワードが行きかかった。

「お亡くなりですか?」彼は声を潜めた。

男は忌々しげに口を歪めた。「見た通りよ。ドイツ軍も、ひどいことをしやがる」車は木を除《よ》けて、ゆっくり前方の路上に出た。

五十ヤードほど行って車は停まり、中の一人が顔を突き出して叫んだ。「おい、そこの、子供を連れた人。ガルデ・ル・プティ・ゴッス!」

言い捨てて、車は走り去った。ハワードは当惑してローズをふり返った。「何だって?」

「小っちゃな男の子がいますって」ローズは言った。

老人はあたりを見回した。「小さな男の子って、どこに?」

ロニーが道端の遺体を指さして言った。「死んだ人しかいないよ。あの毛布の下に」

ここに至って、シーラははじめて身辺の異状に気づいた。「死んだ人、見たい」

老人はシーラの手を強く握って引き止めた。「死んだ人を見てはいけないと言ったろう」彼は片付かない気持でなおも周囲に目をやった。

シーラは言った。「じゃあ、あの子と遊んでもいい？」

「あの子って、誰もいやあしないだろうが」

「いるよ。ほら、あそこ」

シーラは倒れた木から二十ヤードほど離れた道の向こうを指さした。年の頃、五つか六つと思しき少年が、文字通り、身じろぎもせずに立っていた。グレーのセーターに、グレーの半ズボン、膝の上まであるグレーのストッキング、と上から下までグレーずくめの少年は凍りついたようにじっと立ち尽くして、道の向こうからハワードの一行を見つめていた。白茶けたその顔にはまるで生気がなかった。

ハワードは息を呑んだ。声にならぬ声が老人の口からこぼれた。「何と、まあ……」七十年の生涯を通じて、かくまで表情を失った子供は見たことがなかった。

ハワードは足早に道を跨《また》いだ。子供たちもぞろぞろ後に続いた。少年は身動き一つせず、近付いてくるハワードたちを虚ろな目で見つめるばかりだった。老人は声をかけた。「どこか、怪我でもしたかな？」

返事がなかった。ハワードの声が耳に届いたかどうかも定かでない。

「恐がらないでいい」ハワードはぎくしゃくと片膝を突いた。「名前は？」

少年は黙りこくったままだった。ハワードは助けを求めてふり返ったが、あいにく道路は人気《ひとけ》が絶えていた。車が二台、倒れた木をゆっくり除けていく後から、疲れきった髭面のフランス兵を満載したトラックが走り過ぎた。助力を頼める相手はどこにもいなかった。

ハワードは困《こう》じ果てて体を起こした。先を急がなくてはならない。モンタルジまで行き着くことはもちろん、子供たちが悲劇の深刻な意味を知ったなら、生涯、悪夢の記憶ともなりかねない惨害の場から彼らを遠ざけるためにも、いたずらにここで時を移してはいられない。だといって、この見知らぬ少年を置き去りにすることは、ハワードの気持が許さなかった。次の村か、少なくともモンタルジまで行けば、修道院の一つぐらいはあるだろう。せめてのことに、少年を尼僧に預けられれば心の負担は免れよう。

子供たちにその場を動かぬように言い置いて、ハワードは道路を渡り、そっと毛布の端を持ち上げた。まだ三十を出てはいまい、ごく身なりのいい夫婦だった。遺体は見るに堪《た》えぬほど傷ついていた。ハワードは勇を鼓して男の上着を探った。内ポケットの財布に身分証明書があった。ジャン・デュショー、リール市ヴィクトワール通り八番地。

ハワードは男の財布と身分証明を自分のポケットにおさめた。憲兵に出会ったら真っ先に渡すつもりだった。誰かが遺体を始末しなくてはならないが、そこまではハワードも手が回りかねた。

子供たちのところへ戻ると、シーラが笑いながら駆け寄って嬉しそうに言った。「あの子、変な子。なんにも言わないの」

ほかの二人は間合いを保って、グレーずくめの蒼白い少年をしげしげと見つめ、当の少年は、相変らず虚ろな目で、車の残骸を眺めやっていた。ハワードは荷物を置いてシーラの手を取った。「そっとしておくんだ。今は遊びたくないんだろうから」

「どうして遊びたくないの?」

ハワードはこれを聞き流してローズとロニーに向き直った。「きみたち、ちょっとの間、一つずつ荷物を持ってくれないか」少年をふり返って、彼は言った。「一緒に行くかい? モンタルジまで行くよ」

ハワードの言葉を聞いてか聞かずか、少年は押し黙ったままだった。

ハワードは、一瞬、途方に暮れて立ち尽くしたが、やがて、屈《かが》み込んで少年の手を取った。その暑い夏の午後、少年の手は氷のように冷たく湿っていた。「アロン、モン・ヴィユー」老人は優しい中に決然たる響きを込めて言った。「さあ、おいで。モンタルジへ行こう」道の行く手に向き直ると、グレーずくめの少年はこくりとうなずいて素直に歩きだした。幼い二人の手を引いて、老人は長い道のりに歩を進めた。ローズとロニーがそれぞれに荷物を提《さ》げて後に続いた。

人と車は数を増してハワードの一行を追い越した。民間の車に交《ま》じって軍用のトラックが目立つようになった。避難民ばかりか、夥《おびただ》しい兵士もまた西へ向かっている様子だった。古タイヤを履いたトラックは、これも古くなったギアを軋ませてがたぴし走った。トラックの半数はヘッドライトにアセチレンランプを使った一九一八年当時の軍の遺物で、二十年この方、どこか片田舎の兵営の倉庫に眠っていた老朽車である。それが今また駆り出されて、以前とは反対の方向を指しているのだった。

トラックが巻き上げる土埃は子供たちを苦しめた。暑い中を歩かされて、子供たちはじきに元気をなくした。ロニーは荷物が重くて腕が痛いと言い、シーラは喉の渇きを訴えたが、ミルクはもう残っていなかった。ローズは足が痛いと言いだした。グレーずくめの孤独な少年だけは物も言わずに、ただ悄然と歩き続けた。

ハワードは子供たちの気持を引き立てようとあれこれ努めたが、疲労には勝てなかった。少し行ったところで、ハワードはとある農家の戸を敲《たた》き、年老いて痩せ衰えた女にミルクを分けてほしいと掛け合った。ミルクはないという返事だった。子供たちに水を飲ませてもらえまいかと頼むと、老女は一同を中庭に案内し、積み肥《ごえ》の山に隣り合う井戸からバケツに水を汲み上げた。ハワードはその生水が飲めるかどうか、大いに危ぶんだが、不安をねじ伏せて子供たちに飲ませた。

一行は井戸端で休息した。庭に向かって開かれた納屋の奥に、もう長いこと使われていない、車輪の欠けた大きな荷車があって、山と積まれたがらくたの中に、乳母車と思しきものの一部が覗いていた。

ハワードは、老女の探るような視線を意識しながら、納屋に立ち入って間近にあらためた。果たして、古い乳母車だった。四、五十年の埃にまみれ、スプリングが折れているとはいえ、乳母車であることに変りはない。ハワードは、早速、老女を相手にこれを譲り受ける交渉にかかった。

十分後、百五十フランで話がまとまった。老女は見る影もなくほつれた麻縄をおまけに付け、ハワードはそれで折れたスプリングを補強した。鶏が塒《ねぐら》にしていたと見えて、乳母車は糞で固まっていた。ハワードはロニーとローズに言って草を集め、みんなして鶏糞を拭い落とした。掃除をしてみると、なかなか上等な乳母車だった。汚れは取りきれず、法外に高い買い物ではあったが、これで一番の問題は解決した。

ハワードは老女から少しのパンを分けてもらい、荷物とともに乳母車に積んだ。子供たちは案に相違して、乳母車に乗りたがるよりも押したがった。ここは、順番を決めてやらなくてはならなかった。「小さい順にしよう」ハワードは言った。「シーラが先だ」

ローズが遠慮がちに言った。「靴、脱いでいいですか？　足が痛くって」

どうしたものか、ハワードは返事に窮した。「さあて、それはどうかな。裸足じゃあ、歩きにくいだろう」

ローズは平気な顔だった。「でも、普段、履かないから。靴を履くの、ディジョンだけ」

言われてみれば、なるほど、ローズは裸足の方が自然かもしれない。迷った末にハワードは、好きにさせることにした。裸足のローズは悪路をものともしなかった。ハワードはローズの靴と靴下を乳母車に放り込んだ。それからしばらくは、イギリス人の子供二人がローズの真似をしたがるのを制するのに一苦労だった。

シーラはじきに乳母車に飽きた。ローズがすかさず引き取って、見知らぬ少年を守り立てた。「ピエールの番よ。ほら、ピエール。こうするの」彼女は相変らず無表情に蒼ざめた少年を引き寄せ、ひびの入った琺瑯《ほうろう》の握りを摑ませると、一緒に乳母車を押して歩きだした。

ハワードは首を傾《かし》げた。「ピエール？　どうして知ってるんだ？」

ローズは不思議そうに老人を見上げた。「さっき、井戸端で、自分から言ったから」

ハワードは少年が口をきくところを見たことがなかった。爆撃で親を失ったショックで言葉を忘れたかと恐れていたハワードは一度ならず、年寄りと子供の断絶を思い知った。見知らぬ少年は、子供たち三人に任せておけばいい。なまじ老人の同情や質問で、幼い子供を苦しめることはない。

ハワードは、仲好く乳母車を押す二人を注意深く見守った。ローズはすでにこの幼い子供と気持が通《かよ》い合う様子で、ふるまいは自信に満ちていた。並んで乳母車を押しながら、ローズは楽しげに、フランスの幼児言葉でしきりに話しかけた。ローズが小走りになれば少年も走り、ローズが歩みを緩めれば少年もゆっくり歩いた。が、それを除けば少年はいっさい反応を見せず、その顔はどこまでも虚ろだった。

ロニーが言った。「この子、どうして何も言わないの？　おかしいよ」

シーラがすかさず真似た。「どうして何も言わないの？」

ハワードは諭《さと》すように言った。「この子は、とても悲しい目に遭ったのだよ。だから、みんな、できるだけ優しく、親切にしなくてはいけない」

二人は黙ってハワードの言葉を噛みしめた。ややあって、シーラは言った。「ハワードさんも、優しく、親切にしなきゃあいけないの？」

「ああ、そうだとも。みんな、できるだけ親切にしなくては」

シーラはあっさりフランス語で言った。「だったら、笛、作ってやれば。あたしたちには作ってくれたじゃないの」

ローズはふっと顔を上げた。「アン・スィフレ？」

ロニーがフランス語で説明した。「ハワードさんはね、木の枝で笛を作るのが巧《うま》いんだ。僕たち、シドートンで、作ってもらったよ」

ローズは雀躍《こおどり》して喜んだ。「ねえねえ、ピエール。ムッシュー・ヴァ・トゥ・ファブリケ・アン・スィフレ」ハワードさんが笛を作ってくれるって。

子供たちは期待に目を輝かせてハワードを見上げた。彼らは明らかに、笛は万病を払い、心の傷を癒すもの、と揃って堅く信じていた。

「作るのはいいけれど」ハワードは気楽に応じたが、ピエールの心を開かせる役に立つかどうか疑問だった。もっとも、ほかの子供たちが喜ぶことは間違いない。「決まった木を見つけなくては駄目だ。ハシバミだよ」

「アン・クードリエ」ロニーは大きくうなずいた。「ハシバミを探すんだね」

一行はハシバミの藪を尋ねつつ、乳母車を押して傾く夕日の中を進んだ。ハワードがじきにハシバミを見つけた。農家を出てから、かれこれ一時間が過ぎていた。子供たちを休ませるいい機会だった。ハワードはポケットナイフでまっすぐな小枝を一本切り取り、子供たちを往来の激しい道路から離れた草の上に坐らせて、オレンジを渡した。三人の子供たちはオレンジをそっちのけにして、小枝を削るハワードの手もとに見入った。しかし、ピエールだけは、ローズに肩を抱かれながら何に興味を示すでもなく、オレンジも、少しずつ口へ入れてやらないと食べなかった。

ハワードは枝に溝を刻み、皮をもとに戻すと、まず自分の唇にあてがった。細く澄んだ笛の音が響いた。

「これでよし、と。さあ、ピエールの笛だ」

ローズが笛を受け取った。「ほら、ピエール。ス・ク・ムッシュー・タ・フェ」ハワードさんが作ってくれたのよ。

ローズはピエールの口にそっと笛を押しつけた。「吹いてごらん、ピエール」

小枝の笛の涼やかな音色が、地を揺るがすトラックの騒音を貫いた。

5

ほどなく、一行はまたモンタルジを指して歩きだした。

夕暮れが迫っていた。雲一つない空を金色に染めて、太陽は今まさに地平線に傾くところだった。これがイギリスなら、暑く長い一日が終って鳥たちがいっせいに鳴きはじめる黄昏《たそがれ》時である。中部フランスでは日曜毎《ごと》に農民が狩りをするので、鳥はあまり多くない。それでも、ハワードは我知らず鳥の声に耳を傾けた。聞こえるのは鳥の歌とは別の物音だった。遠くの空に爆音が轟き、鋭く乾いた銃声に続いて、爆弾の破裂する音が響いた。西へ向かうフランス軍のトラックは目に見えて数を増した。

とうてい、モンタルジまで行き着く見込みはなかった。道は果てもなく続いていた。ハワードの計算では、バスを降りてからここまで、せいぜい五マイルほどである。この先まだ十マイルは歩かなくてはならないが、日は暮れかかって、子供たちは疲れきっている。ロニーとシーラは寄ると触ると喧嘩をはじめた。シーラが癇癪を起こして泣きだすのはすでに時間の問題と思われた。ローズも最前までの元気はどこへやら、ピエールに話しかけることもぱったり止《や》めて、裸足のまま、ただ黙々と歩いているだけだった。ピエールは蒼ざめた顔で、時折り躓《つまず》きよろけながら、ローズに手を引かれてたどたどしく足を運んだ。片方の手には小枝の笛をしっかり握っていた。

泊まるところを探さなくてはならなかった。

選択の幅は限られていた。右手に農家が一軒、半マイルほど行った左手にもう一軒あったが、子供たちはそれより先まで歩けそうになかった。ハワードは右手の農家に向かった。門柱に釘付けされた「猛犬注意」の札は老人の目に留まったが、子供たちには用をなさなかった。子牛ほどもある斑《ぶち》の犬が鎖を引きちぎらんばかりに飛び出してけたたましく吠え立て、子供たちは散り散りに逃げまどった。シーラは金切り声を上げ、ローズはべそをかいていた。犬はますます吠え猛《たけ》り、シーラが泣き叫ぶ中で、ハワードは農家の扉を敲《たた》き、子供たちのために一夜の宿を請うた。

目つきの陰険な年配の女が応対に出た。「そう言われてもねえ。うちはホテルじゃないんだし」

もう一人の、年若くふっくらとした女が後ろから言った。「納屋に泊めたらどう、マ・メール」

「ええ？　納屋に？」年嵩《かさ》の女はハワードの頭のてっぺんから足の爪先まで見降ろした。「軍隊に宿を言いつけられた時は、納屋で寝てもらうけれど。宿代は払ってもらえるのかしら？」

ハワードは言った。「金なら、子供たちをきちんとしたホテルに泊まらせても払えるだけの用意があります」

「十フランだけど」

「十フラン、払いましょう。納屋を見せてくれませんか」

女は牛小屋を抜けて、裏の納屋にハワードを案内した。がらんとした大きな建物で、片側に脱穀場があるほかは何の設備もない、殺風景な場所だった。若い娘が後からやってきた。

ハワードは頭をふった。「お願いをしておきながら、心苦しいけれど、奥さん。子供たちは、やはり、ベッドでないと。どこか他所《よそ》を探すことにします」

娘が母親に、干し草を貯える二階のことを耳打ちするのが聞こえた。母親が意地悪く撥《は》ねつけると、若い娘は言い返した。「イル・ソン・ファティゲ、レ・プティ……」あの子たち、疲れているようだから。親子は隅へ行って、ひそひそ相談した。

干し草置き場は上等だった。雨露を凌《しの》ぐには充分で、これなら子供たちもゆっくり寝られる。十五フランで話が付いた。ミルクは分けてもらえるが、食べるものは余分がないと断《ことわ》られた。子供たちを干し草置き場に上げ、犬に吠えられながら乳母車を押して戻ると、ハワードは残りのパンを半分に割り、この屋の娘に渡して子供たちの食事の用意を頼んだ。

三十分ほど後、干し草を敷いて寝支度をしているところへ、娘がやってきた。ハワードのすることをしばらく眺めていた彼女は言った。「毛布、ないんですか?」

ハワードは首を横にふった。毛布をバスに残してきたことが悔やまれてならなかった。「身一つで歩くのがやっとでね」老人は沈んだ声で言った。

娘は無言で立ち去ったが、やがて、馬の背にかけるような目の粗《あら》い毛布を二枚持って戻り、声を殺して言った。「母には内緒ですから」

ハワードは礼を言って、早速、子供たちの寝床を作りにかかった。娘はなおしばらく、口をつぐんで年寄りの仕事を見守った。子供たちはじきに安らいで、後は寝るばかりになった。ハワードは納屋の戸口に出て暮れ方の景色を眺めやった。

傍《かたわ》らに立って、この屋の娘は言った。「あなたも、お疲れでしょう」

ハワードは綿のように疲れていた。ほんの束の間とはいえ、こうして子供たちから解放されると、力が抜けて眩暈《めまい》がするほどだった。「少々、草臥《くたび》れました。私も何か食べて、子供たちと一緒に寝るとしましょう。どうも有難う。おやすみなさい」

娘は母屋に戻り、ハワードは乳母車からパンの残りを取り出した。中庭を隔てて背後から、女主人が声をかけた。

「スープがあるけれど、よかったら、一緒にどうぞ」

ハワードは忝《かたじけ》ない思いで母屋の勝手に通った。木炭ストーブの上で大鍋にスープがぐつぐつ煮えていた。女主人は湯気の立つ皿にスプーンを添えて差し出した。ハワードは深い溜息とともに傷だらけの古びたテーブルに腰を降ろし、スープと自前のパンで空腹を満たした。

女主人が出し抜けに言った。「アルザスの人かしら。ドイツ人みたいな話し方だけど」

ハワードは首を横にふった。「私、イギリス人です」

「おや、イギリス人」親子はあらためて珍しそうに老人を見た。「でも、子供たちはイギリス人じゃないでしょう」

娘が脇から言った。「大きい方の男の子と、小さい女の子はイギリス人よ。フランス語を話さないもの」

ハワードは、何はともあれ、親子二人に自分の立場を説明した。黙って聞きはしたものの、二人は半信半疑だった。年老いた農婦は生まれてこの方、のんびりと休日を楽しんだこともなく、親子は市《いち》の立つ町より遠くへ行くことすら稀だった。そんな二人にとって、ただ魚を釣るだけのために遠く外国まで出向く人種は理解し難く、ましてや、他人の子供を預かって世話する老人に至っては、とうてい、わけがわからなかった。

ひとしきりやりとりがあって、ようよう女たちの質問攻めから解放され、ハワードは黙って食事を済ませた。

腹がくちくなると生き返る心地だった。ハワードは丁寧に礼を言って母屋を出た。日はとっぷりと暮れていた。間を置いてトラックが唸りを上げて走り過ぎたが、砲声はふっつり跡絶えていた。

女主人はハワードを追って戸口に立った。「今日は素通り」道路を指さして、彼女は言った。「一昨日の晩は、大勢、納屋に泊まってねえ。兵隊の宿をして、一晩二十二フラン」女主人は母屋に消えた。

ハワードは納屋に戻った。子供たちは干し草の中で、折り重なるように丸くなって眠っていた。ピエールは寝ていながらも時折り肩を引き攣らせて鼻を鳴らした。片手に小枝の笛を握りしめていた。ハワードはそっと笛を取り上げて、干し草の裁断機の上に置き、子供たちの毛布をかけ直すと、自分も干し草を掻き集め、上着を引きかぶって横になった。

先を思うとなかなか寝付かれなかった。何が起きるかはまったく予想の外である。そもそも、ジョワニを出たことが間違いだった。とはいえ、あの場合、ほかに道はなかった。パリまでは行けないとわかった時点でディジョンに引き返せばよかったかもしれない。いっそ、スイスへ帰る手もあったろう。バスでシャルトルへ出る目論見《もくろみ》がもろにはずれて、この通り、干し草に埋もれて仮寝する仕儀となった。四人の子供はハワードに頼りきっている。しかも、ここはドイツ軍の進撃経路である。

ハワードは干し草の上で何度も寝返りを打った。案ずることはないかもしれない。ドイツ軍も、しょせん、パリを越えてまでは南進すまい。パリはここより北である。西へ行けば、その分、危険は遠のくはずではなかろうか。明日には何としてもモンタルジまで行きたい。たとえ歩き通してでも行き着かなくてはならない。ゆっくり歩けば子供たちも、一日十マイルは稼げよう。小さい二人は時々乳母車に乗せてやればいい。モンタルジに着いたらピエールを修道院に預け、両親が死亡したことを警察に届けよう。モンタルジほどの町ならば、ピティヴィエへ行くバスがあるだろう。いや、シャルトル行きさえ出ていないとも限るまい。

寒さがとば口の浅い眠りを妨げ、頭の中で考えが堂々巡りして、ついにまんじりともしなかった。かれこれ四時を回って夜が明けた。淡い曙光が干し草置き場に射し込んで、梁の蜘蛛の巣を照らした。ハワードはしばらくうつらうつらして六時頃に起き出し、梯子を降りてポンプの水で顔を洗った。髭が伸びて不愉快だったが、井戸水で剃る気にはなれなかった。モンタルジへ行けば、ホテルの一軒や二軒はあるだろう。髭はそれまで我慢することにした。

女二人はもう野良仕事の支度にかかっていた。ハワードは子供たちにコーヒーを沸かしてくれるよう、母親に掛け合った。女主人は子供四人で三フランを要求した。ハワードは支払いを約束して納屋に戻った。

子供たちは干し草の上でふざけ合っていた。土間へ降りて顔を洗うように言いつけたが、ピエールは動こうとせず、梯子の手前からローズが声をかけても坐り込んだままだった。

ハワードは毛布を畳みながら、フランス語で言った。「行って顔を洗っておいで。ローズが呼んでいるよ」

少年は右手を腹にあてがうと、ハワードに会釈して、か細い声で言った。「ムッシュー」

ハワードは面食らって少年を見返した。老人に向かってピエールが物を言ったのははじめてだった。少年は腹に手をやったまま、拝《おが》むような目つきでハワードを見上げていた。

「どうかしたか？」ハワードは重ねてフランス語で言った。返事がなかった。ハワードはリューマチで痛む片膝を突き、同じ高さで正面からピエールの目を覗き込んだ。「どうした？」

少年は消え入りそうな声で言った。「ジェ・ペルデュ・ル・スィソレ」笛がない。

ハワードは体を起こし、裁断機の上から笛を取ってピエールに渡した。「ほうら。ちゃんとあるだろう。さあ、行ってローズに顔を洗ってもらい」ハワードは感じ入って、後ろ向きに梯子を伝い降りる少年を見守った。「ローズ、顔を洗っておやり」

ハワードは母屋の勝手を借りて子供たちに残り物のパンとコーヒーの食事をさせ、子供たちが用を足す間に、女主人に宿代と食事代、合わせて二十フランを支払った。七時少し過ぎ、ハワードは猛犬注意の札の下で見張りながら一人ずつ子供たちを通し、乳母車を押して農家を後にした。

抜けるように碧《あお》く澄んだ高空を航空機の小編隊が過《よぎ》った。フランス機か、ドイツ機か、ハワードには判断が付きかねた。美しい夏の朝だった。道路には前の日よりもさらに多数の軍用トラックが溢れていた。はじめの一時間に二度、砲兵隊が追い越していった。草臥《くたび》れきって汗みずくの馬に砲車を牽《ひ》かせて、空色の軍服も垢染みた髭面の兵士らが西へ向かっていた。避難民は前日より少ないようだった。自転車や、徒歩で行く人々や、家財道具を山と積んだ上に家族を乗せたみすぼらしい馬車は跡を絶たなかったが、自家用車は数えるほどに減っていた。ハワードはバスが来ることを期待して何度も肩越しにふり返ったが、期待はついに空しかった。

子供たちは大はしゃぎで、元気よく呼び交《かわ》し、ハワードに話しかけながら遊び戯れた。子供が道の真ん中に飛び出し、疲れた兵士の運転する汚れたトラックが急停止することもしばしばで、ハワードは危険な遊びを禁じた。陽が高くなって気温が上がり、子供たちはコートやセーターを脱いで乳母車に投げ入れた。ローズは当たり前のように裸足で歩いた。イギリス人の子供がしきりにローズの真似をしたがり、ハワードは一歩譲って靴下だけ脱がせたが、裸足は許さなかった。ピエールも、靴下は脱がせてやった。

少年は相変らず蒼ざめた顔で黙りこくっていたが、心なしか気持がほぐれている様子だった。しっかりと握りしめた小枝の笛は、まだきちんと音が出た。シーラが時々笛を取り上げようとしたが、ハワードが抜かりなく目を光らせてそれを制した。

「ピエールをいじめるのを止めないと、また靴下を履かせるからね」ハワードは恐い顔をして見せた。シーラは上目遣いに老人の顔色を窺って、脅しではないと悟った。

ローズは折に触れてグレーずくめの少年に声をかけた。「スィフル、ピエール。スィフル・プール・ローズ」吹いて、ピエール。ローズに笛を吹いて。言われてピエールが笛を銜《くわ》え、細く澄んだ音色を響かせると、ローズは手を叩いて喜んだ。「ああ、いい音ねえ」そんなふうに、ローズは午前中ずっとピエールの相手をしながら、時たまハワードを見上げて、はにかんだようににっと笑った。

道はなかなか捗《はかど》らず、一時間にせいぜい一マイル半といったところだった。ハワードは、子供たちを急《せ》かすまいと心に決めていた。歩みは遅くとも、自分の足で歩いてくれさえすれば、日暮れにはきっとモンタルジまで辿り着く。

十時頃、北の方で銃撃が起こった。機関銃に曲射砲が加わった激しい撃ち合いだった。ハワードは首を傾《かし》げた。銃声は遠く、少なくとも十マイルは隔たっていると思われたが、北から聞こえてくることは間違いなかった。だとすれば、銃撃戦が起きているのは一行が今いるところとパリの間である。ハワードは悪い予感がした。ドイツ軍はパリの南へ回っているのではあるまいか。さては、ジョワニで汽車が止められたのはそのためか？

一行はラクロワという小さな村にさしかかった。小間物や食料品を商《あきな》う店を兼ねた居酒屋があった。かれこれ三時間、歩きづめで草臥れが出はじめた子供たちを休ませる頃合と、ハワードは居酒屋に寄り、大きなオレンジジュースを二つ取って子供たちに分け与えた。

先客の避難民はみな不機嫌に黙りこくって坐っていた。中の一人が誰にともなく言った。

「オン・ディ・ク・レ・ボシュ・ゾン・プリ・パリ」ドイツ軍がパリを占領したとさ。

皺の濃い居酒屋の女将《おかみ》が、その通り、と相槌を打った。ラジオのニュースでも報じたし、兵隊もそう話していたという。

このやりとりを洩れ聞いて、ハワードは心底ふるえ上がった。あり得べからざることだった。沈黙が店を閉ざした。みな、もはや何を言うこともなかった。子供たちだけはせかせかと椅子の上で体を揺すり、喉を鳴らしてジュースを飲んだ。床の中央で犬がしきりに体を掻きむしり、時折り飛んでくる蠅に嚙みかかっていた。

ハワードは子供たちをそのままに、土間続きの店を覗いた。オレンジを買いたいと思ったが売り切れで、焼きたてのパンもなかった。ハワードは女将に事情を話して、店にあるだけのものを見せてもらい、直径が十インチほどもある、犬の餌と変りない堅焼きの黒ずんだビスケットを六枚と、一塊のバター、赤茶の色も怪しげな長いソーセージ、それに、自分の気付けに安物のブランデーと、子供たちにオレンジジュースを四本買った。店を出ようとして、チョコレートが目に留まり、咄嗟《とっさ》の判断で板チョコ一ダースを買い足した。

たっぷり休んで、一行はまた道路に出た。子供たちを元気づけようと、ハワードはチョコレートを一枚、正しく四等分して配った。三人は目を輝かせて貪《むさぼ》ったが、残る一人は弱々しく頭をふるばかりで、チョコレートを受け取ろうとしなかった。

「ノン・メルスィ、ムッシュー」少年は蚊の鳴くような声で言った。

老人はフランス語で優しく話しかけた。「チョコレートは嫌いか、ピエール？　おいしいよ」

ピエールは重ねて首を横にふった。

「食べてごらん」

ほかの子供たちは不思議そうにピエールを見守った。

少年は悲しげに言った。「ノン・メルスィ、ムッシュー。ママン・ディ・ク・ノン。スールマン・アプレ・デジュネ」ママに言われているの。食事の前はいけませんて。

一瞬、ハワードの脳裡にぼろ毛布をかぶせられた道端の無惨な遺体が浮かんだ。彼はその記憶をねじ伏せて、フランス語で言った。「ようし。じゃあ、これは食後に取っておこう」ハワードは一かけらのチョコレートをそっと乳母車のシートに置いた。少年は舌なめずりをする目つきでチョコレートを見つめていた。「ちゃんと、ここにあるからね」

ピエールは安心した様子で、老人と並んで歩きだした。

年弱《としよわ》の二人はじきにまた草臥れた。四時間で六マイル。陽は真上から照りつけた。ハワードは二人を乗せて乳母車を押し、大きい二人はその脇を歩いた。なぜかトラックが姿を消して、道路は避難民ばかりだった。

家財道具、寝具、食料を山と積んだ上に、人を乗れるだけ乗せた荷車を牽いて、大きなフランドル種の馬が道の真ん中をのろのろ進み、徒歩で行く避難民の列を縫って大小各種の自家用車が続いた。時折り救急車やオートバイが追い越していった。自転車や、手押し車や乳母車に荷物を積んだ避難民の群は引きも切らず、汗と埃にまみれて疲労を滲ませながら、六月の炎天下をモンタルジへ向かっていた。飛行機が道路を低くかすめる都度、避難民は半狂乱で逃げまどい、いくたりか怪我人も出たが、この日、避難民の群は爆撃を受けず、モンタルジへの道が機銃掃射を浴びることもなかった。

耐え難い暑さだった。正午近く、一同は小さな流れが道路に沿っている岸辺に行きかかった。ここかしこに避難民がかたまり、荷車を停めて馬に水を飲ませていた。ハワードは水辺で休むことにして、畑地からやや離れた木の陰で、格好な砂州が川中へ突き出ているところへ乳母車を押して降りた。

「ここで食事にしよう。川で手と顔を洗っておいで」ハワードは木陰に腰を降ろして食べ物の包みを開いた。疲労が重くのしかかってきた。モンタルジまではまだ五マイルとちょっと歩かなくてはなるまい。その先、本当にバスがあるかどうか気懸かりだった。

ロニーが言った。「水浴びしてもいい、ハワードさん?」

ハワードは躊躇をふりきった。「ああ、するといい。この暑さだからね」

「本当に?」

シーラがすかさず真似をした。「本当に? あたしも?」

ハワードは腰を上げて、ゆっくりうなずいた。「いいともさ。食事の前に、着ているものをみんな脱いで」

イギリス人の子供二人はそれ以上、何を聞くまでもなかった。ロニーはたちまち服をかなぐり捨てて、浅い流れに踏み込んだ。シーラはリバティのボディスがなかなか脱げず、ハワードが手伝ってやらなくてはならなかった。老人は水に戯れる二人をしばらく愉快げに眺めてから、ローズをふり返ってフランス語で言った。「ローズも水を浴びるかね?」

ローズはとんでもないとばかり、激しく頭をふった。「そんな! 水浴びなんて、恥ずかしくって」

ハワードは陽に輝く二人の濡れた体を見て、ローズの気持を思い遣った。「そうか。なるほど、あまり行儀がよくはないな。しかし、まあ、二人はもう川に入っているんだから、好きにさせておこう」彼はピエールをふり返った。「きみは水浴びをするか、ピエール?」

グレーずくめの少年は目を丸くして水の中の二人を見た。「ノン、メルスィ、ムッシュー」

ハワードは言った。「じゃあ、足だけ冷やすか」少年は困ったような顔でハワードを見上げ、その目をローズに移した。「川の水は冷たくて、気持がいいぞ」老人はローズに向き直った。「連れていって、足を冷やしてやるといい」

ローズはピエールの靴を脱がせ、浅い流れの岸に連れ出した。ハワードは木陰に戻って子供たちの様子を見守った。シーラが汀《みぎわ》の二人に水を浴びせかけ、ローズがそれを叱った。ハワードが見ていると、踝《くるぶし》ほどの浅瀬に立ったピエールが屈《かが》み込んで、小さく水を撥《は》ね返した。水音を貫いて、ついぞ聞いたことのない、甲高いふるえ声がハワードの耳を打った。

ピエールが笑った。

背後で男の声がした。

「こいつは驚いた。見ろよ、あの子供たち。ブライトンの海水浴場じゃああるまいし」

別の声が言った。「子供たちはどうでもいいですがね。ああ、ああ。あんなに砂を巻き上げちゃって。あの濁った水をラジエターに入れるわけにはいきませんよ。もっと上へ行って、きれいな水を汲んでこなきゃあ。ぐずぐずしてたら、一晩ここへ足止めですよ」

ハワードははっとふり返った。目の前の畑に、垢染みて髭だらけの男が二人、紛れもないイギリス空軍の制服姿で立っていた。伍長と運転手だった。

ハワードは躍《おど》り上がって性急に声をかけた。「私、イギリス人です。車をお持ちですか？」

伍長は驚愕に目を瞠《みは》った。「そういう、そっちは何者だ？」

「イギリスの者です。子供たちも、二人はイギリス人です。私ども、シャルトルへ向かう途中でして」

「シャルトル？」伍長は眉を寄せた。

「シャルトルですよ」運転手が横から言った。「地図にも出てます」

ハワードはすがる思いで繰り返した。「車をお持ちですか？」

「工作車だがね」伍長は運転手をふり返った。「早いとこ水を汲んでこい、バート」

運転手はバケツをぶら下げて上流へ向かった。

老人は頼み込んだ。「便乗を、お願いできませんか？」

「何？　あんたと、子供たち全員か？　さあて、そいつはどうかな。どこまで乗せろって？」

「何とかイギリスへ帰りたいと思いまして」

「そりゃあ誰だって同じだ」

「シャルトルまでで結構です。シャルトルからは、サンマロ行きの汽車があると聞いていますから」

「フランス人の言うことは、てんで当てにならないぜ。昨日だってそうだ。スーザンとかいうところは通れると言うから、行ってみるとドイツ軍でいっぱいよ。たちまち、弾の雨で、こっちはバートと二人、まるで射的場の標的だよ。よくあるだろう、サリー小母《おば》さんの木偶《でく》が的になってるところがさ。十トン積みのレイランドを運転したことがあるかい?」

老人は黙って首を横にふった。

「これが、オースチン・セブンとは少々勝手が違ってさ。バートはアクセルを踏みっぱなし、俺は窓からブレン・ガンを撃ちまくって、ブルックランズのカーレースみたいに急カーブを突っ走って、どうにかこうにか逃げきったがね。食らったのは、電動発電機に二発と、ハーバート旋盤の後ろっ側に一発だけだったよ。これについちゃあ、隊長もやかましいことは言うまいと思うんだ。が、それはともかく、そうやってドイツ軍がいるとわかっているのに、通れると言うとは何事だあね。スーザンだか、どこだか、何でもそんなようなところだったよ」

ハワードは目をしばたたいた。「そうして、これからどこへ?」

伍長は言った。「ブレスト、とかいうところだ。町の名としちゃあ、あんまり感心しないけれども、これがフランス流だろうからな。孤立した時はブレストへ行くように指示されているんだ。トラックは、そこから輸送船でイギリスへ送り返す」

ハワードは食い下がった。「乗せて下さい」

伍長は困惑の体《てい》で子供たちを見やった。「そう言われてもなあ。乗せる場所がないし、子供たちはイギリス人じゃあないだろう」

「二人はイギリス人です。フランス語を話しますが、それはこの国で育ったからです」

運転手が水の滴るバケツを提《さ》げて道路の方へ向かった。

「ほかの二人は?」

「フランス人です」

「フランスの子供はお断《ことわ》りだ」伍長は言った。「一つには、場所に余裕がないし、それに、子供は自分の国にいる方がいいと思うからだ。あんたと、イギリス人の子供二人を乗せるのは構わないけれども」

ハワードは折れなかった。「いえ、それが違うのです。あの二人は私が責任を持って預かっているのですから」老人はかいつまんで事情を話した。

「そりゃあ駄目だ」伍長は言った。「全部はとても乗りきらない」

「そうですか……」ハワードは避難民の列をぼんやり眺めて、思案げに言った。「場所の問題だというのなら、子供たち四人をブレストまで乗せてやってください。子供だけなら場所を取らないでしょう。ブレスト駐留の鉄道輸送指揮官と、イギリスの私の弁護士宛《あて》に手紙を書きますよ。いかほどなりと、必要な経費は私が持ちます」

伍長は眉を寄せた。「あんたは、ここに置いてきぼりか?」

「私は大丈夫です。というより、自分一人ならどうにでもなりますから」

「あんたを置いて、フランスの子供二人を連れていけってか？　本気でそう言うのか？」

「ご心配なく。フランスはよく知っていますから」

「調子のいいことを言いなさんなよ。こっちはバートと二人っきりだ。そこへ子供を四人も押しつけられてどうなるものか」伍長はくるりと背を向けた。「ようし、わかった。早く子供たちに服を着せてくれ。いつまでものんびり待っちゃあいられないぞ。それから、子供たちが旋盤をいたずらしたら、ただじゃあ済まないからな。これだけははっきり言っておく」

伍長は後をも見ずにトラックの方へ歩きだした。ハワードは砂州へ取って返して子供たちを呼んだ。「さあ、早く上がって服を着るんだ。トラックで行くぞ」

ロニーは素っ裸で老人の前に突っ立った。「本当？　どこのトラック？　運転手の隣に乗れる？」

シーラも生まれたままの格好で言った。「あたしも、運転手の隣に乗れる？」

「いいから、早く服を着なさい」ハワードはローズをふり返って、フランス語で言った。「靴下を穿《は》いて、ピエールを手伝っておやり。大急《せ》ぎだ」

ハワードは早く早くと急かしたが、濡れた体に服がまとわりついて、子供二人は手こずった。ハワードにはタオルの備えがなかった。慌てふためいているところへ、空軍の二人が待ちかねた顔でやってきた。やっと子供たちの支度が終って、ハワードは遠慮がちに言った。「乳母車も積んでもらえますか？」

伍長はつれなく言った。「そりゃあ駄目だ。あんなもの、何の役にも立ちゃあしないだろうが」

　ハワードは引き下がらなかった。「その通りではありますがね、また歩くことになったら、小さい子供を乗せなくてはなりませんから」

　運転手が口を挟んだ。「屋根へ積みましょう、伍長。何とか載るでしょう。どうせ、燃料が切れたら、我々も歩きですよ」

「参ったね、どうも」伍長は破れかぶれだった。「何が工作車だ、このトラックは！　倒れかかったクリスマスツリーだ、俺に言わせりゃあ。ようし、屋根へ上げてくれ」

　伍長は一同を道路へ追い立てた。見上げるばかりの図体をどっかと横たえたトラックに堰《せ》かれて、人と車の流れは滝川のように道路を迂回していた。トラックの後部は工作機械でいっぱいだった。ハーバート製の大型旋盤を中心に、片側に研磨機と仕上げバイト、旋盤を隔てた反対側に小ぶりの研削盤と機械鋸が据え付けられ、旋盤の下に電動発電機と、それに重ねて横長のスイッチ盤が格納されていた。床は工具箱や背嚢《はいのう》で足の踏み場もなかった。

　ハワードは食べ物の包みを手もとに残し、乳母車が屋根に積まれるのを見届けて、子供たちを機械の間に押し込んだ。伍長は一同が運転席に便乗することを頑として認めなかった。「ここはブレン・ガンだ。いいか？　またドイツ軍に出っ会《くわ》して、子供たちが死ぬようなことになるのはまっぴらだ」

「わかりました」ハワードはロニーをなだめすかして、自分もトラックの後部に乗り込んだ。伍長はみんなが落ち着くのを確かめて、助手席に戻った。トラックは底力のあるエンジン音とともに鈍重な図体を揺すって車の流れに乗り入れた。

三十分ほど走ったところで老人ははじめて、出発のどさくさでシーラのパンツを流れのほとりに忘れてきたことに気づいた。

トラックは走り続けた。工作機械で込み合った荷台は坐る場所もなく、背嚢に膝を突いて不自然に体を屈めたハワードにとって楽ではなかったが、柄の小さい子供たちは窮屈な思いをすることもなかった。ハワードは包みを開き、オレンジジュースも量を控えて、子供たちに軽い食事をとらせた。ローズはハワードの言いつけを守って食べ物をほんのわずかしか口にせず、乗り物酔いの難を免《まぬか》れた。食事が済むのを待ってハワードは、乳母車から抜かりなく取りのけておいたチョコレートをピエールに与えた。少年はかしこまってチョコレートを受け取った。ピエールがチョコレートをうやうやしく口へ運ぶさまを、ハワードは頬笑ましい気持で見守った。

ローズは少年に顔を寄せて笑いかけた。「よかったね、ピエール」

ピエールは物々しくうなずいて小さく言った。「おいしい」

そうこうするうちに、トラックはモンタルジに着いた。運転席と荷台を隔てる仕切りの小窓から、伍長がハワードに声をかけた。「知った土地かね？」

老人は答えた。「もう何年も前に一度、汽車で通ったことがあるだけで」

「どっかその辺に、ガソリンスタンドはないか。燃料を入れたいんだ」

ハワードは首を斜めに倒した。「私も不案内ですが、何なら、誰かに訊いてみましょうか」

「へえ。そんなにフランス語が達者なのか」

運転手が横から言った。「みんな、巧《うま》いもんですよ、伍長。子供たちだってぺらぺらだ」

伍長はハワードに向き直った。「子供たちに、床に這いつくばってるように言うんだ。スーザンと同じで、ドイツ軍と鉢合わせするかもしれないから」

ハワードはぞっとした。「いくらドイツ軍でも、これほど西までは来ていないでしょう」しかし、伍長の言葉には従わなくてはならなかった。子供たちはそれを遊びと心得て、喜んで腹這いになった。子供たちのくすくす笑う声を乗せて、トラックはモンタルジの町に入り、目抜き通りの四つ角に停まった。

伍長の頼みで、ハワードは軍の給油所を尋ね歩いた。パン屋の主人が町の北寄りにある給油所を教えてくれた。ハワードは運転席に乗り込んで道案内した。フランス軍の車廠はじきに知れた。ハワードは伍長の要求を指揮官の中尉に取り次いだ。中尉はけんもほろろだった。フランス軍は町から撤退するところで、燃料がないならトラックを捨てて南へ向かえ、と取りつく島もない。

伍長は腹立ちまぎれに喚き散らした。口汚い悪態がトラックの子供たちに聞こえなくて幸いだった。

「何としても、こいつをブレストまで運ばなきゃあならないんだ。ここでトラックを放っぽり出してどうなるものか」伍長はふっと真顔になってハワードに向き直った。「なあ、子供たちを連れて、先を急いだ方がよくはないか。ドイツ軍とかかり合いたくはないだろう」

老人は言った。「しかし、燃料がないとなると、あなた方も一緒に歩くしかないでしょう」

空軍伍長は苛立ちを隠そうとしなかった。「何度言ったらわかるんだ。こっちはブレストまで行かなくちゃあならないんだって。でっかいハーバートの旋盤を運んでさ。旋盤のことなんぞ何も知っちゃあいないだろうが、旋盤一台が大事なんだ。イギリスは今、工作機械が不足だからな。あのハーバートを国へ送り届けるのが俺の任務だ。何が何でもだ。ドイツ軍にただくれてやるわけにいくか!」

伍長は駐車場を見回した。使いものにならなくなったフランス軍のトラックが埃をかぶって並んでいた。わずかに残った兵士らは浮き足だっている様子だった。要求を拒んだ件《くだん》の中尉は小型のシトロエンで走り去った。「このどっかに、燃料はあるはずだな」伍長は一人密《ひそ》かにうなずいた。

「おい、バート」伍長は運転手をふり返って叫んだ。「こっちへ来い」

二人は放置されたトラックや車の間を捜したが、給油ポンプも燃料の備蓄もなかった。かくなる上は、と二人は廃車のタンクに残った燃料をブリキ缶に集めることにした。ここで一ガロン、かしこで一ガロン、合わせて八ガロン足らずの燃料が缶の底に溜まった。それをレイランドの大きなタンクに空けると、もはやほかに調達の術《すべ》はなかった。「たっぷりとはいかないが」伍長は言った。「四十マイルは走るだろう。まあ、ないよりはましというやつだ。バート、地図を見せろ」

地図で見ると、ピティヴィエは二十五マイル先だった。「行くぞ」トラックは再び街道を西に向かった。

炎天、燃えるようだった。トラックの側壁は木製で、旋盤を使う時は外側に倒して床を広くする構造だった。板の隙間からわずかに光が射し込むばかりの荷台は暗く、機械油の臭気が籠って息苦しかった。子供たちはさして気にするふうもなかったが、老人の身にはこれが応《こた》えた。いくばくもなく、ハワードは割れるような頭痛に見舞われ、おまけに無理な姿勢で体の節々が痛む辛《つら》さといったらなかった。

道は不気味なほど閑散として、トラックは存分に飛ばした。途中で一度、頭上を低くかすめた敵機の機銃掃射が至近を襲った。ハワードは仕切りの小窓に顔を押しつけた。「ドイツの急降下爆撃機だ」伍長が言った。「シュトゥーカってやつだ」

「狙われたんですか？」

「そうよ。あれじゃあ、明後日の方だけどな」伍長はどこ吹く風だった。

モンタルジから二十五マイルのピティヴィエまで、まる一時間とかからなかった。町の半マイル手前で路肩に寄って、これからの行動を話し合った。道路がまっすぐに伸びた先の民家に人の気配はなく、動くものの影もなかった。目も眩《くら》むほどの午後の陽を浴びて、ピティヴィエはまるで廃墟の町だった。

一同は判断に迷って前方を眺めやった。「どういうことだ、いったい？」伍長は言った。「こいつは様子がおかしいぞ」

運転手も首を傾《かし》げた。「まるで人気《ひとけ》がないというのは変ですね。ドイツ軍の伏兵がいるんじゃあないですか？」

「さあてな……」

ハワードは仕切りの小窓から二人の背中に向けて言った。「何なら、私が先に行って様子を見ましょうか」

「先に行くだって？」

「別に危険はないでしょう。避難民は大勢いることだし、私一人、歩いていったところで怪しまれる気遣いはありません。撃たれるかもしれないとしたら、みんなしてトラックで乗り込むより、私が先に行った方がいいでしょう」

「この人の言うのも理屈ですよ」運転手はうなずいた。「事実、伏兵がいるとなったら、迂回しなきゃあならないだろうし」

彼らはなおしばらく鳩首《きゅうしゅ》した。町を避けて通るには、モンタルジ方向に十マイルほど引き返すほかはなかった。「それだって、果たしていいかどうか、わかったものじゃあないぞ。敵に後ろから追ってこられたら、目も当てられないからな」

伍長は迷った末に意を決した。「ようし。斥候《せっこう》を頼もう。異状なしなら、合図してくれ。行けそうだったら、何かふり回すなり、手で輪っかを作るなりしてくれればいい」

ハワードは言った。「子供たちは連れていきます」

「冗談じゃない。こんなとこで一日じゅう、ぼんやり待っちゃあいられないぞ」

老人は引き下がらなかった。「離ればなれになるわけにはいきません。子供たちは私の責任です。あなたの旋盤と同じですよ」

運転手はぷっと吹き出した。「こいつは傑作だ。伍長の旋盤と同じですってよ」

伍長は笑わなかった。「そんなら、早いとこ行ってくれ」

ハワードは一人ずつ手を貸して、子供たちを人気のない暑く乾いた道路に降ろし、小さい二人の手を引いて歩きだした。これきりトラックと別々になれば、乳母車を失うことを思うと不安だった。彼は幼い子供を急かして足を速めたが、町まで行くのに二十分かかった。

ドイツ兵の姿はなく、年寄り女が何人か、カーテンの陰や、半開きにした店の戸口から外を窺っているほかは、町は無人の廃墟に等しかった。北へ伸びる道沿いの側溝に、短いスモックをはおって男女の別も定かでない垢染みた子供がうずくまり、何やら気味の悪いものを囓《かじ》っていた。数ヤード先の歩道に半分引き上げられた格好で放置された馬の死骸が脹れ上がって悪臭を放ち、犬が一匹、その腐肉を嚙みしだいていた。

老人にはこの町が、いかにも卑《いや》しく、浅ましく思われた。ハワードはドアの陰から覗いている年寄り女に声をかけた。「ここは、ドイツ軍に制圧されているのかな?」

「北から攻めてくるの」老女は声をふるわせた。「ドイツ兵は片っ端から女を手籠めにして撃ち殺すんですからね」

ハワードは老女が流言飛語に怯えていると直感した。「現にもう、ドイツ兵の姿を見たのかな?」

「ほら、そこに」

ハワードはぎくりとして、あたりを見回した。「どこだって？」

「すぐそこに」女は節くれ立った手をふるわせて、溝の中の子供を指さした。

「すぐそこ……？」老女は侵略者を恐れるあまり、すでに常軌を逸しているに違いなかった。「ドイツ語しか話さないの。その子はドイツのスパイだわ」女は年寄りの頑迷な思い込みでハワードの腕にすがった。「石を投げて追っ払って下さいな。その子がいると、ドイツ兵がうちへ踏み込むから」

ハワードは女の手をふりほどいた。「ドイツ軍はまだ、攻めてきたのではないね？」女はハワードの尋ねに答えず、金切り声を発して溝の中の子供を口汚く罵った。どうやら男と見える卑しげな子供は昂然と顔を上げ、幼児特有のふてぶてしさで女を見返すと、また最前から手にしている胸が悪くなるようなものを口へ運んだ。

老女からはそれ以上、何も聞き出せなかったが、ドイツ軍がまだこの町を占領していないことだけは明らかだった。ハワードが踵《きびす》を返そうとする刹那《せつな》、大きな石塊《いしくれ》が鋭い音を立てて子供に近い舗道に弾んだ。子供は足を引きずるように五十ヤードばかり向こうへ退いて縁石に腰を降ろした。

ハワードは強い憤りを感じたが、ほかにしなくてはならないことがあった。ローズをふり返って、彼は言った。「ちょっと子供たちを見ていてくれないか、ローズ。ここを動かないように。それから、知らない人と口をきいてはいけないよ」

ハワードはもと来た道を取って返した。百ヤードほど行くと、やっと半マイル向こうの路肩にトラックが見えた。彼は帽子をふり、トラックが動きだすのを見届けて、子供たちのところへ戻った。

トラックは四つ角の手前でハワードに追いついた。伍長が窓から身を乗り出して言った。「ジュースは手に入りそうか？」老人はきょとんとして伍長を見上げた。「燃料だよ、小父《おじ》さん」

「ああ……。さて、それはどうですか。しかし、ここに長居は無用ですね」

「まったくだ」運転手が相槌を打った。「早く行きましょう。どうもここは気色が悪い」

「燃料はどうする」

「まだ五ガロン近くありますよ。アンジェヴィルまでは行けるでしょう」

「ようし」伍長はハワードをふり返った。「子供たちを乗せてくれ。ここは通過だ」

見ると、子供たちは動くなと言われた場所を離れて、恨めしげに泣きじゃくる〝ドイツのスパイ〟を取り巻いていた。

「ローズ」ハワードは声を張り上げた。「みんなを連れておいで」

ローズのよく通る甲声《かんごえ》が返ってきた。「イレ・ブレッセ」この子、怪我してるの。

「早く」老人は重ねて叫んだ。子供たちは呼ばれていると知りながら、その場を動こうとしなかった。ハワードは子供たちのところへ急いだ。「呼んでいるのに、どうして来ないんだ？」

ローズは怒りに頬を染めて老人に向き合った。「誰かが石を投げたんです。あたし、見たの。石を投げるなんて、ひどいわ」

ローズの言う通り、子供の後頭部から血が滴って垢まみれの服を染めていた。この土地に対する堪え難い嫌悪が胸に衝《つ》き上げるのを意識しながら、ハワードはハンカチで子供の傷口を拭った。

ローズはおさまらなかった。「小さい子に石を投げるなんて。太った女の人ですよ、ハワードさん。あんなことするなんて、この町はひどいところよ」

ロニーが横合いから言った。「連れてこうよ、ハワードさん。発電機の下のさ、バートの背嚢に、一緒に坐ればいいもの」

「この子は、土地の子だろう。連れていくわけにはいかないよ」老人は言う傍《そば》から、連れていくことが子供のためと思いはじめていた。

「土地の子じゃないわ」ローズが言った。「ここへ来てまだ二日ですって、石を投げた女の人が――」

背後から荒々しい足音が近付いた。伍長だった。「何をぐずぐずしてるんだ」

ハワードは向き直って、傷ついた子供の項《うなじ》を伍長に見せた。「子供に石を投げるんですよ」

「誰が?」

「町じゅう、寄ってたかってです。この子がドイツのスパイだと言って」

「何? この小さいのが?」伍長は目を丸くした。「まだ七つにもなっていないだろうが」

「女の人が石を投げるとこ、見たよ」ロニーが言った。「あの家だよ。あそこから投げたんだから」

「ひどいことをしやあがる」伍長はハワードを急かした。「とにかく、もう行かにゃあ」

「ええ」老人は思案を決めかねていた。「どうしたものでしょう？　この子供を、こんなところに置いていきますか？　それとも、連れていきますか？」

「連れていくならいくで、好きにするさ。こんな子供のスパイに何ができるものか」

ハワードは見知らぬ子供にフランス語で話しかけた。「一緒に行くか？」

子供は別の言葉で何か言った。

ハワードは屈《かが》み込んで試みに尋ねた。「シュプレッヘン・ズィ・ドイチュ？」ドイツ語はわかるかな？　彼自身、それ以上のドイツ語は心許《こころもと》なかった。子供は答えなかった。

ハワードはまた一つ加わった責任の重さを感じながら体を起こした。「連れていきましょう。置いていったら、なぶり殺しです」

「早くしないと、ドイツ軍が攻め込んで、こっちがみな殺しの目に遭うぞ」伍長は気短に言った。

ハワードは〝スパイ〟を抱え上げてトラックへ急いだ。子供は抵抗しなかったが、体が臭く、明らかにシラミが湧いていた。ハワードは思わず顔をそむけた。アンジェヴィルまで行けば、この子供を引き取ってくれる修道院があるだろう。ピエールも一緒に預ければいい。もっとも、ほとんど手を焼かせないピエールについては、ハワードは思い悩むこともなかった。

ハワードは子供たちを荷台に押し上げ、自分も後から乗り込んだ。伍長は助手席におさまって、大きなトラックはパリから南へ下る道を突っ切り、十七マイル先のアンジェヴィルに向かった。

運転手は言った。「アンジェヴィルで燃料を確保できなかったら、万事休すですね」

子供たちに囲まれて旋盤の脇にしゃがんだハワードは、暑さで溶けかけたチョコレートを取り出して五つに割った。それと見るなり、〝ドイツのスパイ〟は汚い手を突き出して何やら口走った。与えられた分を貪り食うと、子供はまた手を出して追加をねだった。

「ちょっと待った」ハワードはほかの子供たちにチョコレートを配った。ピエールは幽《かす》かな声で言った。「メルスィ、ムッシュー」

ローズがピエールに顔を寄せた。「お食後にする、ピエール？　ハワードさんに、預かっといてもらう？」

少年は辛《かろ》うじて聞こえる小さな声で答えた。「日曜だけ。日曜なら、食事の後でチョコレート、食べていいの。今日は日曜日？」

ハワードが引き取って言った。「さあて、何曜日だったかな。でも、今日はチョコレートを食べても、お母さんに叱られないと思うよ。じゃあ、これは預かっておこう」

ハワードは紙袋を掻き回し、昼前に買い入れた固いビスケットを取り出すと、大ざっぱに二つに割って、一方を汚れたスモックの子供に差し出した。子供はひったくるようにしてビスケットに噛り付いた。

ローズがフランス語で叱った。「なあに、それ？　小さな豚の子だって、もっとお行儀がいいよ。本当だよ。子豚だって、もっときちんとするんだから。ハワードさんに、ありがとうを言わなきゃあ駄目じゃないの」

　子供は何を叱られているのかわからず、きょとんとローズを見返した。

「お行儀を教わってないの？　ほら、こうするの」ローズはハワードに向き直って丁寧に会釈した。「ジュ・ヴ・ルメルスィ、ムッシュー」

　言葉は通じなくとも、仕種《しぐさ》の意味は明らかだった。子供は面食らった様子で、たどたどしく言った。「ダンク、マインヘーア。ダンク・ウ・ヴェル」

　ハワードは目を丸くして子供の顔を見た。どこか北方の言葉には違いないが、ドイツ語ではなかった。フランダース語か、ベルギーのフランス語、ワロンか、それとも、オランダ語だろうか。もっとも、どれ一つ知らないハワードにとっては何語だろうと同じだった。

　トラックは日盛《ひざか》りの道をひた走った。ハワードは時折り、開け放たれた仕切りの小窓から空軍の二人の肩越しに前方を覗いた。道路は気味が悪いように空いていた。避難民を追い越すことはごく稀で、たまに行き合う手押し車は日々の労働に勤《いそ》しむ農民だった。兵士の姿はどこにも見当たらず、ジョワニからモンタルジの間を埋めていたあの避難民の列は消え失せていた。あたりに人の気配はなく、田園一帯がまるで死に絶えたようだった。

　アンジェヴィルの三マイルほど手前で、伍長が仕切りの小窓越しにハワードをふり返った。

「もうじき次の町だ。燃料が手に入らなかったら、それまでだ」

　老人は言った。「人を見かけたら、私に言って下さい。給油所の場所を尋ねますから」

「ようし」

しばらくして、トラックはとある農家にさしかかった。男が一人、車を停めて穀物か馬草《まぐさ》の叺《かます》らしきものを降ろしていた。「停めて下さい」ハワードは言った。「ここで訊いてみましょう」

運転手はトラックを路肩に寄せると同時にエンジンを切った。すでに燃料は心細かった。「残り一ガロン、あるかないかだ。この先は迂闊《うかつ》に走れない」

トラックを降りるハワードを見て、襟なしのシャツを着て無精髭の濃い五十絡みの男が向こうからやってきた。「燃料がほしいのですが」ハワードは問いかけた。「アンジェヴィルには、もちろん、フランス軍の兵站部《へいたん》がありますね?」

男は探るような目つきでハワードを見た。「アンジェヴィルはドイツ軍の手に落ちたよ」

ハワードは声もなく、ただ茫然と日向臭い農場を眺めやった。痩せた豚が堆肥の山を鼻で穿《ほじく》り、みすぼらしい鶏の親子が干涸《ひから》びた地面を突ついていた。はや命運ここに尽きたも同じだった。

「いつのことですか?」ややあって、老人は低く尋ねた。

「今朝方よ。北から攻めてきてな」

それ以上は何を聞くまでもなかった。「燃料を分けてもらえませんか。あるだけ、言い値で買いますが」

農夫はきらりと目を光らせた。「リッター、百フラン」

「どれだけありますか?」

男はひしゃげたダッシュボードの燃料計をあらためた。「七リッター。七百フラン」

一ガロンと少しの燃料では、十トン積みのレイランドには何の足しにもならない。ハワードは伍長の待つトラックに戻った。

「どうやら、まずいことになりました。ドイツ軍はアンジェヴィルを制圧したそうです」

「野郎」一瞬の空白を隔てて、伍長は急に草臥《くたび》れきったかのように、低く毒突いた。「何人くらいいるんだ？」

ハワードが代って農夫に尋ねた。「一連隊、ということは、ざっと千人ですか」

「北から進撃してきたか」運転手はわけ知り顔でうなずいた。

もはや何を言うこともなかった。ハワードは燃料のことを取り次いだ。「それだけじゃあな」伍長は乗らなかった。「残っている分と合わせたって、十マイルがやっとだ。おい、地図を見せろ」

空軍の二人は額《ひたい》を寄せ合い、ハワードも運転台によじ登って地図を覗いた。町までの手前に脇道はなく、南へ下る道は七マイル近く背後だった。「そうですよ」運転手は言った。「あれからこっち、ずっと一本道でしたから」

伍長は声を落とした。「ここで引き返せば、スパイだとかいう子供を乗せたあの町からこっちへ向かってくるドイツ軍と鉢合わせだな」

「そういうことです」

「煙草、あるか？」

伍長は運転手の差し出す紙巻きを吸いつけて、長々と烟《けむり》を吐いた。ややあって、彼は言った。

「ついに進退谷《きわ》まったか」

運転手とハワードは言葉もなかった。

「あのでっかいハーバートを持って帰りたかったなあ」伍長は嘆息した。「一生の思いであれを国まで、無事に送り届ける気でいたんだ」彼はハワードをふり返った。「真面目な話、本当にそのつもりだったよ。ところが、そうはいかなくなった」

老人は伍長の心中を察した。「残念でしたね」

伍長は肩を揺すってきっぱり感傷を絶った。「世の中、これはということに限って思うようにならないもんだ。くよくよしたってはじまらない」

伍長は路上に降り立った。

「で、これから、どうします?」ハワードは尋ねた。

「どうするか、見せてやるよ」伍長は老人を大きなトラックの脇へ引き寄せた。車体の中央あたりに、シャシーから小さなレバーが突き出ていた。真っ赤なペンキ塗りのレバーだった。

「こいつを引っこ抜いて、逃げまくるんだ」

「自爆装置だよ」運転手が横から言った。「これを抜くと、ドカーン、といくんだ」

伍長はハワードを急かした。「さあ、子供たちを降ろしてくれ。途中までしか乗せてやれなくて気の毒だけれども、知っての通りで、やむを得ない」

ハワードは相手を気遣った。「そうして、そちらは?」

「森や畑を突っ切って、南へ下るさ。ドイツ軍に追いつかれないことを祈るしかないな」伍長はちょっと言い淀んだ。「そっちは心配ないだろう。子供連れじゃあ、ドイツ軍も手出しはしないだろうからな」

ハワードはうなずいた。「大丈夫です。どうぞお気遣いなく。それよりも、お二人にはどうしても国へ帰って、もう一度、戦っていただかなくてはなりません」

「それには、ドイツ軍から逃げ延びることが先決だ」

彼らは三人がかりで、子供たちと、屋根の乳母車を降ろした。ハワードは多くもない荷物をひとまとめに乳母車に載せると、伍長のイギリスの住所を控え、自分の連絡先を告げた。

もはや、互いに引き止める理由はなかった。

「それじゃあ、これで」伍長は言った。「縁と命があったら、また会おう」

老人も挨拶を返した。「お気をつけて」

ハワードは子供たちを傍近くにかたまらせ、アンジェヴィルに向けてゆっくり歩きだした。誰が乳母車を押すかでひとしきり揉めたが、ロニーの介添えでシーラが押すことに決まった。ローズはピエールの手を引いてその脇を歩き、風変りなスモックが垢にまみれた名も知らぬ子供がしんがりに続いた。ハワードは子供の惨めな姿を見るに忍びず、どこかで何とか、こざっぱりさせてやりたかった。垢とシラミもさることながら、汚れた服の襟首から肩へかけて凝血に強張ったありさまは目を覆うばかりだった。

いつもながら、一行の歩みは遅々として進まなかった。ハワードは時折り肩越しにトラックの二人をふり返った。伍長と運転手は道端で私物の整理をしている様子だった。と、運転手と思《おぼ》しき方が荷物を抱え込むなり、畑中を南へ向けて韋駄天《いだてん》走りに走りだした。後に残ったもう一人がトラックの横腹に屈み込んだ。

伍長は跳ね起きざま、運転手を追って一目散に駆けだした。こけつまろびつ二百ヤードほど走ったところで、爆発の轟音が空気をつんざいた。

トラックから火柱が噴き上がり、木っ端微塵に砕け散った破片が宙を舞って、畑地と道路に降り注いだ。車体が路面に沈み、ちろちろと炎が舐めると見る間に、トラックは紅蓮《ぐれん》の火の玉と化した。

ロニーが叫んだ。「ひゃあ！　爆発しちゃったの？」

シーラがすかさず真似た。「ひとりでに爆発しちゃったの？」

「ああ」老人は口重たく言った。「爆発したんだ」立ち昇る黒煙が天を焦がした。ハワードは顔をそむけた。「もう、トラックのことは忘れよう」

二マイルほど向こうにアンジェヴィルの町並みが見えていた。ハワードは今や情況の網に絡め取られたに等しかった。沈む心を励ましつつ、子供たちを連れて、彼は町へ向かった。

6

私はいささか慌て気味に、老人の話を遮った。「これは、かなり近いです」

私たちは暖炉の前に坐ったまま息を殺して、爆弾が風を切る音に耳を澄ませた。近くの建物が被弾して瓦礫が降り注ぐ傍《そば》から、さらに近いところに一発落ちた。私たちは身動きもならずに外の様子を窺った。クラブの建物が揺れて窓ガラスが砕け散る間に、第三弾の唸りが頭上を越えて、背後で炸裂した。

「跨《また》いで過ぎましたね」ハワード老は肩の力を抜いた。「これで大丈夫」

第四弾が遠くに落ち、対空砲火の忙《せわ》しない響きを除いては物音が絶えた。私は暗い廊下に出た。小さなバルコニーへ通じるドアが吹き飛ばされていた。私はバルコニーから市街を見渡した。被爆した建物が炎上して空を真紅に染めていた。パラシュート照明弾が三発、中空に浮かんであたりは昼の明るさだった。照明弾を狙ってブレン・ガンやルイス軽機銃が盛んに火を噴いた。すぐ前の通りから新たに火の手が上がったところだった。

気がつくと、ハワードが並んで立っていた。「今夜は、えらく暑いことで」

私はうなずいた。「防空壕へお降りになりますか?」

「あなたは、どうなさいます?」

「ここより安全とも思えませんね」

私たちは何かの役に立てば、とロビーへ降りた。出る幕はなかった。ほどなく、私たちは暖炉の前の安楽椅子に戻り、マルサラを新しく注ぎ直した。「お話の続きを聞かせて下さい」

老人は控え目に言った。「私の話など、退屈ではありませんか」

アンジェヴィルは、パリとオルレアンを結ぶ街道沿いの小さな町である。ハワードが子供たちを連れて、埃臭く返照の暑い街道を歩きだしたのは、かれこれ夕方五時のことだった。生涯で最も辛《つら》く苦しい場面だった。シドートンを発《た》って以来、ひたすらイギリスを目指してきたが、旅を重ねるに従って恐怖は重くのしかかった。つい先刻までは、如何に困難があろうとも、イギリスへ帰れなくなるとは思ってもみなかった。しかし、今となっては、どうやら帰国の望みはない。ドイツ軍が行く手を阻《はば》んでいる。アンジェヴィルを指して行くハワードは、悲劇の終幕へ、強制収容所へ、そして、おそらくは死に向かって歩いているに違いなかった。

そのこと自体にさしたる憂いはなかった。すでに、老いの身は疲れきっている。ここで果てたところで、失うものはほとんど何もない。せいぜい、あと何度かの釣りの旅と、夏の庭でする焼き物の楽しみくらいのものであろう。が、子供たちとなると話が違う。何とかして子供たちの安全を確保しなくてはならなかった。ローズとピエールは地元の警察に預ければ、遅かれ早かれ、身内のもとへ送り返されることだろう。しかし、シーラとロニーのために、いったい、何をしてやれるだろうか。幼い兄妹はどうなるのか。もう一人、恐怖と無知のなせる業《わざ》とはいえ、ピティヴィエの女たちの憎悪に石もて追われたみすぼらしい子供がいる。どのような運命を辿るだろうか。

老人は思い悩んだ。

このままアンジェヴィルへ向かうほかに道はない。ドイツ軍は背後に迫っている。北、東、西、いずれもドイツ軍の手中である。空軍の二人に倣《なら》って闇雲に南へ逃げたところで、進撃してくるドイツ軍を躱《かわ》す望みはない。ならば、子供たちのために、いくらかなりと老骨を庇《かば》いつつ、進んで成り行きに身を任せた方がいい。

ロニーが言った。「楽隊だ」

一行は町の半マイル手前だった。ローズはピエールに顔を寄せて嬉しげに言った。「エクート、ピエール。エクート！　聞いてごらん」

「え？」ハワードは我に返った。「何だって？」

ロニーは声を弾ませた。「町で音楽をやってるよ。聞きにいけるかなあ」少年と年寄りでは耳が違う。ハワードには何も聞こえなかった。

ハワードがリストの『愛の夢』に気づいたのは、しばらくして、やっと町に入ってからだった。

町にさしかかるあたりに汚れたトラックが長い列を作り、修理工場で順繰りに給油していた。立ち働く兵士らは見馴れぬ姿に思えたが、つい今しがたまで恐怖の内に対面を予期していたドイツ兵と知って、ハワードは愕然とした。野戦部隊の灰色がかった制服は開襟に張りポケットで、右の胸に翼を広げた鷲の縫い取りがあった。無帽の兵士もいたが、たいていはドイツ軍独特の鉄兜だった。暗く疲れきった兵士の集団は、機械のように無表情にふるまっていた。

シーラが尋ねた。「あれ、スイスの兵隊さん？」

「いいや」ハワードは首を横にふった。「スイスじゃあない」

ロニーは軍装に興味を示した。「みんな、おんなじ帽子だ」

ローズは怯えを隠さなかった。「どこの兵隊さんかしら？」

ハワードは子供たちを集めて、フランス語で言った。「いいか、恐がることはないからね。あの兵隊さんたちはドイツ軍だ。でも、きみたちには何もしない」

一行は数人の兵士がたむろしているところを過ぎた。中の一人、黒革の軍長靴に油の染みた乗馬ズボンの軍曹がハワードの言葉を聞きつけて進み出ると、ドイツ訛りの喉にかかったフランス語で話しかけた。「その通り。我々ドイツ軍はフランスの味方である。我々はフランスに平和をもたらす。諸君はじきに故郷へ帰ることができる」

子供たちはまるで通じない顔で軍曹を見上げた。いかにも拙《つたな》いフランス語だったから無理もない。

ハワードはフランス語で答えた。「平和が戻るのは喜ばしいことです」素姓を見破られない限り、諦めることはない。

軍曹はにっと笑った。取って付けたような、感情に欠けた笑顔だった。「どこから来た？」

「ピティヴィエです」

「歩いてきたか？」

「いえ、通りがかりのトラックに乗せてもらいました。トラックは何マイルか手前で故障しました」

「ほう。ならば、空腹だろう。広場にスープの配給所があるから、そこへ行くように」

「ジュ・ヴ・ルメルスィ」ハワードは礼を言った。ほかに話すことは何もなかった。

軍曹は満足げに一同を見渡したが、スモックの幼児に眉を顰《ひそ》め、そっと頭を押えて項《うなじ》の傷を調べた。と、軍曹は自分の両手を見つめ、不潔な頭に触れたと知って、狼狽《うろた》えてその手を拭った。

「これは！　教会の近くに野戦病院がある。その子供を衛生伍長に診《み》せること」軍曹は一同を追い払うようにして、部下たちのところへ戻った。
二、三の兵士が無気力な顔でハワードたちを見やったが、声をかけてはこなかった。町の中央で街道が交差し、オルレアンは左、パリは右だった。灰色の大きな教会の前が市《いち》の立つ広場で、その真ん中で楽隊が演奏していた。
ドイツ軍の軍楽隊だった。二十人ほどの隊員が堅苦しく律儀な演奏で総統に対する忠誠の義務を果たしていた。楽隊はフェルトの略帽で、肩に銀の総《ふさ》飾りという出で立ちだった。指揮者の曹長は小ぶりの指揮台に立ち、指先に気取った形で指揮棒を摘《つま》んでいた。堂々たる押し出しの中年男で、棒をふりながら、右に左に向きを変えて聴衆に愛想よく笑いかけた。楽隊の背後には戦車と装甲車が並んで壁を作っていた。

聴衆はあらかたフランス人だったが、土気色の顔をして死ぬほど疲れた風情のドイツ兵もちらほら目についた。大半を占めるこの町の男女は物珍しそうに侵略者を眺める一方で、密《ひそ》かに戦車を窺い、軍装や徽章《きしょう》の品定めをしていた。

ロニーが英語で言った。「楽隊はあそこだよ、ハワードさん。聞きにいってもいい?」

ハワードは咄嗟《とっさ》にあたりを見回した。誰もロニーの英語を聞き咎めた様子はなかった。老人はフランス語で言った。「あとにしよう。まず、この子の傷の手当てに行かなくては」

彼は子供たちを群衆から引き離して、そっとロニーに言った。「ここにいる間は、英語を話してはいけないよ」

「どうして、ハワードさん?」

シーラが横から言った。「あたしは英語でいいの?」

「駄目駄目。ドイツ人は英語で話されるのを厭がるから」

シーラは重ねて英語で言った。「ローズが英語で話しても厭がるの?」

通りかかったフランス人女性が怪訝《けげん》な顔でふり返った。老人は努めて苛立ちを抑えた。子供たちに罪はない。彼はフランス語で言い渡した。「今度、英語を話したら、カエルを捕まえてきて、その口に押し込むからね」

ローズは目を丸くした。「ねえ、聞いた? カエルですって! わあ厭だ」

子供たちは声を上げて笑い、了解が成り立って、以後、会話はフランス語になった。

野戦病院は教会を過ぎてすぐのところだった。すれ違うドイツ兵たちは申し合わせたように、例の感情に乏しい不自然な顔で子供たちに笑いかけた。はじめのうち、子供たちは足を止めてドイツ兵をしげしげと見つめ返し、その都度、ハワードが急き立てなくてはならなかったが、それを何度か繰り返すと、すっかり馴れっこになった。

兵士の一人が声をかけた。「ボンジュール、メ・ザンファン」

「ボンジュール、ムッシュー」ハワードは低く挨拶を返してやり過した。病院のテントはもう目の前である。虎の尾を踏む思いだった。

トラックから大きく張り出したテントが診察所で、衛生兵が入口で退屈そうに歯をせせっていた。

ハワードはローズに言い含めた。「ここで待っているんだ。みんな、ばらばらにならないように」彼は傷ついた子供を連れて衛生兵の前に立ち、フランス語で言った。「子供が怪我をしています。絆創膏なり、包帯なり、ざっと手当てをお願いできませんか」

衛生兵はあの感情の失せた、おざなりの笑顔を覗かせ、手早く子供の傷をあらためた。「ゾー、コメン・ズィ……アントレ」ようし、こっちへ。

ハワードは衛生兵の後に付いて子供と一緒にテントに入った。手に火傷を負ったドイツ兵が看護卒の手当てを受けているほかは、テントには白衣の軍医が一人だった。軍医の階級はわからなかった。衛生兵が子供を軍医の前に押しやった。

軍医は軽くうなずくと、眉一つ動かすでもなく、子供の頭に明かりを当てて傷を調べ、汚れた服の前を開けて胸を診た。終って軍医はこれ見よがしに、わざとらしく手を消毒した。

ハワードに向き直って、軍医はたどたどしいフランス語で言った。「また来なさい」軍医は人差し指を立てて、一時間、と言い添え、念のために懐中時計を取り出して針を指し示した。

「六時」

「わかりました。六時ですね」ハワードは悪い予感を覚えてテントを出た。たかが小さな傷一つの処置に、一時間もかかるものだろうか。

とはいえ、ほかにどうする術《すべ》もなかった。ドイツ兵と不必要に長い話はしたくない。遅かれ早かれ、イギリス訛りから正体が顕れることは避けられまい。ハワードは子供たちを引き連れてテントから遠ざかった。

ハワードにははるか昔のことのように思えたが、ほんの半日足らず前、急ぎ立つ間際のどさくさで、シーラはパンツをなくす被害に遭った。当のシーラも、ほかの子供たちもまるで気にしていなかったが、ハワードはこのことが気持の負担になっていた。このあたりで埋め合わせをしなくてはならない。ロニーにしつこくせがまれて、しばらく広場でドイツ軍の戦車を見物してから、ハワードは一同を連れて野戦病院からほど近い衣料品店に立ち寄った。

店のドアを押し開けると、カウンターにドイツ兵の姿があった。慌てて引き返せば疑いを招くことにもなりかねない。ハワードは脇に控えてドイツ兵の買い物が済むのを待った。よく見ると、相手は最前の衛生兵だった。

カウンターに子供向けの黄色いセーターと焦げ茶の半ズボン、それに、靴下と肌着が広げられていた。「五十四フラン九十サンチーム」店番の太った中年女が言った。

ドイツ兵にはその早口が聞き取れず、女は何度も金額を繰り返した。衛生兵はやおら一綴りの紙切れを取り出した。女が書き付けた数字を仔細にあらためて、衛生兵はその下に自分の名前と所属を記し、紙切れをちぎって渡した。

「支払いは後日」衛生兵は辛《かろ》うじてそれとわかるフランス語で言い、カウンターの衣類を掻き集めた。

店の女は抗議した。「お代を払ってもらわなきゃあ、品物は渡せません。主人はやかましいんですから。あたしが怒られます。お願いです、兵隊さん。お金を払って下さい」

ドイツ兵は顔色一つ変えなかった。「大丈夫。それで支払いは受けられる。正規の請求書だから」

女は口を尖らせた。「何が大丈夫なもんですか。現金でなきゃあ困りますよ」

「その書き付けは現金と同じ。ドイツの金として通用する。受け取らないと憲兵を呼ぶぞ。主人には、ドイツの金を有難く受け取った方が身のためと言え。亭主はユダヤ人か？　ユダヤ人なら、こっちも考えがある」

女は茫然とドイツ兵を見返した。一瞬、沈黙が店を閉ざした。衛生兵は横柄に品物を抱え込んで立ち去った。女は釈然としない顔で、紙切れをまさぐりながら後を見送った。

ハワードは進み出て声をかけた。女は気を取り直して子供用の下着をカウンターに並べた。色とデザインについては一家言あるローズの見立てで、ハワードは三フラン五十サンチームのパンツを買い、その場でシーラに穿《は》かせた。

女は受け取った金をあらためて、躊躇《ためら》いがちに言った。「お客さん、ドイツの人じゃありませんね」

老人はうなずいた。

「もしかしたら、と思って。フランドルかしら?」

国籍を明かしてよかろうはずはなかったが、子供たちがいつ何時《なんどき》、口を滑らさないとも限らない。ドアの方へ向かいながら、ハワードは咄嗟の出任せで言った。「ノルウェーです。あっちもひどい目に遭いました」

「やっぱり、フランス人じゃあないのね。それにしても、あたしたち、この先どうなるのかしら」

店を出ると、多少とも人目を避ける思案で、街道をしばらくパリ方向に歩いた。ドイツ軍はなお続々と町へ流れ込んでいた。数を増す群衆の中を歩きながら、ハワードは今にも見破られはせぬかと気が気でなかった。やっと六時になって、彼は野戦病院に戻った。

子供たちは教会の前に待たせることにして、ハワードはローズに言い含めた。「離ればなれにならないように。すぐ戻るからね。ここを動いてはいけないよ」

ハワードはテントに向かった。不安と緊張で疲労の極みだった。衛生兵が老人を認めて言った。「軍医少佐に取り次ぐから、ここで待つように」

衛生兵はテントに消えた。ハワードは入口で気長に待った。冷気が忍び寄る中で、夕日の温もりが心地よかった。自由の身でイギリスへ帰れたら、どれほど安らぐことだろう。心身ともに草臥《くたび》れきって、立っているのも大儀だった。とはいえ、子供たちの安全を確保するまで、休息は求むべくもない。

　テントの奥に人の気配がして、軍医が子供の手を引いて現れた。ハワードの見も知らぬその子供はキャンディをしゃぶっていた。頭を短く刈って、申し分なく身ぎれいな、柄の小さい少年である。黄色いセーターに、焦げ茶の半ズボン、ソックスに靴はどれもみな真新しく、ハワードは朧気《おぼろげ》ながら見覚えがあった。少年は石鹸と消毒薬の匂いをぷんぷんさせていた。首に真っ白な包帯を巻いた少年は、ハワードを見上げてにっと笑った。

　ハワードは感嘆に声もなく少年を見返した。軍医は満悦の体《てい》で言った。「ああ。看護卒に言って、入浴させました。見違えるようでしょう」

　老人は頭を下げた。「痛み入ります、軍医さん。手当てをしていただいた上に、衣類までお世話下さって、本当に、何とお礼を申していいかわかりません」

　軍医は得意然と反り返って、思うさま親切ごかしに言った。「何の何の。私に礼を言うことはない。これは、ドイツがしていることです。我々ドイツ軍はこの国に、平和と、清浄と、社会秩序、すなわち、真の幸福をもたらすのです。戦争は終り。もう、避難することもない。ドイツはあなた方の味方です」

「まったく、おっしゃる通りです、軍医さん」ハワードは口ごもった。

「そう。この子供にしてやったことを、ドイツはフランスに、全ヨーロッパに対して行《おこな》う。これが新しい秩序です」

気詰まりな沈黙が二人を隔てた。ハワードは何か気のきいたことを言いたかったが、巧《うま》い言葉が浮かばなかった。少年の黄色いセーターが衣料品店の女の記憶を呼び戻し、ハワードは舌が強張って、なす術もなくその場に立ち尽くした。

軍医は少年をそっとハワードの方に押しやった。「このオランダの幼い子供にしてやったことを、ドイツは世界じゅうの子供にしてやるのです。連れていってよし。ああ、その子の父親かな？」

恐怖がハワードの思考を速めた。半分だけ事実を話すのが最も安全であろう。「いいえ、違います。ピティヴィエで、独りぼっちで迷子になっているところへ行き合いまして。どこか、修道院にでも預けようと思います」

軍医は納得してうなずいた。「オランダ人かと思ったが。土地のフランス人とは言葉つきが違うので」

ここでまたノルウェーを持ち出すのは考えものだった。あまりにもドイツに近すぎる。「私、ずっと南のトゥールーズです。モンミレイユの息子のところにおりましたが、避難の途中、モンタルジではぐれてしまいまして、さて、息子はどうなりましたか。ほかの子供たちは、私の孫です。今、広場に待たせていますが、みんないい子です。これで家へ帰れるようなら、有難いことですが」

作り話に弾みがついて、ハワードは老人特有の饒舌に耽った。軍医はすでに関心を失って無愛想に顔をそむけた。「さっさと連れていくように。もう家に帰れる。戦争は終りだ」

言い捨てて、軍医はテントに消えた。

ハワードは少年の手を引いて、衣料品店の向かい側を教会の横手へ回った。ローズはもとの場所をほとんど動かず、シーラとピエールも一緒だったが、ロニーの姿がなかった。

ハワードは不安に襲われた。「ローズ。ロニーはどうした？　どこへ行った？」

「ロニーは悪い子ですよ、ハワードさん。戦車を見たがるから、あたし、いけないって言ったんです。戦車を見にいくのは悪い子で、ハワードさんに叱られるからって言ったのに、勝手に駆けだしてっちゃって」

シーラがはっきりと英語で声を張り上げた。「あたしも、戦車、見にいっていい、ハワードさん？」

ハワードは反射的にフランス語で答えた。「今日は駄目だ。ここを動いてはいけないと言ったろう」

彼はどうしたものかとあたりを見回した。子供たちをこの場に残してロニーを捜しにいくか、連れていくか、思案のしどころだった。いずれにしても、子供たちを危険にさらすことに変りはない。しかし、置いていけばなお厄介なことにもなりかねない。ハワードは乳母車を押して先頭に立った。「おいで」

ピエールがすり寄って、か細い声で言った。「押してもいい？」

この少年がハワードに向かって自分から物を言ったのははじめてだった。老人は乳母車を明け渡した。「ああ、いいとも。ローズ、一緒に押しておやり」

ハワードは群衆の間に目を配りながら、乳母車に付き添って戦車やトラックが駐まっている方へ向かった。軍用車輌の周りでは灰色の作業服を着て疲れきったドイツ兵たちが、胡散《うさん》臭げな地元市民の慰撫《いぶ》に努めていた。中には洗濯に精を出し、また、車輌整備に余念のない兵士もいたが、それ以外はてんでに小さな会話手引きを携え、土地者を相手に対話を試みた。フランスの農民たちは、みな陰気な表情で押し黙っていた。

シーラが頓狂な声を発した。「ロニーはあそこ！」

老人はあたりを見回したが、少年の姿はどこにもなかった。「どこだって？」

ローズは言った。「わあ、いけないいんだ！　ハワードさん、ほら、あそこ。戦車の中。ドイツの兵隊さんと一緒に！」

ハワードは心臓が凍りつく思いだった。遠見のきかない目を凝らしてローズの指さす方を捜すと、なるほど少女たちの言う通り、ロニーは回転砲塔のスチールハッチに小さな頭を覗かせて、夢中でドイツ兵に話しかけていた。兵士はロニーを抱え上げ、司令塔の指揮官がどのように戦車を動かすのか説明しているのであろう。まさしく宣撫《せんぶ》工作の一小景だった。

ハワードは咄嗟に思案をめぐらせた。ロニーはフランス語で話していると考えて、まず間違いない。英語に切り替える必然も考えにくい。が、老人、ないしは妹が近付くことは断じて禁物である。少年は興奮に任せて、たちまち戦車のことを英語でまくし立てるに違いない。何はともあれ、戦車に興味を奪われている今の間に呼び戻さなくてはならない。気持が他所《よそ》へ移って、これまでの旅の難儀やハワードのことを思い出せば、ロニーは無邪気に洗い浚《ざら》い話さずにはいられまい。ものの五分と経《た》たぬうちに、少年はイギリス人であり、イギリスの老人が町をうろついていることはドイツ軍の知るところとなろう。

シーラが老人の袖を引いて言った。「おなかが空いた。お食事は、いつなの？　ねえ、ハワードさん。おなかが空いた」

「もうじきだよ」ハワードは上の空で言った。「これから行って、みんなで食事にするからね」口から出任せながら、これは妙案だった。シーラが空腹なら、ロニーも腹を空かせているだろう。ドイツ兵にキャンディをもらったにしても、ここは賭に出るしかない。最前、町に入るところでドイツ兵が教えてくれた給食所がある。百ヤード隔てた広場の向こうに、炊事当番兵の立ち働く姿が見えていた。

ハワードは給食所を指さして、さりげなくローズに言った。「小さい子たちを食事に連れていくからね。あの湯気の出ているところだ。ロニーを呼んでおいで。きみも、おなかが空いたろう」

「ウイ、ムッシュー」正直、ローズは空腹に耐えかねていた。

「熱いスープとパンのご馳走だ」ハワードは思いつくままに言った。「ロニーを連れておいで。私は小さい子と先に行っているから」

老人は走り去るローズの素足を見送り、子供たちを戦車から遠ざけた。ロニーが一同を認めて呼びかけでもしたら目も当てられない。ローズが戦車に駆け寄って、忙《せわ》しなくドイツ兵に何やら言うのが見えたと思う間もなく、少女の姿は人混みに隠れた。

ピエールとともに乳母車を押して給食所に向かいながら、ハワードはローズがそれとは知らずにこの大役を果たしてくれることを天に祈った。もはや老人の力はおよばない。一行の運命は幼い二人の手に握られていた。

給食所には仮設のテーブルと椅子が並んでいた。ハワードはピエールとシーラ、それに名も知らぬオランダ人の子供を坐らせ、重たいボウルに盛られた施《ほどこ》しのスープ四人前と大きなパンを受け取ってテーブルに戻った。

ふり向くと、目の前にローズとロニーが立っていた。ロニーは興奮に顔を火照《ほて》らせて英語で言った。「戦車に乗せてもらったよ！」

ハワードはフランス語で優しく言った。「フランス語で話せば、ピエールにもわかるだろう」

誰にも聞き咎められた様子はなかったが、町中《まちなか》はこの上もなく危険だった。子供たちの英語で正体を知られるのは時間の問題でしかない。

ロニーは言葉をフランス語に変えた。「大砲とね、機関銃が二つあるんだよ。ハンドル二つで操縦して、時速七十キロだって！」

「さあ、食事にしよう」ハワードはスープと一切れのパンを少年に与えた。

シーラが羨ましげに言った。「乗って走ったの？」

冒険を自慢したいロニーは口ごもった。「走りゃあしないさ。でも、明日か、またいつか、乗せてもらえるもん。兵隊さんて、変なしゃべり方だよ。何を言ってるんだか、まるっきりわからない。ねえ、ハワードさん、明日また乗りにいってもいい？　兵隊さんはいいってよ」

ハワードは曖昧に答えた。「そうさなぁ。明日は明日の話だ。もう、ここにはいないかもしれないから」

シーラは不思議そうに言った。「兵隊さんて、どうして変なしゃべり方なの？」

黙って聞いていたローズが不意に口を挟んだ。「心の曲がったドイツ人だもの。人を殺しにきたんだから」

老人は大きく咳払いした。「さあ、みんな。いいから、さっさと食べるんだ。おしゃべりはその辺にしておこう」それどころか、子供たちはすでにしゃべりすぎている。今の話がスープを配っているドイツ兵の耳に入ったら、とうていただでは済まされまい。

アンジェヴィルにはいられない。何としても、子供たちをこの町から連れ出さなくてはならなかった。このままでは、いくばくもなく素姓を見破られるに違いない。ハワードは考えた。日暮れまでにはまだ間がある。子供たちが疲れていることは重々承知だが、しかしなお、先を急いだ方が安全だった。

次の町はシャルトルである。シャルトルからサンマロ行きの汽車に乗る予定だった。シャルトルまではここからさらに西へ三十マイル近い距離があって、夜のうちに着くことはむずかしい。ドイツ軍の占領地区を避けて通る望みはない。とはいえ、ほかに選択の道がないとなれば、ひたすらシャルトルを指して歩き続けるしかない。いや、それ以上に、ハワードにしてみれば逗留は考えられないことだった。

子供たちは食べるのが遅く、年下のピエールとシーラが食事を終えるのに一時間近くかかった。ハワードは老人の忍耐で待ち続けた。子供たちを急かしたところではじまらない。ハワードは食べ終った二人の口を拭いてやり、炊事当番兵に丁重に礼を言うと、また乳母車を押してシャルトルへ通じる街道に出た。

子供たちは元気なく、足取りは重かった。とうに八時を回って、普段なら寝に就《つ》いている時間である。その上、子供たちは腹がいっぱいだった。傾いた太陽はまだ温もりを残していたが、どう頑張ってみても距離は稼げそうになかった。とはいえ、いくらかなりと町を離れたい一心で、ハワードは子供たちを歩かせた。

オランダ人の子供のことが気に懸かっていた。アンジェヴィルで尼僧に預けるつもりが、ドイツ軍の占領下で修道院を尋ね回ることも躊躇《ためら》われて、それは果たせなかった。こと志《こころざし》に反して、ピエールについても問題は片付いていない。ピエールはおよそ手を焼かせない子供だが、新顔のオランダ少年はいささか厄介だった。なにしろ、言葉が通じない。ハワードは子供の名さえまだ知らなかった。着ているもののどこかに記されてはいないだろうか。

その衣類がもはや手もとにはないことに思い至って、ハワードは困却した。衣類はシラミを駆除した際にドイツ兵の手に渡った。すでに焼却されていることだろう。戦争が終って身元調査が行《おこな》われるまで、少年はどこの誰でもない。身元は生涯、わからずじまいになるかもしれなかった。

考えるほどにハワードは気持が沈んだ。身元のわかっている子供を修道院に預けるのと、どこの誰とも知れず、調べる手だてもない子供を託すのとでは、まるでわけが違う。老人は歩きながら、新たに加わった重荷についてあれこれ思案をめぐらせた。子供の過去に結びつく手掛かりは、唯一、六月のある日、ピティヴィエの町に独りぼっちで見棄てられていた事実であり、それを知っているのはハワードだけである。そのわずかな手掛かりを頼りに、あるいは子供の親や親類を見つけることができるかもしれない。が、子供を修道院に預ければ、その手掛かりさえも、いずれは忘れ去られる運命であろう。

一行は埃っぽい道を歩き続けた。

シーラが不機嫌に言った。「足が痛い」

少女は見るからに草臥《くたび》れきっていた。ハワードは年下の二人を乳母車に乗せ、昼間の約束通り、ピエールにチョコレートを与えたが、これは一人だけというわけにもいかず、子供たちはみな分け前に与《あずか》って、しばらくは浮き立った。ハワードは乳母車を押してゆっくり先頭を歩いた。そろそろ泊まるところを見つけなくてはならなかった。

ハワードは次にさしかかった農家の前に乳母車を停め、子供たちを道端に残して中庭を横切った。あたりは不気味な静けさに包まれ、犬が飛び出して吠えかかることもなかった。ハワードは案内を請い、薄闇の底で耳を澄ませた。答はなかった。ドアを試したが、閂がかかっていた。牛小屋を覗くと、仕切りは空《から》で、二羽の雌鶏が堆肥を突ついているほかは、およそ家畜の気配もなかった。

農家は無人だった。

前の晩と同じように、一行は干し草置き場に仮寝した。もっとも、この日は毛布を借りようにも、母屋は暗く閉ざされていた。あたりを探すと、干し草を覆うのに使われていたらしい大きな帆布があった。これを干し草の上に延べ、二つ折りにした間に子供たちを寝かせれば、どうにか一夜の用は足りそうだった。子供たちは面白がって騒ぐか、さもなければ、むさくるしい場所を嫌ってむずかるか、いずれにしろ混乱は避けられまいと思いのほか、子供たちは疲れきってその元気もなく、五人とも進んで横になると、じきに寝息を立てはじめた。

ハワードも子供たちの傍《かたわ》らに身を横たえた。死ぬほど草臥れていた。ここまで来る途中、何度か気付けにブランデーを舐めてようよう持ち堪《こた》えたが、こうして人のいない農家の干し草置き場に横になると、体の芯から疲労が溢れだし、大波と化して彼を呑み込んだ。情況は絶望的だった。イギリスへ帰る希望は今や手の届かぬところへ遠のいた。ドイツ軍の前線はここよりはるか先である。すでにブルターニュにまで達して、フランス全土が制圧されているのではなかろうか。

いつ何時《なんどき》、正体を見顕わされるやもしれず、それも、そう遠いことではあるまい。隠しおおせるはずがなかった。ハワードがフランス語をよくするといっても、イギリス訛りは覆い難い。それは自分で知っていた。見破られずに危機を脱する術がもしあるならば、子供たちとともにどこかフランス人の家に身を寄せて、知恵が湧くのを待つのみだろう。しかし、フランスのこのあたりに、ハワードが頼れる知己《ちき》はなかった。

どのみち、一行を匿《かくま》ってくれるところがあろうはずもない。よしんば知り合いがいたにせよ、迷惑をかけることはハワードの気持が許さなかった。

ハワードは夢うつつのうちに明日を思い煩った。

本当に誰も知らないわけではない。極めて疎遠ながら、シャルトルに知った家がある。名前はたしか、ルージェと言った。いや、ルーガン……ルージュロン、そう、ルージュロンだ。生え抜きのシャルトル市民である。ルージュロン家の人々とは一年半以前、息子のジョンとスキーに行ったシドートンで知り合った。フランス陸軍大佐だという父親はこの時世に、どこでどうしているだろうか。母親は小作りながらふっくらとした典型的なフランス女性で、感じのいい控え目な人柄だった。娘はスキーの達人である。忍び寄る眠気に誘われて目を閉じると、ジョンの後から雪煙を上げてスロープを滑り降りてくる娘の姿が瞼《まぶた》に浮かんだ。娘は短めの金髪をフランス風に形よく結い上げていた。

父親の大佐とは親しく言葉を交《かわ》した。夜はペルノを飲みながらチェッカーに興《きょう》じ、戦雲の行方を論じ合った。ハワードは、いつしかルージュロンのことを真剣に考えはじめていた。稀有の幸運に恵まれてシャルトルに辿り着けるなら、まだ望みはある。ルージュロンが力を貸してくれるに違いない。

少なくとも、親身で相談に乗ってもらえよう。ここに至ってハワードは、自分がどんなに大人の話し相手を求めているか悟った。難儀を訴え、先行きについて助言を乞える誰かに会いたい気持はほとんど飢渇に等しく、ルージュロンのことを思えばなおのこと、現状をあるがまま、腹蔵なく話せる聞き役がほしかった。

シャルトルは遠くない。二十五マイルを大きくは超えない距離である。旨《うま》くすれば明日には行ける。ルージュロン大佐はおそらく不在だが、訪ねてみても無駄ではあるまい。

やがて、彼は眠りに落ちた。

眠りは浅く胸苦しく、何度も息切れがして目を覚ました。心臓が弱っている。その都度、老人は干し草の上に起き直ってブランデーを含み、三十分ほどしてまたうつらうつらすることを繰り返した。子供たちも寝苦しい様子だったが、誰も目を覚ましはしなかった。明け方の五時にはもはや寝る気もせず、干し草の山に凭《もた》れて、子供たちを起こす時間まで待つことにした。

シャルトルのルージュロンを訪ねる考えは動かなかった。寝苦しい夜は危険信号かもしれない。すでに体力は尽きている。ここで倒れて果てるなら、子供たちを早く確かな人の手に渡さなくてはならない。ルージュロンが運よくシャルトルにいてくれれば、安心して子供たちを託すことができる。用を賄《まかな》う手持ちの金もある。イギリスの通貨だが、交換の術はあろう。ルージュロンは宿を貸してくれるかもしれない。そうなれば、束の間、この死ぬほどの疲れを癒《いや》すこともできる。

六時半頃、隣でピエールが目を覚ました。「静かにしておいで。まだ早いからね。もう一眠りするといい」

七時を回ってシーラが窮屈そうに帆布の間から這い出し、その動きでほかの子供たちも目を覚ました。ハワードは疲労に強張った体で梯子を伝い降り、子供たちを中庭に連れ出して、井戸端で顔を洗わせた。

背後に足音を聞いてふり返ると、目つきの悪い女が怒気を孕《はら》んで立っていた。農家の主婦だった。女は陰に籠って詰め寄った。

ハワードは物静かに言った。「奥さん、この子供たちと、おたくの干し草置き場で寝かせてもらいました。無断で入り込んだことは、重々お詫びします。ただ、ほかに泊まるところがなかったものですから」

女は穴のあくほどまじまじとハワードを見た。「あんた、誰？　フランス人には見えないし。ああ、イギリス人ね。その子たちも？」

「子供たちは、いろいろでしてね。二人はフランス人、二人はジュネーヴ生まれのスイス人、もう一人はオランダです」ハワードはにやりと笑った。「この通り、私ども、寄り合い所帯でして」

女は眉を寄せてハワードを睨《ね》め上げた。「でも、あんたはイギリス人だわね」

「私がイギリス人だったとして、奥さん、それが何か？」

「アンジェヴィルでは、みんな、そう言ってるわ。イギリスはフランスを裏切ったって。ダンケルクから逃げ出したんだって」

ハワードは身の危険を感じた。女がその気なら、一行をドイツ軍に突き出すのは思いのままである。

ハワードはひるまず真っ向から女の目を見据えて言った。「本当に、イギリスがフランスを見捨てたと思いますか？　それは、ドイツが流したデマだとは思いませんか？」

女は鼻白んだ。「政治なんて、えげつないもんだわね。あたしにわかってるのは、うちの農場がめちゃめちゃにされたことだけよ。この先、どうやって暮していけばいいのかしらねえ」

ハワードはあっさり言った。「また、いいこともありますよ」

一呼吸置いて、女は問い返した。「やっぱり、あんた、イギリス人ね？」

ハワードは無言でうなずいた。

「人に見られないうちに、さっさと行った方がいいわ」

老人は子供たちを呼び集め、乳母車を押して木戸口へ向かった。

後ろから女が声をかけた。「どこ行くの？」

ハワードは足を止めて答えた。「シャルトルへ」しまった、と思った時はもう遅かった。彼は自分の迂闊《うかつ》さに臍《ほぞ》を嚙んだ。

「軽便鉄道で？」

ハワードはおうむ返しに尋ねた。「軽便鉄道？」

「次は八時十分よ。まだ三十分あるわ」

ハワードは街道に沿って狭軌の線路が走っていたことを思い出した。シャルトル行きの希望が脹れ上がった。「動いているんですか？」

「そりゃあそうよ。ドイツ軍は平和をもたらすっていうんでしょう。だったら、汽車だって走るわね」

ハワードは女に礼を言って街道に出た。四半マイルほど行ったところで道は線路を横切っていた。彼はそこで待つことにして、子供たちに前の日に買ったビスケットとチョコレートを食べさせた。ほどなく、遠く微《かす》かな蒸気の音が軽便鉄道の接近を告げた。

三時間後、一行は乳母車を押してシャルトルの町に降り立った。あっけないほど平穏無事な道中だった。

アンジェヴィルと同様、シャルトルもドイツ兵で溢れ返っていた。目をやるところ必ず兵士の姿があったが、とりわけ、高級品を商《あきな》う店々は札びらを切って絹の靴下や、下着や、ありとあらゆる輸入食品を買い漁るドイツ兵でいっぱいだった。町じゅうが祭りの賑《にぎ》わいを呈しているかとさえ思われた。占領軍は清潔で統制が取れていた。ドイツ軍が進駐していること自体は不愉快だが、それを別とすれば、ハワードが見る限り将兵の行動に一つとして非難されるべき点はなかった。ドイツ軍は歓迎されないことを恐れて態度を慎み、あくまでも紀律正しくふるまっていた。もっとも、一歩店へ入ればその心配はない。ドイツ兵は正真正銘のフランス紙幣を湯水のごとくに使った。シャルトルがドイツ軍を拒むなら、紙幣は閉ざされた銀行の扉の奥で、かくも大量の現金が出回るはずがなかった。

ハワードは電話帳でルージュロンの住所を調べた。大佐の家はヴォジロー街のアパートだった。電話で込み入った事情は話しにくい。ハワードは子供たちを引き連れ、乳母車を押してヴォジロー街を尋ね当てた。

ヴォジロー街は、戸を鎖《さ》して煤《すす》けた高い建物が並ぶ狭い通りだった。ベルを押すと音もなくドアが開き、その奥に共同階段が立ち上がっていた。ルージュロンの住まいは三階だった。ハワードは息切れのする体を庇《かば》ってゆっくり階段を上がった。子供たちは一列になって後に続いた。老人は表札を確かめて、呼び鈴を押した。

ドアの向こうで女同士のくぐもった声が聞こえた。足音が近付き、ドアが開いて娘が顔を出した。一年半前、シドートンで知り合った、あの娘だった。

「何のご用でしょう？」

廊下の小暗がりを透かして、ハワードは言った。「お嬢さん。父上の大佐殿にお会いしたいのですが。もうお忘れかもしれませんが、以前、シドートンでお目に懸かったことがあります」

娘は、すぐには声もなかった。老人は目をしばたたいた。疲労に霞んだその目に、娘はドアにすがりついているかのようだった。ハワードは彼女をよく憶えていた。前に会った時と同じフランス風の短い髪型で、グレーの無地のスカートに濃紺のセーターをはおり、黒のネッカチーフをあしらっていた。

ややあって、娘は躊躇《ためら》いがちに言った。「父はあいにく留守にしておりまして。あの、前にお会いしたことは、よく憶えております」

ハワードは打ち解けたフランス語で言った。「憶えていて下さったとは有難い。私、ハワードです」

「存じております」

「大佐は、今日はお戻りですか？」

「父はもう、三月《みつき》も家を空けております。メスのあたりから便りをくれたのを最後に、それきり音沙汰がありません」

こういうこともあろうかと半ば予期してはいたものの、落胆は大きかった。ハワードは肩を落として一歩引き下がった。

「それは残念です。いえ、たまたまシャルトルへ来たもので、ちょっと大佐にお会いできたらと思いまして。しかし、ご心配ですね。とんだところへお邪魔しました。では、これで失礼します」

「あの……ハワードさん、何かご用がおありなんじゃありません？　私でよかったら、うかがいますけれど」なぜか娘の態度に哀訴とも取れるものを感じて、ハワードはその場を去りかねた。

大佐の安否を気遣っている親子に、この上迷惑をかけることはできない。彼女たちは今も心痛で寛《くつろ》ぐ暇もないありさまであろう。「いえいえ、何でもありません。ちょっと個人的なことでお話がしたかっただけです」

娘は顔を上げ、じっとハワードの目を見て静かに言った。「父にお会いになりたい、とおっしゃいましたね。父は家におりません。消息を絶ったきり、行方が知れないのです。でも……私だって、子供じゃありません。どういうご用でお見えになったか、あらかたはお察ししています。私がお話をうかがいましょう。知恵を寄せ合えば、何とかなると思います」

彼女は脇へ寄ってハワードに道を明けた。「どうぞ、お入りになって。おかけになりません？」

7

ハワードはふり返って子供たちを手招きした。娘の顔に浮かんだ驚愕と狼狽を目の端に認めて、老人は弁解がましく言った。「この通り、大人数でしてね。申し訳ありません」

「あらぁ。でも、どうして……。みんな、ご自分のお子さんかしら？」

ハワードはにやりと笑った。「世話をしてはおりますが、私の子供ではないのです」彼はちょっと言い淀んだ。「実は、少々困っておりまして」

「はあ……」

「それで大佐にお会いしたかったのですが」ハワードは、どう切り出したものか、当惑に眉を寄せた。「何か別の用事とお思いでしたか？」

娘は慌てて打ち消した。「いいえ、そんなことありません」奥に向かって彼女は声を張り上げた。「ママン！　大変よ。シドートンでお会いしたハワードさんがお見えなの！」

ハワードのよく憶えている小柄な夫人がせかせかと現れた。老人は格式張って挨拶すると、こぢんまりした客間で子供たちにまとわりつかれたまま、親子に事情を説明した。理解を得るのは容易でなかった。

大佐夫人は早々と諦めた。「まあまあ、ようこそ」細かい経緯などはどうでもよかった。「食事はお済みですの？　みんな、おなかが空いているんじゃありません？」

子供たちは恥ずかしそうに、にっと笑った。ハワードは言った。「子供というのはいつでも腹を空かせているものです。どうぞご心配なく。町へ出れば、どこか食事をするところはあるでしょう」

とんでもない、と夫人は言った。「ニコル、しばらくお相手をお願いね。すぐ支度をするから」彼女はそそくさとキッチンへ引き取った。

娘は老人に向き直った。「さあ、おかけになって、どうぞお楽に。とても疲れてらっしゃるみたい」彼女は子供たちをふり返った。「あなたたちも草臥《くたび》れたでしょう。坐ってゆっくりしていらっしゃい。すぐ食事にしますからね」

ハワードは真っ黒に汚れた自分の手を見つめた。ディジョンを発《た》って以来、入浴は疎《おろ》か、髭を剃る機会もなかった。「こんな見苦しい格好で、申し訳ありません。とりあえず、手を洗わせていただけませんか」

娘の笑顔にハワードは気持が和《なご》んだ。「本当に、清潔を保つこともむずかしい世の中ですものね」彼女は言った。「全部、はじめからお聞きしたいわ、ハワードさん。そもそも、フランスにはどうして？」

ハワードは深々と椅子の背に凭《もた》れた。この娘には何もかも話した方がいい。というより、彼は自分の立場を誰かに訴えずにはいられない心境だった。「話せば長いことになりますが」ハワードは発端に遡った。「実は、今年のはじめ、非常に辛《つら》いことがありましてね。一人息子を亡くしました。息子はイギリス空軍でしたが、爆撃に出動して、それきりになりまして」

「知っています。本当に、お気の毒でしたね」

一瞬、ハワードは戸惑った。娘の言葉を正しく理解したかどうか、確信がなかった。何かの聞き間違いではなかろうか。彼は話を続けた。「とうてい、イギリスにはいたたまれない気持でした。それで、憂いを払うつもりで旅に出たのです」

ひとたび話しだすと、あとは淀みなかった。シドートンのキャヴァナー夫婦にはじまって、シーラの病気、ディジョン滞留、親切なメイド、そして、ラ・プティット・ローズ、とハワードは順を追って話した。ジョワニから歩くことになった経緯も語った。傍《かたわ》らのピエールを気遣って、モンタルジへ向かう途中の惨禍はざっと触れるに止《とど》めた。その後、イギリス空軍の二人に助けられ、ピティヴィエでオランダ人の少年と出逢い、シャルトルに辿り着くまでのあらましをハワードは語った。

老人の、思慮深く、ゆっくり落ち着いた語り口で、話は十五分におよんだ。聞き終えて、娘は感に堪《た》えた顔でハワードを見つめた。

「それじゃあ、この子たち、ハワードさんとはもともと縁もゆかりもないじゃありませんか」

「そう、ないといえば、それはその通りです」

娘はさらに一歩踏み込んだ。「子供二人は、ジュネーヴの両親がディジョンまで迎えにくるようにすれば、とっくにイギリスへお帰りになれたでしょうに」

ハワードは微《かす》かに頰をほころばせた。「でしょうね」

娘はハワードの顔を覗き込んだ。「私たちフランス人には、イギリス人はとても理解できないわ」彼女は半ば独り言のように低く言って目をそらせた。

ハワードは首を傾《かし》げた。「何ですか？」

娘はそれに答えず、ついと腰を上げた。「どうぞ。洗面所はこちらですから。子供たちは、私が手伝います」

彼女はハワードを取り散らかった浴室に案内した。一見して、使用人は置いていないとわかった。ハワードは剃刀など、男用の小物を捜してあたりを見回したが、すでに大佐の不在は長きにわたっていた。ここは顔を洗うだけで、髭を剃るのはまたの機会を待つしかなかった。

娘が念入りに子供たちを一人ずつ入浴させる間に食事の支度がととのった。マダム・ルージュロンは昼食の材料に米を足してリゾット風の料理を工夫した。一同は有難く客間のテーブルを囲んだ。ディジョンを出て以来はじめての、まともな食事だった。

食事が済んで、子供たちは客間で遊んだ。空いた食器がそのままのテーブルでコーヒーを飲みながら、ハワードは親子とこれからのことを話し合った。

「何とかイギリスへ戻りたいと思いましてね。まだ諦めてはいませんが、どうやら、むずかしくなってきました」

マダム・ルージュロンは言った。「船がありませんことよ。ドイツが何もかも止めてしまいましたから」

ハワードはうなずいた。「そんなこともあろうかと思っていました。スイスへ引き返した方がよかったかもしれません」

娘が肩をすくめて言った。「後から考えれば、どうとでも言えますよ。でも、一週間前はスイスが占領されるとみんな思っていたし、私は、まだその可能性はあると思います。果たして、スイスへ行くのがいいかどうか……」

沈黙がテーブルを覆った。

大佐夫人は言った。「ピエールと、そっちのオランダ人の子ですけれど。あの二人もイギリスへ連れていらっしゃるおつもりですの？」

遊びに飽きて、シーラがハワードの袖を引いた。「表《おもて》へ行きたい。ねえ、戦車を見にいってもいい？」

ハワードは少女の肩に手をやったが、心ここになかった。「あとでね。しばらく、おとなしくしておいで。もうちょっとしたら、みんなで行くから」老人はマダム・ルージュロンに向き直った。「二人を置いては行けません。身寄りに預けられれば話は別ですが。ずっと、それを考えておりましてね。身寄りを捜すといっても、この最中ですから」

夫人はうなずいた。「本当にねえ」

ハワードは声に出して考えを辿った。「イギリスへ連れていかれれば、戦争が終るまで、アメリカへやる手があります。アメリカなら安全ですから」彼は言葉を補った。「私の娘が向こうにおりましてね。ロングアイランドの広い家で、不自由なく暮していますから、子供たちは預かってくれるでしょう。戦争が済んだら、身寄りを捜せばいいと思うのです」

娘が口を挟んだ。「その方、マダム・コステロですね？」

ハワードは軽い驚きを覚えて彼女をふり返った。「ええ、コステロは嫁いだ先です。ちょうど同じ年頃の子供がおります。この子供たちにも、きっとよくしてくれますよ」

「それはそうだわ」

二人の孤児をイギリスへ連れ帰る困難は、一瞬、ハワードの意識を去った。「問題は、このオランダ人の子供です。二親を捜すといっても、まず無理でしょう。名前もわからないんですから」

老人の腕の中で、シーラが言った。「あたし、知ってる」

ハワードは少女の顔を見て、ピエールのことを思い出した。「ほう。で、何という名前だね？」

「ヴィレム。ウィリアムじゃなくて、ヴィレム」

「もう一つの名前は？」

「もう一つはないの。ヴィレムだけ」

ロニーが床から顔を上げて、こともなげに言った。「嘘だあ。もう一つの名前、あるよ、ハワードさん。アイベっていうんだよ。僕はロニー・キャヴァナーでしょ。だから、この子はヴィレム・アイベ」

「ふうん……」シーラはしゅんとした。

大佐夫人は首を傾げた。「でも、この子、フランス語も英語も通じないのに、どうしてわかるの?」

子供たちは大人の鈍さ加減に呆れ返った顔で夫人を見上げた。「だって、自分で言ったもん」

ハワードは尋ねた。「ほかに何か自分のことを話したか?」二人は答えなかった。「お父さんやお母さんの名前とか、家はどこだとか、聞いていないか?」

子供たちは困った顔で恥ずかしげにハワードを見返した。老人は重ねて言った。「お父さんはどこか訊いてごらん」

シーラが言った。「でも、あの子、何を言ってるのかちっともわかんない」ほかの子供たちは口をつぐんだままだった。

「そうか。それならいい」ハワードは女二人に向き直った。「一日二日してごらんなさい。みんな、この子のことは何でも知っているようになりますよ。それまで待ちましょう」

娘はうなずいた。「誰か、オランダ語のできる人を探してみましょうか」

母親は異を唱えた。「それは止《よ》した方がいいわ。迂闊《うかつ》なことは禁物よ。ドイツ軍の目があるから」

夫人はハワードに向き直った。「さぞかしお困りでしょうけれど、どうしたいとおっしゃいますの?」

ハワードは穏やかな笑顔を覗かせた。「子供たちを連れてイギリスへ帰りたい。ただ、それだけです」

しばらく考えて、彼は静かに言葉を足した。「もう一つ。ご迷惑をおかけしたくはありません」老人は腰を上げた。「食事をご馳走になりまして、どうも有難うございました。大佐にお目に懸かれなかったのは何とも残念ですが、今度お会いする時は、どうかみなさん、お揃いでいらっしゃいますように」

娘は椅子から飛び上がった。「いけません。外へ出るなんて、とんでもない」彼女は激しく母親をふり返った。「ねえ、どうにかしなくては、ママン」

母親は肩をすくめた。「そう言ってもねえ。表はドイツ兵だらけだし」

「父がいれば、きっとどうにかしてくれるんですのに」

静まり返った部屋の中で、ロニーとローズが小声で歌う数え歌だけが続いていた。町の広場で演奏する楽隊の音楽が微かに聞こえた。

ハワードは言った。「私どものことは、どうぞご心配なく。大丈夫、何とか切り抜けます」

娘は聞く耳を持たなかった。「でも、その格好じゃあ。着ていらっしゃるもの一つ取ったってフランス好みじゃあないですもの。一目でイギリス人とわかりますよ」

ハワードは憂い顔で自分の姿を見降ろした。娘の言う通りだった。ハリスツイードのスーツは密《ひそ》かに趣味を誇って愛用していたが、この情況にはいかにもそぐわない。「なるほど。それでは、まずどこかでフランス製の出来合いでも探すとしますか」

娘は言った。「父がいたら、喜んで着古しをお貸しするはずです」彼女は母親をふり返った。「焦げ茶のスーツはどうかしら」

母親は首を横にふった。「グレーの方が目立たなくていいわ」大佐夫人はハワードに向き直って静かに言った。「もう一度、おかけになって。ニコルの言う通り、何か知恵を講じなくては。今夜はここにお泊まりになってはどうですかしら」

老人は言われるままに腰を降ろした。「しかし、それではあまりにもご迷惑でしょう。スーツだけは、有難く拝借しようと思いますが」

シーラがまたやってきて、英語でせがんだ。「ねえ、戦車、見にいこう。お家の中にいるの、いや」

「ちょっと待って」ハワードは女二人に向き直ってフランス語で言った。「子供たちが表に出たがっていますから」

娘が立ち上がった。「私が連れていきましょう。どうぞ、ここで休んでいらして下さい」

ひとしきり押し問答の末、ハワードは折れた。彼は疲れきっていた。「一つだけお願いがあります。剃刀がありましたら、錆びたのでも構いません、お借りできますか」

娘は再びハワードを浴室へ案内し、必要なものを取り揃えた。「子供たちのことはご心配なく。私が付いていますから」

ハワードは剃刀を手にして言った。「どうか、英語は使わないように気をつけて下さい。イギリス人の子供二人はフランス語が自由です。時々英語を話しますが、人に聞かれると厄介ですから、子供たちとは必ずフランス語にして下さい」

娘は小さく笑った。「それでしたら大丈夫。私、英語はからきしですから。ほんの片言だけで」彼女はちょっと考えて、躊躇《ためら》いがちな英語で言った。「幸せは気ままな夢の一雫《ひとしずく》」フランス語の註がこれに続いた。「食前酒について、そんなふうに言うんですね」

「ああ」ハワードはまたしても意外の感に打たれて娘の顔を窺った。

彼女は老人の怪訝《けげん》な表情に気づかなかった。「それから、人を叱る時は、こっぴどくどやしつけるんですよね。私の知ってる英語といったら、これくらいですもの。子供たちは心配ありません」

古傷の痛みを意識して、ハワードは声を落とした。「それは、どこで覚えましたか？ ごく近頃の言い方だけれども」

娘は顔をそむけて口ごもった。「さあ、どこでって……。何かの本で読んだのではないかしら」

ハワードは娘に付いて客間に戻り、子供たちの支度に手を貸して、階段の下まで一同を見送った。アパートに引き返すと大佐夫人の姿はなく、彼は浴室で髭を剃り、客間の隅の窮屈な長椅子で二時間ほど眠った。

子供たちが騒々しく戻って、老人は目を覚ました。ロニーは客間に駆け込むなり、興奮に任せてまくし立てた。「爆撃機を見たよ。ドイツ軍の、本物の爆撃機だよ。すごく大きいんだ。爆弾もあって、触らせてくれたよ！」

シーラも負けじと声を張り上げた。「あたしも爆弾に触ったの！」

ロニーはなおも言った。「爆撃機が飛ぶところも見たよ。離陸するところも、着陸するところも。これから海へ出て、船に爆弾を落とすんだって。面白かったよ、ハワードさん」

ハワードは穏やかに言った。「楽しい散歩に連れていってもらって、ルージュロンのお姉さんにきちんとお礼を言ったろうね」

子供たちはいっせいに娘を取り囲んで、口々に言った。「どうもありがとう、マドモアゼル・ルージュロン」

老人は娘をふり返った。「おかげで、子供たちは大喜びです。どこへ行きました?」

彼女は恥じ入る体《てい》に言った。「飛行場へ。気がついていれば、あんなところは行かなかったのですけれど。でも、子供たちはそんなこと、お構いなしで……」

「いいじゃあありませんか。こうして、みんな、喜んでいるのだから」

ハワードはふと眉を曇らせた。「で、爆撃機は……たくさん?」

「六十機か、七十機。いえ、もっといたかもしれません」

「それが、イギリスの船を沈めに飛び立っていった、と」老人はこともなげに言った。

娘は顔を伏せた。「行くんじゃあなかったわ。つい、知らなかったもので」

ハワードは優しく笑った。「まあ、ドイツ軍のすることに対して、私ら、何もできないのだから、気に病むことはありませんよ」

大佐夫人がキッチンから顔を出した。かれこれ六時になるところだった。夫人は子供たちの食事にスープをこしらえ、自分の寝室に女の子二人のベッドを用意してくれていた。男の子三人には、廊下に寝床があてがわれ、ハワードは個室の待遇だった。ハワードは言葉を尽くして夫人の心遣いに感謝した。

「とにかく、子供たちを寝かさなくては」夫人は言った。「それから、どうするか考えましょう」

一時間足らず後、子供たちは腹いっぱい食べて、顔と手を洗い、寝支度をして床に入った。ハワードは女二人とテーブルに向き合い、肉入りの濃いスープにパンとチーズの夕食をとった。テーブルには水割りの赤ワインも添えられていた。ハワードは後片付けを手伝い、大佐が置いていった黒ずんで香りの強い、細巻の珍しい葉巻を吸いつけた。

一服して、彼は言った。「午後中、つくづく考えましたが、スイスへ引き返すのは、やはり得策ではありませんね。むしろ、スペインへ行った方がよかろうと思います」

大佐夫人は懐疑的だった。「ずいぶん遠くですことよ」ひとしきり、三人でスペイン行きの可能性を話し合ったが、なかなか容易なことではなかった。どうにか行き着いたとしても、国境を越えられる保証はない。

娘が言った。「私も考えましたけれど、まるで方向が違うんです」彼女は母親をふり返った。「ジャン・アンリ・ギネヴェック」彼女はジャンとアンリを一緒にしてジャンリと発音した。母親は眉一つ動かすでもなかった。「ジャン・アンリは、もういないのではないかしら」

ハワードは尋ねた。「誰ですか、それは?」

娘が引き取って答えた。「漁師です。フィニステールのルコンケというところですが、とてもいい船を持っていて、父が懇意にしているんです」

親子は漁師のことをこもごも語った。三十年来の習慣で、大佐はブルターニュでひと夏を過す決まりだった。ブルターニュを避暑地と定めるのは、フランス人としては異例だが、心寂《うらさ》びた岩石平野や、石小屋、荒涼とした海岸が大佐は気に入っていた。大西洋から吹きつける風は心身の疲れを癒《いや》した。モルガー、ルコンケ、ブレスト、ドゥアルヌネ、オーディエルヌ、コンカルノー、といったあたりが大佐の好きな夏の足場だった。避暑地の大佐は装いにも意を凝らし、漁師の舟に乗る時は、土地の風俗に倣《なら》って錆色や赤紫も褪せたズックの繋ぎに、冑《かぶと》に似た黒いよれよれのブルトン帽を愛用した。

「私と一緒になってすぐの頃は、サボまで履いて」大佐夫人は面白くもない顔で言った。「でも、魚《うお》の目ができて、じきに止《や》めましたけれど」

大佐は毎年、妻と娘を同行した。家族は小さな貸別荘で暮し、大佐が漁師の舟で海へ出掛け、あるいは、カフェで土地の漁師たちと四方山《よもやま》話に興《きょう》じる間、彼女たち二人は当てもなく近所を散歩して退屈を紛らせた。

「およそ変化がなくて」娘は言った。「一度、パリ・プラージュへ行きましたけれど、結局、次の夏からはまたブルターニュでした」

そうして年を重ねるうちに、娘も大佐が親しくしている漁師たちと顔馴染みになった。「ジャンリなら、きっと手を貸してくれるわ」彼女は確信を示した。「とても姿のいい、大きな船の持ち主で、あれなら楽にイギリスへ渡れますよ」

ハワードにとって、これは聞き流せない話だった。ブルターニュの漁師なら、まんざら知らないわけでもない。エクセターで弁護士をしていた頃、よく漁師間のいざこざが持ち込まれたが、たいていは、ブルターニュの漁師が三マイル海域を侵したか否かの問題だった。ブルターニュの漁師たちがトーベイの港に時化《しけ》を避けることも珍しくなかった。漁場をめぐる対立を別とすれば、ブルターニュの漁師たちはデヴォンで受けがよかった。彼らは総じて大柄で筋骨たくましく、その体格にふさわしい頑丈な船でやってくる優秀な水夫である。話す言葉はゲール語と類縁で、ウェールズの住人にもある程度は理解できた。

三人はブルターニュの漁師を頼ることの是非について話し合った。少なくとも、スペイン経由で行くよりは現実的と思われた。「かなりの長旅ですね」ハワードは言った。実際、ブレストはシャルトルから、パリとは反対方向に二百マイル以上も離れた土地である。「汽車があるといいけれども」

彼らはあらゆる角度から可能性を検討した。漁師ギネヴェックがどこでどうしているかは知る由《よし》もない。ブルターニュまで行って捜すよりほかに道はなかった。「ジャンリが他所《よそ》へ行ったにしても、漁師はほかにいくらもいますから」大佐夫人は言った。「主人の親しい知り合いとなれば、きっと誰か手を貸してくれますよ」夫人は漁師たちの協力を信じて疑わなかった。

娘も同じ考えだった。「誰か、きっと力になってくれるわ」

ややあって、老人は意を決した。「いやあ、それはいいことをうかがいました。何人か漁師さんの所番地を教えていただけたら……。子供たちを連れて、明日にもここを発《た》ちましょう。善は急げです。時間が経てば、その分、ドイツ軍の監視も厳しくなるでしょうし」

「では、そういうことにいたしましょう」母親はきっぱりうなずいた。

すでに陽は傾いていた。やがて、大佐夫人はキッチンへ引き取り、後を追って娘も席を立った。客間に残ったハワードの耳に、キッチンから女同士の押し殺した話し声が伝ってきた。話の中身はわからなかったが、もとよりハワードは聞く気もなかった。親子の助けと励ましが身に染みて有難かった。空軍の二人と別れてから、老人はほとんど気力を失いかけていた。が、ここへきてイギリスへ帰る希望が蘇った。とはいえ、まずはブルターニュまで行き着かなくてはならない。相当の苦労を覚悟しなくてはなるまい。イギリスのパスポートを別とすれば、身分を明かすものは何もない。子供たちは誰一人、パスポートさえ持っていない。ドイツ軍に誰何《すいか》されれば万事休すである。しかし、これまでのところ、怪しまれたことはただの一度もない。何とか切り抜けられるかもしれなかった。

ニコルが一人きりで客間に戻った。「母はもう休みました。朝が早いものですから。代ってご挨拶するように言われております」

ハワードは型通り丁寧に挨拶を返した。「私もそろそろ寝るとしましょう。この何日か、私のような年寄りには応《こた》えましてね」

「よくわかります」ニコルは躊躇《ためら》いを見せながら、あらたまって言った。「母とも話しましたけれど、私、ブルターニュまでお供《とも》しようと思います」

ハワードは驚嘆のあまり、すぐには言葉もなかった。「それは……いや、ご親切は有難いけれども、そこまでお願いするわけにはいかないでしょう」

老人は温顔を装った。「いいですか。私はドイツ兵に見咎められれば、厄介なことにもなりかねません。後々、あなたを巻き添えにしたと悔やむのは、ごめんこうむりたいのです」

ニコルは引き下がらなかった。「そうおっしゃるお気持はわかっています。でも、母と相談したことですし、ご一緒した方が安心ですもの。私、行くことにしていますから」

「もちろん、行っていただけたら、どんなに助かるかわかりません。しかしねえ、こういうことは、そう簡単に決めてはいけない。一晩、寝ながらじっくり考えてみないことには」

黄昏《たそがれ》の闇が濃くなりまさる中で、異様な光を宿したニコルの目は心なしか潤んで見えた。「お断《ことわ》りにならないで」彼女は思いつめて言った。「私、お役に立ちたいんです」

ハワードは心を打たれて、穏やかに答えた。「私はね、何よりも、あなたの安全を考えています。すでにもう、充分すぎるほどよくしていただきました。どうして、そんなにまで言って下さるんです？」

「だって、長いお馴染みですもの」

ハワードは娘を思い止まらせようと、今一度、説得を試みた。「顔見知りには違いないし、それはそれで大切なことだと思いますよ。しかし、お馴染みといったところで、以前、たまたま同じホテルに泊まり合わせただけのことじゃありませんか。これだけ親切にしていただいて、この上なお面倒をお願いするなんぞ、とんでもない」

ニコルは言った。「ご存じないかもしれませんけれど、私、息子さんと……ジョンとは、とても親しくしていました」気詰まりな沈黙が二人を隔てた。

「とにかく、私、行きますから」ニコルは老人の視線を躱《かわ》して言った。「母も同じ気持で、それがいいと言っています。さあ、どうぞ。お部屋はこちらですから」

彼女は奥の一室にハワードを案内した。母親が手回しよくととのえたベッドに、大佐のものに違いない長い麻のナイトガウンが延べられ、傍《かたわ》らの小机には剃刀と革砥《かわと》、ひしゃげた歯磨きのチューブ、それに、オーデコロン〈アルプスの花〉が並んでいた。

ニコルは部屋を見回して言った。「必要なものは一応、揃えたつもりですけれど、ほかに何かいりようでしたら、私の部屋、この向かいですから、遠慮なくおっしゃって下さい」

「何から何まで、本当に有難う」

「朝は、どうぞ、ゆっくりしていらして。出掛ける前にいろいろすることもありますし、町の様子も探らなくてはなりませんから。それには、母と私だけで動いた方が目立たなくていいでしょう。ですから、ゆっくり休んでいらして下さい」

「しかし、子供たちの面倒を見てやりませんと」

娘はにっこり笑った。「家に女が二人いて、イギリスでは男の方《かた》が子供の世話をなさいますの？」

「ああ、いや。ただ、子供たちが邪魔になってはと思いましてね」

彼女は笑顔を絶やさなかった。「とにかく、お起きにならないで。八時頃、コーヒーをお持ちしますから」

ニコルは部屋を出て、後ろ手にドアを閉じた。彼女を見送って、ハワードはつくづく奇異の感に打たれた。老人にはニコルがまるで理解できなかった。シドートンで会ったニコルは、中流の家に育った大方のフランス娘と変らず、極めて活発な反面、慎ましく、恥じらいを見せる手弱女《たおやめ》だった。短めの髪を形よく結い上げ、眉をすっきりととのえて、念入りにマニキュアをした彼女が、ひとたびスキーを履くや、たちまち大胆な運動家に変貌して急斜面に身を躍《おど》らせるありさまは深く印象に残っている。スキーには自信を誇る息子のジョンも、彼女の先を行くにはなかなか気を抜けなかったという。ジョンが斜滑降で下るところを、彼女はものともせずに直滑降で突っ切った。ただ、彼女はコースの見極めが悪く、平らなところに迷い込んでジョンに大きく引き離されることもしばしばだった。

ニコルについて老人が憶えていることといえば、掛け値なしにこれがすべてだった。我に返ってハワードは、ゆるゆると寝支度にかかった。あれ以来、ニコルはずいぶん変った。彼女は持ち前のフランス流儀で、ジョンとは親しかった、と語ったが、それはニコルの思い遣りであろう。その心根がハワードには嬉しかった。ニコルと母親の厚意はどれほど感謝してもしきれない。ブルターニュまで同行しようという申し出は、ほとんど親切の域を超えている。とうてい拒めるものではなかった。一度は断《ことわ》ったが、かえってニコルは傷ついたかもしれない。ハワードは親子の気持を受けることにした。ニコルの助けを得るならば、事情は一変して、子供たちを無事イギリスへ連れ帰ることも夢ではあるまい。

ハワードは大佐の長い麻のガウンを着てベッドに入った。柔らかいマットレスと清潔なシーツは干し草の山で二晩を過した身に、この上なく心地よかった。シドートンを出てから満足なベッドで寝るのはこれがはじめてである。

あの娘はすっかり変った。短めの髪を形よく結い上げ、眉をすっきりととのえて、念入りにマニキュアをしているところは以前と同じだが、全体の印象がまるで違って、十歳は老けて見える。目の下の黒い隈《くま》はスカーフと映り合っているかのようである。未亡人、とハワードはふと思った。独り身の若い娘でありながら、ニコルにはどことなく若後家を感じさせるところがある。この戦争で許嫁《いいなずけ》を亡くしたのではあるまいか。母親に、それとなく尋ねておくことを、ハワードは頭の隅に書き留めた。そうと知らずにニコルの心の傷に触れるのを避けるためにも必要なことである。

それにしても、ハワードにはどうしてもニコルが不思議で、理解できなかった。徐々に全身の疲れがほぐれ、意識の流れが緩やかになって、いつしかハワードは眠りに落ちた。

夢も見ずに朝までぐっすり眠った。年寄りにはめったにないことだった。八時を少し回ってニコルがパンとコーヒーを運んできた。ハワードはすっきりと目を覚まし、ベッドに起き上がって礼を言った。

ニコルはすでに身支度をととのえていた。背後の廊下から、同じく支度を終えた子供たちが寝室を覗いた。ピエールがおずおずと進み出た。

「おはよう、ピエール」老人があらたまって声をかけると、少年は腹のあたりに手をやって深深と頭を下げた。「ボンジュール、ムッシュー・ハワード」

ニコルは軽《かろ》やかに笑ってピエールの頭を撫でた。「この子はお行儀がいいのね。ほかの子たちとは育ちが違うんですかしら」

ハワードはちょっと気を兼《か》ねて言った。「子供たちが、だいぶ迷惑をかけたのではないですか」

「子供たちが迷惑だなんて、思ったこともありません」

ハワードはまたしても、一風変った物言いをする娘の不思議な態度に打たれた。

母は買い物かたがた、町の様子を探りに出ている、と彼女は言った。間もなく戻るであろう大佐夫人の持ち帰った情報を基に、方針を決める考えだった。

ニコルは父親のグレーのスーツを老人の前に置いた。草臥《くたび》れて型崩れした一着だった。焦げ茶色のズックの古靴と、焼けて色褪せた紫のシャツ、黄ばんだセルロイドのカラー、それに、趣味の悪いネクタイが添えられていた。

「あまりぱっとしませんけれど」娘は言い訳をした。「でも、この方がいいわ。これなら、いかにもその辺の小市民ですもの。ハワードさんのスーツは母が大事にお預かりして、虫が食わないように、毛布と一緒に杉の衣装箱に入れておきますから」

一時間を経《へ》ずしてハワードは支度を済ませ、客間に立ってニコルの厳しい審査を受けた。

「急いで髭をお剃りにならない方がよかったのに。お古のぼろと釣り合わないわ」

ハワードは浅慮を詫び、そこではじめてニコルの身なりに気づいた。「ほう。私と並んでおかしくないように、そのみすぼらしい拵《こしら》えで。これは恐れ入りました」

「知り合いの、マリーっていう小間使いから借りたんです」

ニコルは踝《くるぶし》に届く飾り気のない黒のドレスで、粗末な黒のストッキングに不格好なローヒールという出で立ちだった。

折から戻ったルージュロン夫人は、買い物籠を客間のテーブルに置くと、こともなげに言った。「お昼にレンヌ行きの汽車があるわ。駅でドイツ兵がどこへ何しに行くか尋問するけれど、身分証明書を見せろとは言わないようよ。礼儀正しいし、態度も丁寧だわ」夫人はわずかに眉を曇らせた。「ただ、こういうものがあるのよ」

夫人はコートのポケットから折り畳んだビラを取り出した。「ドイツ兵が、今朝、各戸に配るようにと管理人のところへ置いていったのですって」

一同はビラをテーブルに広げて額《ひたい》を寄せ合った。文書はフランス語だった。


共和国人民に告ぐ!


我々を無益な戦争に巻き込んだ不埒なイギリス軍は算を乱して敗走した。今こそ我々は立ち上がり、金権国家イギリスの死の商人どもがフランスに新たな苦難をもたらさぬうち、どこに隠れ潜んでいようとも、彼らを燻《いぶ》り出して根絶やしにしなくてはならない。

我が国に夜行し、また、穢《けが》らわしい寄生虫の如く民家に潜伏する悪党らは妨害工作を企て、スパイ行為を働いて、ひたすら平和の実現を目指す政府当局とドイツの邪魔立てをするであろう。彼ら卑劣な破壊分子がかかる行動におよぶ時は、ドイツは我らが父親、夫、息子たちを長期にわたって抑留することとなろう。害虫を駆除して肉親を呼び戻すことに協力すべし。

近隣に隠れ住むイギリス人を知る者は、憲兵隊本部、もしくは、最寄りのドイツ軍基地に通報しなくてはならない。これは我らが愛する祖国に平和と自由をもたらすべく、何人《なんぴと》にもなし得る容易な行為である。

イギリスのドブネズミどもを匿《かくま》った者は厳罰を免《まぬか》れぬことと心得よ。


フランス万歳！


ハワードはこのビラを黙って二度読んだ。「どうやら私も、ここに言うドブネズミですね。こうなった上は、子供たちを連れて、私一人で行った方がいいように思います」

とんでもない、と夫人は言った。それはニコルが承知すまい。

娘はついと進み出た。「母の言う通りです。この中を、お一人でなんて、とても無理ですよ。いくらその格好でも、ここを出る途端に、ドイツ兵に見破られるに決まっているじゃありませんか」彼女は腹立たしげにビラをふり回した。「これ、ドイツ軍ですよ。フランス人がこんな言い方をするなんて、思わないで下さい」

「しかし、そこに書いてあることは、ほぼ事実だから」老人は肩を落とした。

「嘘ばっかり」

言い捨てて、娘はどこかへ立ち去った。これを機会とハワードは母親に向き直った。「娘さんは、シドートンでお会いした頃とはずいぶん変りましたね」

大佐夫人はハワードを見上げた。「辛《つら》い思いをいたしましたもので」

「それはお気の毒でした。差し支えなければ、お聞かせ願えませんか。不用意なことを口にして、気分を害してはいけませんから」

夫人はわずかに眉を寄せた。「じゃあ、ご存じないんですの？」

「私が知っていようはずもありません」ハワードはありのままを答えた。「シドートンでお会いして以後のことでしょうし」

母親は口重たげに言った。「娘には、言い交《かわ》した人がありました。私どもが取り持ったわけではありませんし、娘の方でも私には何も申しませんでしたけれど」

「若い人はみな同じですね」ハワードは静かにうなずいた。「私の息子もそうでした。で、そのお相手は、ドイツの捕虜に取られたか何か……？」

母親は首を横にふった。「いいえ。亡くなりました」

ニコルが人造革の小さなスーツケースを手にして駆け込んだ。「これ、乳母車に乗せていきましょう。さあ、私、いつでも出られますから」

ルージュロン夫人とは、もう話す時間がなかったが、ハワードはそれ以上、聞く必要もなかった。薄々察していた筋書きだった。娘はさぞかし辛かったろう。その悲しみは思ってもあまりあるほどに違いない。してみれば、ブルターニュ行きは危険を伴うとはいえ、まんざら悪いことばかりでもあるまい。気が紛れて、心の痛みも和らぐのではなかろうか。

あわただしい出発だった。一同揃って玄関に降り、大佐夫人が山と用意した食べ物の包みを乳母車に積んだ。子供たちがまとわりついて、ともすれば出立の準備は滞《とどこお》りがちだった。

ロニーが英語で言った。「戦車のとこへ行くの？　ドイツの兵隊さんに乗せてもらってもいいって言ったでしょ」

ハワードはフランス語で答えた。「今日は駄目だ。それから、ルージュロンのお姉さんが一緒だから、フランス語で話さなくてはいけないよ。人にわからないことを言うのはよくないのだからね」

ローズが勢い込んで言った。「そうよ。英語で話したら失礼だって、ロニーに何度も言ってるのに」

大佐夫人はそっと娘に耳打ちした。「ああ、なるほどねぇ」ニコルは黙ってうなずいた。

ピエールがいきなり割り込んだ。「僕、英語は話さないよ」

「ああ、そうだな」老人は相槌を打った。「ピエールはいい子だ」

シーラがフランス語で言った。「ヴィレムもいい子？」

ニコルが引き取って答えた。「みんな、いい子よ。お行儀もいいわ。さあ、行きましょう」

彼女は母親にキッスした。

「心配しないでね」ニコルは声を落とした。「五日か、せいぜい一週間もしたら帰るから。そんなに悲しそうな顔をしないで」

母親は急に老け込んだように悄然と立ち尽くした。「プルネ・ビヤン・ガルド」彼女は声をふるわせた。「気をつけるのよ。ドイツ兵は質《たち》が悪くて、何をするかわからないから」

娘は優しく言った。「大丈夫よ。きっと無事に戻るから」ニコルはハワードに向き直った。

「アン・ルート、ドン、ムッシュー・ハワード。じゃあ、行きましょうか」

一行は大佐のアパートを後にした。ハワードが荷物をいっぱい積んだ乳母車を押し、ニコルが子供たちを誘導した。彼女はハワードのために古いホンブルグハットを見つけ出してきたが、グレーのスーツと焦げ茶の運動靴にこの帽子で、ハワードはどうして一廉《ひとかど》のフランス人だった。

子供たちに合わせて二人はゆっくり歩いた。ニコルはショールをはおって老人に寄り添った。

歩きだしてすぐ、ニコルは言った。「乳母車、こっちへ下さい。この格好なら、女が押すのが普通ですから」

ハワードは彼女の言葉に従った。扮装にふさわしい演技が必要だった。「駅へ行ったら黙ってて下さい。話は私がしますから。もっとずっとお年寄りのふりはできません？ほとんど口もきけないくらいの」

「せいぜい、やってみましょう。今以上に年を取ったつもりで」

ニコルはうなずいた。「私たち、アラスから来たことにしましょう。私は姪です。いいですね？アラスの家はイギリス軍に焼かれて、ハワードさんの兄弟、ということは、私のもう一人の叔父がランドルノーにいて、そこを頼っていく途中なんです」

「ランドルノー。どこですか、それは？」

「ブレストの手前二十キロあたりの小さな町です。そこまで行けば、あとは歩いてだって海岸へ出られます。海からは四十キロの内陸ですから、ドイツ軍に怪しまれることもないでしょう。まっすぐ海岸まで出るのは無理かもしれないし」

一行は駅に近付いた。「子供たちから離れないようにね」ニコルは声を潜めた。「人から話しかけられたら、惚《ぼ》けたふりをして」

駅前はドイツ軍の兵員輸送車と将兵でごった返していた。かなりな規模の分遣隊が汽車で到着したばかりに違いなかった。ドイツ軍のほかは避難民ばかりだった。乳母車を押したニコルが人混みを分けて出札所に向かう後から、ハワードと子供たちがひとかたまりになって続いた。老人は役柄を心得て、口を半分だらしなく開け、小刻みに首を揺すりながら、足を引きずって歩いた。

ニコルはちらりとふり返って言った。「そう、その調子。忘れずにね」

彼女は乳母車を置いて窓口へ進んだ。灰緑色の制服がよく似合う、きびきびしたドイツ軍曹長が呼び止めて尋問した。ハワードは混雑に紛れて、半眼に閉じた目で様子を窺った。ニコルは曹長を相手に、農民風の言葉遣いでとりとめのないことを話した。

曹長は彼女の指さす方を見やったが、そこにはありったけの荷物を古びた乳母車に積んだ、みすぼらしく無力な老人と子供の集団がいるばかりだった。曹長は埒《らち》もない女の饒舌を遮って窓口へ顎をしゃくり、次の乗客の尋問にかかった。

ニコルは切符を手にしてハワードと子供たちのところへ戻ると、ぞんざいな訛り声で言った。「レンヌまでだって。汽車はレンヌまでしか行かないってよ」

老人はしまりなく首をふった。「ん?」

ニコルは彼の耳元で叫んだ。「レンヌまで」

ハワードは口をもぐもぐさせた。「レンヌじゃあしょうがない」

彼女は苛立ちを装って、老人を柵の方へ押しやった。駅員の脇にドイツ兵が控えていた。ハワードはがっくり足を止め、怯えた顔でふり返ったが、ニコルは悪態混じりに背中を小突いた。

彼女は改札の駅員に弁解した。「あたしの叔父だけどね、なにしろ、年が年だから。子供たちよりよっぽど世話が焼けるわ」

「レンヌ行きは右」駅員は一行を通した。ドイツ兵はいずれも同じ避難民集団にかけらほどの関心も示さなかった。ハワードたちは座席が固い木製の、旧式な客車に乗り込んだ。

ロニーが言った。「この汽車で寝るの?」とにもかくにも、少年はフランス語を話していた。

老人は答えた。「いいや。この汽車は、すぐに降りるからね」

ところが、そうはいかなかった。

汽車はシャルトルからレンヌまで、二百六十キロに六時間を要した。暑い夏の午後、汽車は各駅のみか、駅のないところにも頻繁に停まった。客車の大半は西へ移動するドイツ軍が占め、最後尾の三輌だけがフランス市民に割り当てられていた。時折り、コンパートメントに土地の住民が乗り合わせて幾駅か席をともにしなくてはならなかったが、レンヌまで一緒の客はなかった。

冷や汗と作り話の連続で、気の休まる暇もなかった。

ほかの客が乗ってくると、ハワードはたちまち耳の遠い老人に早変りし、その都度ニコルは、イギリス軍にアラスの家を焼かれ、ランドルノーの親類を頼っていく途中、と同じ身の上話を繰り返した。はじめのうちは、子供たちが心配の種だった。もとより彼らは、嘘で固めた苦労話に調子を合わせる気持などさらさらない。不運な境遇を語るたび、ニコルもハワードも刃物を踏む思いだった。二人は乗り合いの客と子供たちに等分に気を配り、子供たちが話に割り込まないように用心した。もっとも、子供たちはじきに関心を失い、「トゥールの小母《おば》さん」を歌って動物の鳴き真似をしながら通路を駆け回り、また、窓外の景色に気を取られた。乗り合いの農夫や商店主なども、自分たちのことを話すのに夢中で、ハワードの一行を訝《いぶか》しむ気持のゆとりはなかった。

焼けつくような夏の日差しが弱まりかける頃、汽車はようやくレンヌに着いた。ドイツ軍の兵士らは整然と二列縦隊を組み、装具の積み降ろしに当たる疲れきった一団を残して立ち去った。改札口にドイツ軍将校の姿があった。ハワードがせいぜい老屈を装う間に、ニコルはつかつかと駅員に近づき、ランドルノー行きの汽車について尋ねた。

ハワードは半日の汽車の旅で埃にまみれ、不機嫌になった子供たちを引き寄せると、顔を伏せて上目遣いにニコルを見守った。今にも正体を見破られるのではないかと気が気でなかった。将校に身分証明書の呈示を求められればそれまでである。が、将校は小さなボール紙の札を差し出し、肩をすくめて彼女を放免した。

ニコルは戻ってくるなり刺々しく声を張り上げた。「あらいやだ！　乳母車はどうしたの？

何から何まであたしがやらなきゃあいけないの?」
乳母車はまだ貨物車の中だった。のろのろと行きかける老人を押しのけて、ニコルは自分で乳母車を降ろし、戸惑う一同を改札口へ急《せ》き立てた。

「子供が五人どころか」ニコルは改札の駅員にこぼした。「これじゃあ六人だからね」駅員は声を立てて笑い、ドイツ軍将校はわずかに頰を緩めただけだった。一行は改札を抜けてレンヌの町へ出た。

並んで歩きだすと、ニコルは声を殺して言った。「気を悪くなさらないで下さいね、ハワードさん。不機嫌にふるまった方が自然だと思って」

「どういたしまして。よくやってくれましたよ」

「これでどうにか、怪しまれずに半分まで来ましたね。明日の朝八時にブレスト行きの汽車があります。それに乗れば、ランドルノーはすぐですよ」

彼女はランドルノー行きの許可をもらったことを告げ、将校から渡されたカードを見せた。

「今夜は難民収容所に泊まります。これが宿泊許可証。ほかの人たちと同じように、収容所で寝た方が無難だと思います」

ハワードはうなずいた。「それは、どこです?」

「シネマ・デュ・モンド。映画館に寝泊まりするなんて、生まれてはじめてだわ」

「私のせいでこういうことになって、どうも申し訳ありません」

ニコルは笑顔でそれを打ち消した。「ヌ・ヴ・ザン・フェット・パ。ハワードさんのせいだなんて、そんな。ドイツ軍の維持管理だから、きっと、きれいな場所だと思います。私たちフランス人は、どうもそういうことが苦手で」

入口で宿泊証を見せ、乳母車を押して小屋に入った。館内は客席が残らず取りのけられ、壁に沿って古い藁のマットレスが積み上げられていた。宿泊者はさして多くなかった。ドイツ軍が町を支配して人の移動を制限し、避難民の流れも下火になった結果だった。年配のフランス女がハワードの一行に人数分のマットレスと毛布を貸し出し、ほかの避難民からやや離れた一隅に案内した。「ここなら、子供たちもゆっくりできるでしょう」

奥のテーブルでドイツ軍の炊事当番兵が、おざなりの作り笑いを浮かべて避難民に炊き出しのスープをふるまっていた。

一時間後には、子供たちはみな横になった。ハワードは子供たちの傍《そば》を離れず、草臥《くたび》れきった体で壁に凭《もた》れていたが、まだ眠気はさしていなかった。ほどなく、ニコルが安物の辛《から》い煙草を買って戻った。「これ、買ってきました。イギリス煙草のプレヤーもありましたけど、怪しまれるといけないと思って」

ハワードは取り立てて愛煙家というほどでもなかったが、ニコルの好意が有難く、礼を言って一本吸いつけた。彼女はコーヒーカップにブランデーを注いで老人に勧め、給水所から水も汲んできた。ブランデーと煙草でハワードは生き返った。ニコルは並んで壁に寄りかかった。

ひとしきり、声を殺して翌日の予定を話し合ったが、周囲の耳を恐れて話題を変え、ハワードはニコルに大佐のことを尋ねた。

すでにハワードが知っている以上にニコルの口から話すことはほとんどなかった。大佐はマジノ線のメスに近い要塞の司令官だったが、五月に消息を絶ったきり何の音沙汰もないという。「それは心配ですね」老人はちょっと間を置いて言葉を接《つ》いだ。「その気苦労がどんなものか……ええ、よくわかります。世の中が真っ暗になってね」

ニコルは静かに答えた。「ええ。毎日毎日、ただ待っているんです。そのうちに、手紙が来て。電報かもしれませんけれど。開けるのが恐くて」しばらくは声が跡切れた。「でも、やっぱり、開けずにはいられません」

ハワードはうなずいた。我がことのように思われた。事実、二人は同じ目に遭っている。ジョンが消息を絶った三日の間、ハワードも不安のうちにひたすら待った。そこへ舞い込んだのが電報である。ニコルが同じ悩みを味わったことは母親から聞いた。ハワードは彼女に限りない同情を覚えた。

いつしか彼は、ジョンのことを話す気になっていた。息子の死を人に語る機会はなかったが、それ以上に、ハワードは哀憐を嫌い、干渉を拒んだ。しかし、ニコルはジョンを知っている。親しいスキー仲間、と彼女は言った。

ハワードは長々と烟《けむり》を吐いた。「私も、実は、息子を亡くしました」正面を向いたまま、彼は口重く言った。「撃墜されましてね。息子はイギリス空軍の飛行中隊長でしたが、爆撃任務から帰還の途中、敵のメッサーシュミット三機にやられました。ヘルゴラント島上空でした」沈黙はやや長きにおよんだ。

ニコルは老人に向き直り、ようようそれと聞こえる声で言った。「知っています。飛行中隊から知らせがありました」

8

映画館は半ば人で埋まった。避難民はそれぞれにマットレスを敷いて寝支度にかかっていた。料理用のストーブから立ち昇る匂いがあたりを満たし、フランス煙草の烟《けむり》が濃く漂って、仄暗《ほのぐら》い館内の空気は重苦しく澱んでいた。

ハワードはニコルを横目に見て言った。「息子とは、そこまで親しい付き合いでしたか。それは知らなかった」

入れ代って、今度はニコルの方が話さずにはいられなかった。「手紙をやりとりしていました」彼女は早口に言った。「シドートンで知り合ってから、ほとんど毎週、手紙を書きました。一度、パリで会ったことがあります。戦争がはじまる少し前に。六月でした」ちょっと間を置いて、彼女は低く言葉を足した。「あれから、もう、一年になるんだわ」

ハワードは嘆じ入った。「いやあ、ちっとも知りませんでした」

「そうでしょう。私だって、両親には話さずにいましたもの」

沈黙のうちに、ハワードは努めて気を静め、頭を整理した。ややあって、彼は言った。「飛行中隊から知らせがあったそうだけれども、どうして宛先がわかったのかな？」

ニコルは肩をすくめた。「ジョンがあらかじめ手配していたんだと思います。それは優しくて、よく気のつく人でしたから。私たち、本当に気持が通《かよ》い合っていました……」

「それに引き換え、この私はずいぶん不躾《ぶしつけ》なやつだと思ったでしょう。ただ、これは正直な話、まったく何も知らなかったもので」

黙考しばしの後、ハワードは言った。「一つ、訊いていいですか?」

「ええ、どうぞ」

ハワードはぎこちなく正面を見つめたまま問い質した。「お母さんから、あなたが大変、辛《つら》い思いをしたということを聞きました。親しくしていたお相手が亡くなったそうだけれど、もちろん、ジョンとは別の人ですね?」

「別の人なんていません」ニコルは小さく答えた。「ジョンです」

彼女はふり切るように体を起こした。「さあ、マットレスを敷かなくては。早くしないと場所がなくなってしまうわ」ニコルは老人を促《うなが》して立ち上がり、積み重なった藁のマットレスを延べにかかった。ハワードは頭が混乱したまま申し訳に手を貸し、十五分ほどかかって二人は何とか寝る場所をととのえた。

「さあて、と。これで精いっぱいね」彼女は一歩下がって仕事の出来具合をあらため、遠慮がちにハワードをふり返った。「こんなところでお休みになれます?」

「いやあ、上等ですよ」

ニコルは小さく笑った。「それじゃあ、横になるとしましょうか」

毛布を手にして立ったまま、ハワードはマットレスを隔ててニコルを見返した。「もう一つ、訊いてもいいかな?」

ニコルはまっすぐ老人に向き直った。「どうぞ」

「あなたの親切は身に染みていますよ」ハワードは控え目に言った。「今になってわかったように思います。ジョンのためですね?」

ニコルは小屋の奥を見やって身じろぎもせず、ただ押し黙っているばかりだった。「いいえ」思い出したように、彼女は言った。「子供たちのためです」

彼女の気持を量りかねて、ハワードは口を閉ざした。

「何も信じられなくなってしまうんですよね」ニコルは低く言葉を接《つ》いだ。「何もかもが見せかけで、空しいことのように思えて」

ハワードは当惑に眉を寄せた。

「ジョンみたいに優しくて、頼りになる人はまたといないと思っていました。でも、違うんです。もう一人いるんですもの。ジョンのお父さん」

ニコルはふいと目をそらせた。「さあ、もう寝なくては」あっさり、というよりは、むしろ素っ気ない態度だった。老人には彼女が壁を築いたようにも思えたが、寂しくはなかった。ニコルの気持はよくわかる。これ以上、穿鑿《せんさく》されることは好まず、進んで話す意思もあるまい。

ハワードはマットレスに身を横たえ、粗末な藁の枕を直して、毛布を引き寄せた。ニコルは子供たちを隔てて反対側に横になった。

意識が波立って、ハワードは寝付かれなかった。ニコルと息子のジョンの間に何かあるらしいことを薄々察していながら、はっきりそれと悟るまでに至らなかった自分が歯痒かった。ふり返ってみれば、大佐のアパートにいる間、思い当たる節がないではなかった。それどころか、カクテルについてニコルが引いた語句はジョンの英語の口写しに違いない。「幸せは気ままな夢の一雫《ひとしずく》」それを聞いて古傷の痛みを意識したことも記憶にある。にもかかわらず、心づかなかったとはあまりにも迂闊《うかつ》ではないか。

二人の仲はどこまで深まっていたろうか。聞けば二人は文通を重ね、戦争の直前にはパリで逢瀬を楽しんだという。そんなこととは夢にも知らなかったが、今思うと、戦争前の六月、週末には必ずやってくるはずの息子が二度ほど顔を見せなかった。その時は、隊の任務に忙しく、父親を訪ねるどころか、電話をする暇もないのだろうと思い做《な》したが、二人がパリで会った時期を考えれば、あの二度の週末をおいてほかにあり得ない。

ハワードはニコルに意識を向けた。知り合うまでは風変りな娘と思っていた。しかし、今は違う。ハワードは、ジョンを失った彼女の心痛と、その父親である自分に対する困惑を朧気《おぼろげ》ながら理解していた。ニコルはジョンのことを母親にほとんど話していない。悲しみを胸に押し包んでじっと一人で耐えているところへ、突然、父親のハワードが現れた。ニコルの孤独な悲嘆に、やり場のない憂愁が重なったであろうことは想像に難《かた》くない。

ハワードは幾たびか寝返りを打った。ニコルはそっとしておかなくてはいけない。話したい時は話し、何も言いたくなければ黙っているがいい。やがては心の痛みも癒えて、ニコルは打ち解けることだろう。それが証拠に、最前も彼女は自分からジョンのことを話したではないか。

頭の中であれやこれや考えを玩《もてあそ》びながら、長いこと眠れずにいたハワードも、いつかうつらうつらしはじめた。

真夜中、泣き叫ぶ声で目が覚めた。泣き声はハワードが連れている子供の一人だった。ニコルが先に起きていた。老人がはっきりと目を覚ますより早く、彼女は顔を真っ赤にして激しく泣きじゃくる子供の傍《そば》に寄っていた。

見ると、ヴィレムが胸も張り裂けんばかりにしゃくり上げていた。ニコルは少年の肩を抱き、赤ん坊をあやすようにフランス語で優しく話しかけた。ハワードは毛布の下から這い出し、強張った体で二人の方へ屈《かが》み込んだ。

「どうした？　どこか、具合でも悪いかな？」

「悪い夢を見たんだと思います。何でもありません。じきにまた寝付きますよ」ニコルはこともなげに言い、向き直ってヴィレムをあやし続けた。

ハワードはつくづく自分の無力を思い知った。彼は常に子供たちを対等な相手として扱ってきたが、言葉が通じなくてはおよそ甲斐がない。現にハワードはこのオランダ少年の言うことが何一つわからなかった。自分一人なら、老人はヴィレムを膝に乗せて、ただ大人の言葉で話しかけるしかあるまい。とうてい、ニコルのように子供を慰めることはむずかしい。

彼は二人の傍《そば》にぎこちなく片膝を突いた。「加減が悪いのかな？　何か、悪いものを食べたとか」

ニコルは首を横にふった。すでにヴィレムは泣き止《や》みかけていた。「いえ、そうじゃありません」彼女は低く言った。「昨夜も二度、こんなことがありました。恐い夢に魘《うな》されるんだと思います」

ハワードはピティヴィエの町の陰惨な光景を思い出した。子供が悪い夢を見ても不思議はない。

老人は眉を寄せた。「昨夜、二度も？　それは知らなかった」

「お疲れで、よくお休みでしたもの。お部屋のドアも閉まっていたし。私が起きましたけれど、二度ともすぐ泣き止んで寝付きました」彼女はヴィレムの顔を覗き込んでうなずいた。「ほら、もうほとんど寝入っています」

長い長い沈黙の中で、老人はそっとあたりを見回した。奥行きのある傾斜した床を非常口の青ランプ一つが仄《ほの》かに照らしていた。藁マットに黒い影が横たわり、波打つ鼾《いびき》が入り乱れて、澱んだ空気が暑苦しかった。服のまま横になったハワードは汗ばんで、我ながら、いかにもむさくるしい風体だった。心地よく平穏なイギリスの暮しは茫漠として遠のいた。今こうしている、これがハワードの現実だった。廃業した映画館で藁マットに横たわっている避難民である。入口ではドイツ兵が監視の目を光らせている。同勢《どうぜい》は若いフランス人女性一人と、彼に頼りきっている国籍もまちまちな子供たちである。その上、彼は死ぬほど疲れきっていた。

ニコルは顔を上げて声を潜めた。「この子、ぐっすり寝ています。もう、抱いていなくても大丈夫。どうぞお休みになって。私もすぐ寝ますから」

ハワードはわずかに頭をふって、そのままニコルのすることを見守った。ほどなく、彼女は完全に寝入った子供をそっとマットレスに戻し、毛布をかけ直してハワードに向き直った。

「さあ、これでまた泣くまで、私たちもゆっくり寝られます」

「おやすみ、ニコル」

「おやすみなさい。今度泣いても、どうぞ寝ていらしてね。私がちゃんと見ますから」

それから夜明けまで数時間、眠りを妨げられることはなかった。六時には周りが起き出して、もう寝てはいられなかった。ハワードはせいぜい身だしなみをととのえることに努めたが、髭は伸び、肌はねとねととして何とも不快だった。

ニコルが子供を起こし、ハワードも手伝って、みんなに服を着せた。彼女自身、身仕舞いができないのは辛かった。カールした短い髪は乱れ、おまけに、彼女は頭痛がした。熱いシャワーを浴びたらどんなに気分がいいことだろう。が、ここにはシャワーは疎《おろ》か、顔を洗う場所も満足になかった。

ロニーは不平を鳴らした。「こんなとこ、いやだ。明日また、農家で寝ようよ」

ローズが脇から言った。「明日って、今晩のことですよ、ハワードさん。ロニーったら、変なことばかり言うんだから」

ハワードは子供たちを見渡した。「さあて、今夜はどこに泊まるかな。その時になってみなければわからない」

シーラはリバティのボディスの下でしきりに肩を揺すった。「かゆい！」

これはどうしてやることもできず、シーラの気を紛らすためにハワードは、ほかの子供たちと一緒に、炊事当番兵がコーヒーを配給している小屋の隅へ連れていった。コーヒー一杯に、見場の悪い大きなパンがついていた。ハワードは子供たちをテーブルに着かせて人数分のコーヒーを運んだ。

ニコルも加わって、みんなで朝の食事をした。パンは堅くて味気なく、コーヒーはミルクが足りずに苦酸っぱかった。子供たちは口々に文句を言った。ハワードとニコルは不満の声がドイツ兵の耳に入らないようにするだけで一苦労だった。ジョワニから来る途中で買ったチョコレートの余りを子供たちに配ると、不味《まず》い食事もいくらかましになった。

一行は早々にシネマ・デュ・モンドを発《た》ち、乳母車を押して駅へ向かった。町には隊伍を組んで行進し、あるいは、トラックで移動するドイツ兵が溢れていた。宿舎の前にたむろする集団もあれば、店々を冷やかす姿もあった。ハワードは子供たちにチョコレートを買おうとあちこち捜したが、甘いものは残らずドイツ兵が買い占めた後だった。ハワードは一日の食料に、長いフランスパン二本と怪しげなソーセージを買った。果物は手に入らず、わずかばかりのレタスで間に合わせるしかなかった。

駅に着くと、前日の宿泊許可証をドイツ軍将校に渡して難なく改札を抜け、貨物車に乳母車を積んで、ブレスト行きの三等車に乗り込んだ。

汽車が町を遠く離れてはじめて、ハワードはローズが白黒斑《ぶち》の薄汚れた仔猫を抱いていることに気づいた。

ニコルは少女を厳しく叱った。「仔猫は駄目よ。いいえ、仔猫だろうと、大きな猫だろうと、連れていくわけにはいかないの。次の駅で降ろしなさい」

ローズは悲しげに口を歪めて仔猫を抱きしめた。ハワードが横から言った。「それはどうかな。みすみす迷子にするのはねえ」

ロニーが口を挟んだ。「この猫、雌だよ、ハワードさん。ローズがそう言ってるもの。でも、どうして雌だってわかるの、ローズ？」

ニコルは老人をたしなめた。「でも、飼い主がいるはずでしょう、ハワードさん。これ、私たちの猫じゃありませんよ」

ハワードは涼しい顔だった。「今は私らの仲間ですよ」

ニコルはきつく抗議しかけて思い止《とど》まった。ハワードは言った。「まあ、いいじゃあありませんか。仔猫一匹、拾ったところで厄介が増すわけでもなし、子供たちには何よりの慰みですからね」

なるほど、ハワードの言う通り、子供たちはローズの膝で顔を洗っている仔猫に夢中だった。ヴィレムはニコルを見上げてにっこり笑い、何やら彼女にはわからないことを口走ると、また目を輝かせて仔猫に見とれた。

ニコルは諦め顔で言った。「お好きなように。イギリスでは、こんなふうに猫を拾って飼うんですの？」

ハワードはにやりと笑った。「いいや。イギリスでも、こんなことをするのは映画館で藁のマットレスに寝るような人種だけです。底辺の習いですよ」

ニコルは吹き出した。「泥棒と浮浪者ですか。ああ、なるほどね」

彼女はローズをふり返った。「名前は何て言うの？」

「ジョジョ」

子供たちは競って仔猫の新しい名を呼んだ。仔猫は見向きもせず、小さな前脚で顔を洗い続けた。

しばらくその様子を眺めやって、ニコルは言った。「ヴァンセンヌ動物園のライオンみたい。ライオンもあんなふうにしていたわ」

ハワードはパリの動物園に行ったことがなかった。「ライオンや虎は、たくさんいますか？」

彼女は肩をすくめた。「さあ、正確な数は知りません。一度行っただけですから」意外にも、彼女は喜色を帯びた目で老人を見上げた。「ジョンと一緒ですもの、ライオンや虎が何頭いたかなんて、憶えているはずがありません」

ハワードは驚きを笑顔に紛らせて、さりげなく言った。「ほう。しかし、小さい時分には行きませんでしたか？」

彼女は首を横にふった。「お友だちにパリを案内するとか、そんな時でなければ動物園なんて行きません。ジョンがパリに来たのもそのためなんです。パリは知らないと言うので、じゃあ、案内しましょうということで」

ハワードはうなずいた。「息子は動物園が気に入りましたか？」

「とっても楽しかった。フランス語の日で」ニコルは心なしか頬を赤らめた。「遊び半分で、一日はフランス語、次の日は英語という約束にしたんです。英語の日は、あまり話しませんでしたね」彼女は思い出を懐かしむふうだった。「だって、もともと無理ですもの。それで、英語の日は夕食までということにして……」

ハワードは内心、首を傾《かし》げざるを得なかった。「ジョンはそんなにフランス語ができましたか？　そうとは思えないけれども」

ニコルは声を立てて笑った。「それが、ぜんぜん。とうてい、フランス語とは言えないひどさなんです。でも、ヴァンセンヌへ行く時に乗ったタクシーの運転手が英語で話しかけてきましてね。パリは観光客が多いので、中には英語のできる運転手もいて。それで、フランス語の日でしたけれど、運転手となら英語でいいんです。私、新しい夏帽子をかぶっていましてね。カーネーションのついた……いえ、流行のスタイルではありませんけれど、田舎風の鍔《つば》の広い帽子でした。ジョンは運転手に……」彼女はちょっと口ごもった。「私がきれいだって、フランス語でどう言うか訊くんです。運転手は大喜びで、ジョンがきちんと言えるようになるまで、何度も教えました。ジョンたら、運転手に二十フランも弾んだりして」

老人は真顔で言った。「それだけのことはあったでしょう」

「ジョンはそのフランス語を書きつけて、私を笑わせようとする時はいつも、手帳を取り出して読み上げるんです」

ニコルは窓外をゆっくり流れる景色に目をやった。ハワードは気のきいた言葉が浮かばず、その話題を深追いすることは控えた。彼は辛《から》いフランス煙草を勧めたが、ニコルは手を出さなかった。

「この格好では、似合いませんから」

老人はうなずいた。中流以下のフランス女性は人前で煙草を吸わない。彼は自分だけ吸いつけて、辛い烟《けむり》を長々と吐いた。窓を開けても、車内は蒸し暑かった。年下のピエールとシーラはそろそろ退屈してぐずりだしていた。

熱い夏の陽を浴びて、汽車は終日のろのろ走った。幸い、乗客は疎《まば》らで、見ず知らずの土地者と乗り合わせることはほとんどなかった。前日と同様、移動中のドイツ兵は乗車区画を厳しく定められていた。途中の駅を見れば、ドイツ軍が一帯を制圧していることは明らかだった。サンブリューのような町中《まちなか》の駅はドイツ兵が二人一組で改札を見張っていたが、街道沿いの中間駅では、見たところ客の乗り降りは自由だった。

様子を窺って、ニコルは言った。「この分なら大丈夫ですね。ランドルノーでも、検問されずに済むのではないかしら。もし止められても、申し開きはできますから」

「それで、今夜の予定は？　すっかり任せきりだけれども」

「ランドルノーから南へ五マイルほど行ったところに農家があって、そこがマダム・ギネヴェック……ええ、ジャン・アンリの奥さんの実家なんです。私も、馬市《いち》が立つランドルノーのお祭りに、父に連れられて行ったことがあります」

「ほう。何という家ですか？」

「アルヴェール。ジャン・アンリの奥さんがマリーで、そのお父さんがアリスティド・アルヴェール。それは羽振りのいい家でしてね。アリスティドは抜け目のない男だって、父がいつも話していました。農業をやる傍《かたわ》らで、馬を育ててフランス軍に供出しているんです。マリーは一度、ランドルノー祭の美人コンテストで優勝したことがあって、その時、ジャン・アンリが見初《そ》めたんですって」

「さぞかし、きれいな人でしょう」

「それはもう」ニコルは大きくうなずいた。「はじめて会ったのは十年以上前で、私はまだ子供でしたけれど、今でも、とてもきれいな人ですよ」

汽車は炎天下を這うように進み、各駅はもちろんのこと、駅のないところにもちょくちょく停まった。二人はパンとソーセージにわずかばかりのレモネードを添えて子供たちに食事をさせた。子供たちは束の間退屈を忘れたが、食事が済むとまたむずかりだした。

ロニーは言った。「水浴びがしたいなあ」

シーラがすかさずそれに倣《なら》った。「水浴びがしたい」

「汽車の中で水浴びはできないだろう。今度また、どこかでね。通路で遊んでおいで。向こうの方が涼しいよ」

ハワードはニコルに向き直った。「三日前、いや、もう四日になるかな……、空軍兵に出会う前に小川で遊ばせてやったものでね、それを言っているんです」

「気持よかったよ。水がきれいで冷たくて」ロニーは言うなり妹を急《せ》かして通路に走り出た。

ヴィレムがその後を追った。

ニコルは言った。「イギリス人はみんな、泳ぎが得意ですよね。あんなに小さいうちから水に入りたがるんですもの」

ハワードは、自分の国をそんなふうに考えたことはなかった。「そうかな？　そのように見えますか？」

彼女は肩をすくめて屈託なげに言った。「私、そんなにたくさんイギリス人を知っているわけではありませんけれど、ジョンは顔を合わせれば、泳ぎにいこうって、そればっかりでした」

ハワードは息子を思い出して穏やかな笑顔を浮かべた。「ジョンは泳ぎが巧《うま》かった。とにかく、好きでしたよ」

ニコルは眉を持ち上げた。「ハワードさん。ジョンて、ひどい人ですよ。あんまりだわ。パリははじめての人なら誰もが決まってすることを、何一つしたがらないんですもの。私、きちんと計画を立てて、ええ、この日はどこ、この日は何って、いろいろと楽しみにしていたんです。何はさておき、まず真っ先にルーヴルへ行くつもりだったのに、ジョンたら、どうでしょう、ぜんぜん興味がないんです。これっぱかりもですよ」

ハワードはまたひとりでに頬が緩んだ。「間違っても美術館向きに出来上がってはいなかったから」

ニコルは言った。「イギリスではそれでいいかもしれませんが、パリにはパリの見所というものがあるじゃありませんか。私、本当に困ってしまって。予定では、まずルーヴルへ行って、それから、トロカデロを見て、目先を変えてミュゼ・ドゥ・ロンムと、クリュニー美術館、それに、現代絵画が見られる画廊巡りを考えていたんです。それなのに、ジョンはとうとう、美術館一つ行きませんでした」

「それは残念でしたね」ほかに言うほどのこともなかった。「で、どうしました?」

「何度かオトゥーイユのモリトール・プールに泳ぎにいきました。かんかん照りの暑い時期で。いくら誘っても、美術館にはついに行かずじまいでした。本当に、どこにも。あんまりだわ。ジョンてひどい人」

「しかし、それはそれで面白かったでしょう」

彼女はにっこり笑った。「でも、私の予定とはまるで違うんですもの。水着もないでしょう。仕方なしに買いに行きましたけれど、男の人と一緒に水着を買うなんて、生まれてはじめて。シャルトルではなしに、パリで会うことにしておいてよかったわ。フランスは因襲のやかましい国ですから。おわかりでしょう」

「よくわかりますよ」老人はうなずいた。「もっとも、ジョンはそういうことに、およそこだわらない男でね。で、ジョンはいい水着を買ってくれましたか?」

ニコルは顔を輝かせた。「とっても素敵な、アメリカ製の水着でした。銀と緑のシックな柄で。人に見られるのが嬉しいくらい」

「それはよかった。しかし、せっかくの水着も美術館じゃあ着られないでしょう」

ニコルは目を丸くした。「まさか、そんな……」言いもあえず、彼女は声を立てて笑った。「いいえぇ、とんでもない」余韻の笑顔を浮かべて、ニコルは言った。「ハワードさんて、時々面白いことをおっしゃるのね。ジョンそっくり」

夕方四時に、汽車はランドルノーの小さな駅に滑り込んだ。一行はほっとして汽車を降りた。ニコルが子供たち一人一人に手を貸したが、ロニーだけは自分で降りると言って聞かなかった。その間にハワードが貨物車から乳母車を押して戻り、食料の残りと仔猫を乗せた。

一行は無人の改札口を抜けて町へ出た。

ランドルノーは人口六、七千、ブレストの港に注ぐ潮入川を望んでひっそりと眠ったような小さな町である。灰色の石造りの町が、ここかしこに森の緑が点在するなだらかな起伏の上に横たわっている。ハワードはヨークシャーの白亜層台地を思い出した。暑苦しい車内の澱んだ空気の後で、涼やかな風が心地よかった。あたりに漂う幽《かす》かな潮の香は、海が近いことを物語っていた。

ドイツ軍はあまり目立たなかった。プラタナスが影を落とす河畔の広場にトラックが駐まってはいたが、兵士の姿は稀だった。時折り見かけるドイツ兵らはそわそわと落ち着かず、イギリス寄りとわかっている地元市民の探るような視線を敬遠してか、努めて控え目にふるまっていた。物珍しげにあたりを見回しながら、二人、三人、と連れ立って通りを行く彼らは、一様に疲れきってくすんだ顔だった。際だった共通の性向と見えて、ドイツ兵たちは何があっても決して笑わなかった。

ハワードの一行は呼び止められることもなく町を抜けて、南へ向かう街道に出た。子供たちに足並みを合わせれば、道はなかなか捗《はかど》らなかったが、今ではハワードもゆっくり歩くことに馴れきっていた。行き交う人もなく、子供たちは道幅いっぱいに広がって歩いた。一行は、やがて草茫々《ぼうぼう》の台地にさしかかった。

ハワードはニコルの懸念を他所《よそ》に、ローズとヴィレムの裸足を許した。「ちょっと場違いではないかしら」彼女は言った。「普通、この形《なり》だと裸足では歩きませんけれど」

老人は答えた。「まあ、誰も見ていないから」

ニコルも、さしたることではないと合点して気を許した。乳母車はヴィレムとピエールが押した。前方、高度二千フィートのあたりを三機の編隊が、まっすぐ目標に向かう姿勢で西へ過《よぎ》った。

飛行機はローズの記憶を呼び覚ました。「ムッシュー！」彼女はおろおろ声を発した。「飛行機が、ほら！　溝に隠れなくちゃ！」

ハワードは優しく少女をなだめた。「大丈夫だよ。あの飛行機は何もしない」

ローズは不安を拭えなかった。「こないだは爆弾を落として機関銃を撃ったわ！」

「あれは別の飛行機だ。今度のはいい飛行機だから、恐いことはないよ」

ピエールがいきなり甲高い声で切り込んだ。「いい飛行機と、悪い飛行機と、見ればわかるの？」

ハワードはモンタルジの惨劇を思い出して暗澹としながら、穏やかに言った。「ああ、わかるとも。シャルトルで、お姉さんが連れていって見せてくれた飛行機を憶えているだろう。爆弾に触らせてもらったね。あの時の飛行機は何もしなかったから、いい飛行機だ。今の飛行機も同じで、悪さはしない」

ロニーは知識をひけらかしたいばかりに、老人の説明を支持した。「いい飛行機はイギリス軍だよね」

「ああ、そうだ」

ニコルはハワードの袖を引いて声を落とした。「そんなことおっしゃっていいんですか？　あれ、ドイツ軍ですよ」

「わかっています。しかし、まあ、この場限りのことだから」

ニコルは視野の果てに遠ざかる、鉛筆に似た機影を見送った。「飛行機が楽しみのためだった頃が夢のよう」

老人はうなずいた。「乗ったことはありますか？」

「お祭りの時に二度。ほんの短い時間ですけれど。それから、ジョンとパリの上を飛びました。あの時はもう、存分に楽しんで……」

ハワードは興味を覚えた。「パイロットを雇って？　それとも、ジョンが自分で操縦しましたか？」

「もちろん、ジョンの操縦で。二人きりですもの」

「どうやって飛行機を手配したのかな？」外国では、飛行機に乗るといっても、おいそれとはいかないことをハワードは知っていた。

「フライング・クラブでダンスがあって、ジョンが連れていってくれたんです。フランソワ・プレミエ街でしたけれど。そこで、顔見知りの空軍大尉に会って。大尉が空軍武官でロンドンの大使館に駐在していた時に、ジョンと知り合ったんですって。その大尉が、何から何まで世話をしてくれました」

ニコルは不意に調子を変えた。「フィギュレ・ヴ、ムッシュー！　考えてもごらんなさい。美術館はとうとう、どこにも行かずじまいですよ！　ジョンは生涯、飛行機に乗って暮してきた人でしょう。それなのに、休暇でパリに来ておきながら、わざわざ空を飛びたがるなんて、そんな話、あるかしら！」

ハワードはにやりと笑った。「あれは、そういうやつでしたよ。で、飛行機はどうでした？」

「本当に素敵でした。よく晴れて暑い日で、風は穏やかで。オルリー空港の、フライング・クラブの格納庫まで自動車で行きましたけれど、きれいな飛行機が待機していて、もうエンジンもかかって、いつでも飛べるようになっていました」

一瞬、彼女は眉を曇らせたが、すぐまた笑顔に戻って気さくに言葉を続けた。「私、飛行機のことはあまり知りませんけれど、赤いレザーの座席で、クロームの梯子があって乗り降りが楽な、とてもシックな飛行機でした。それなのに、ジョンたら、すごく失礼なんですよ」

老人ははてなと首を傾げた。「失礼？」

「だって、整備の人たちに聞こえないように、南京虫みたいな飛行機だって言うんですもの。

私が怒って、親切に貸してくれたのに、そんなこと言うもんじゃないわってたしなめたら、ジヨンはけらけら笑って取り合わないんです。それから、パリの上を時速百二十キロよりも、もっと速く飛びながら、私の顔を見て、おまけに、飛び方まで南京虫そっくりだ、ですって。憎たらしいったらありゃあしない。あれは、とても優秀な飛行機ですよ。フランスでは、みんなそう言っているんです」

ハワードはまたもひとりでに頬が緩んだ。「それで、こっぴどくどやしつけてやりましたか？」

ニコルは弾けるように笑った。彼女がハワードの前でこんなに明るく笑うのははじめてだった。「それが、駄目なんです。こっぴどくどやしつけるなんて、とても」

「惜しいことをしましたね。ところで、私はパリの空を飛んだことがないけれども、空から見るパリはきれいですか？」

ニコルは肩をすくめた。「きれいかって？　空から見てきれいなものなんて何もありません。きれいなのは雲だけ。あの時は素敵でしたよ。ふんわりとした大きな雲があって。ええと、ジヨンは何て言ったかしら。キュム……」

「積雲かな？」

彼女は大きくうなずいた。「そう、それです。雲と戯れる、とでも言うのかしら。周りを回ったり、雲の上に出たり、真っ白い雲が深い谷のようになっている間を抜けたり、一時間以上も飛びました。時々、目の下にパリが見えるんです。コンコルド広場だの、エトワール広場だの。あの日のことは、一生、忘れられないと思います。飛行機を降りたら、何だかとても眠くって、車でパリへ戻る間、ジョンの肩に寄りかかってぐっすり寝てしまいました」

それからしばらくは黙って歩いた。ピエールとヴィレムは乳母車に飽きてしまい、代ってローズがシーラと並んで押した。乳母車の中では仔猫が丸くなって眠っていた。

やがて、ニコルが向こうを指さした。「あそこです。あの林の陰の」

一マイルほど前方のその家は、遠目にも裕福な農家とわかる立派な構えだった。防風林に囲まれて、古びた母屋を中心に納屋や農具を入れる小屋がかたまり、周囲は見渡す限り牧草地が開けていた。

かれこれ三十分で農場に行き着いた。いくつもの仕切りが並ぶ長い厩舎に主の才腕が窺われた。母屋に近い柵囲いに馬が何頭か放たれていた。母屋はここまで来る途中、ハワードが泊まったどの農家よりもこぎれいで作りもよく、見るからに格が違った。

取っつきの門番小屋で案内を請うと、主は厩《うまや》という答だった。ニコルとハワードは子供たちを表《おもて》に待たせて奥へ進んだ。

向こうから主がやってきた。

アリスティド・アルヴェールは五十代半ば、痩せて小柄な、目つきの鋭い男だった。ハワードは一目見て、只者《ただもの》ではないと察した。なるほど、ミス・ランドルノーの父親たるにふさわしい。年輪を重ねて彫りの深い顔は、その面差しを受け継いだ娘の美貌を思わせるだけのものがあった。

着古した黒のスーツに汚れたスカーフを巻いてカラーの間に合わせ、黒の中折れ帽という出で立ちである。

ニコルが進み出て挨拶した。「ムッシュー・アルヴェール。私のこと、憶えていらっしゃいます？　一度、父のルージュロン大佐とこちらに寄せていただきました。厩を拝見した後、いろいろとおもてなしをして下さって。あれから三年になりますけれど、憶えておいでかしら？」

主はうなずいた。「ええ、もちろん。大佐はうちの馬を軍用にといって、何かとお世話下さいました。自身、砲兵士官だそうで」彼はちょっと口ごもった。「その後、大佐はお変わりありませんか？」

「メスから便りがあったのを最後に、ここ三月《みつき》、何の音沙汰もありません」

「それは心配でしょう」

ただうなずくよりほかになく、ニコルは先を急いだ。「父がいれば、当然、自分でおうかがいするところですけれど、そういうわけでおりませんもので、私が代りに出掛けて参りました」

主はわずかに眉を顰《ひそ》めながら、形ばかり会釈して言った。「それはどうも」

「あの、帳場でお話しできません？」

「どうぞどうぞ」

主は二人を母屋に請《しょう》じた。表紙の擦り切れた帳簿や書類が山をなす乱雑な事務所の片隅に、壊れた馬具の一部が転がっていた。ひしゃげた椅子を客に勧めると、自分の場所がなくなって、主はデスクの端に腰かけた。

「早速ですが」ニコルは言った。「こちら、ハワードさん。イギリスの方です」

牧場主は軽く眉を上げて、丁重に挨拶した。「アンシャンテ」

ニコルはすぐに言葉を接《つ》いだ。「かいつまんでお話ししますけれど、ハワードさんは私どもと以前からのお馴染みで、今、小さな子供を五人連れて、ドイツ軍の占領下をイギリスへお帰りになる途中です。父がおりませんで、母と私でいろいろ相談しましたが、ジャン・アンリに船を出してくれるように、お願いできないかと思いまして。それが駄目なら、ジャン・アンリから誰かに口をきいてもらえると有難いのですが。いかほどなりと、お礼は充分にいたしますから」

主はむっつり押し黙っていたが、思案の末に口重く言った。「ドイツ軍を甘く見たらいけません」

ハワードは膝を進めた。「おっしゃる通りです。私どものせいで他所へ迷惑がかかるようなことはしたくありません。お婿さんのところへ直《じか》に行かずに、こうしてこちらへ上がったのも、そのためです」

主はハワードに向き直った。「イギリスの方にしては、フランス語がお上手《じょうず》ですね」

「多少、人より余計に時間をかけただけのことでして」

フランス人はにんまり笑った。「何としてでも、イギリスへ帰りますか？」

「私一人なら、そこまでは思いません。しばらくフランスで暮すのも悪くないでしょう。ところが、子供を預かっておりましてね。イギリスまで送り届ける約束で引き受けまして」老人は躊躇《ためら》いがちに言葉を足した。「それが、イギリス人の子供二人。実は、ほかに三人連れております」

「それは、どこの子供です？　と、全部で何人ですか？　どういうことか、はじめから聞かせて下さい」

事情を話すのに、二十分近くかかった。聞き終えて、主は言った。「ええ、ピエールでしたか、その小さい子と、オランダ人の子供ですが、イギリスへ行って、あと、どうします？」

「私の娘がアメリカに嫁いでおりまして。豊かに暮しているもので、子供二人はロングアイランドの、娘のところで預かってもらうつもりです。戦争が終ったら、親類縁者を捜してやることもできるでしょう。娘のところなら、子供たちも安心です」

主はじっとハワードの目を見た。「アメリカですか。なるほど。大西洋を渡って、娘さんのところへ。しかし、娘さんは見も知らない外国人の子供を引き取りますか？」

老人は言った。「娘にも一人、子供がおります。もう一人ほしいと言っているところで、もともと子供好きですから、喜んで引き受けてくれるでしょう」

アルヴェールは不意に立ち上がった。「それは無理だ。手を貸したら、ジャン・アンリは命が危ない。ドイツ軍は問答無用であの男を撃ちますよ。そんなことに人を巻き込むとは、もってのほかだ」一呼吸置いて、彼は言った。「娘のこともあるしね」

沈黙が室内を閉ざした。時間はのろのろと過ぎていった。やがて、ハワードはニコルをふり返った。「話はこれまでだね」老人はアルヴェールに向き直って、にっこり笑った。「よくわかります。あなたの立場で娘のことを思ったら、私も同じように言うでしょう」

アルヴェールは正面からニコルに向き合った。「希望に添えなくて、申し訳ありません」

彼女は肩をすくめた。「タン・ピ、ニ・パンセ・プリュ。いいんです。気になさらないで下さい」

主は苦しげに顔を歪めた。「で、子供たちはどこです?」

道端に待たせてあると聞いて、アルヴェールは二人に付いて門を出た。夕闇が迫っていた。子供たちは池の縁で遊んでいたが、泥にまみれて見る影もなかった。みな疲れきって機嫌が悪く、シーラの頰には涙の跡が残っていた。

アルヴェールは不器用に言った。「今夜、ここへ泊まったらどうです。ベッドは足りないが、どうにかなるでしょう」

ニコルは心から感謝した。「ご親切に、有難うございます」

一人一人子供たちの紹介が済んで、みんなして母屋へ向かった。アルヴェールの声に応じてキッチンから大柄な農家の主婦が顔を出した。アルヴェールはハワードの一行が泊まることを伝え、あらためて妻をハワードに引き合わせた。ニコルはアルヴェールの妻の案内で子供たちとともにキッチンに通った。アルヴェールはハワードをふり返った。

「ペルノでもやりませんか」

老人は忝《かたじけ》なく勧めに従った。子供たちでいっぱいのキッチンを避けて、二人はサロンに落ち着いた。品よくととのった一室で、金箔を置いた脚付きの家具が並び、床はプラシ天の赤い絨毯を敷きつめて、壁には油絵の大きな複製が掛かっていた。『初聖体拝領』と題するその絵は、光の輪の中に白衣の少女が敬虔にひざまずいている構図だった。

アルヴェールがペルノと水を運び、二人は向き合って、馬や、田園の暮しについて話した。アルヴェールは騎手としてイングランドはニューマーケットの競馬に出走した若い頃の思い出を語り、寛《くつろ》いだ小半時《こはんとき》が過ぎた。

出し抜けに、アルヴェールは言った。「その、アメリカの娘さんですがね。外国人の子供が何人も押しかけたら、さぞかし迷惑でしょう。喜んで引き受ける、とおっしゃるが、本当に大丈夫ですか？」

老人はうなずいた。「ええ、大丈夫です。心配ありません」

「はっきり、そうと言いきれますか？　娘さんにしてみたら、負担に思うのではないですか？」

ハワードは首を横にふった。「そんなことはありません。が、仮に迷惑だとしたら、娘は私の手前、何か策を講じるはずです。そこは女同士の話し合いで、顔見知りの誰かに預かってもらうとかですね。この混乱を逃れて、子供たちがアメリカで安全に暮せるように、というのが私の意思ですから」彼は握り拳《こぶし》をふり立てた。「財政については、何の問題もないのです」

アルヴェールは思案げに、手にしたグラスを覗き込んだ。

「子供たちにとって、この無益な戦争は災難です」ややあって、彼は言った。「フランスが戦争に負けたとなると、この先、もっと悪い世の中になるでしょう。あなた方イギリスが、フランスを餓えさせる。一九一八年に、我々がドイツを餓えさせたのと同じです」

ハワードは言葉に窮した。

「だといって、イギリスを責める筋はありません。ただ、フランスの子供たちは気の毒です」

「そうですとも」老人はうなずいた。「だからこそ、子供たちを連れ出してやりたいのです。できる限りのことはしなくてはなりません」

アルヴェールは肩をすくめた。「幸い、私のところには子供がいません。いや、実は、一人いるのですが、これが少々面倒でしてね」

ハワードは怪訝《けげん》な顔で主を見返した。アルヴェールは老人にペルノを注ぎ足して、話を続けた。「パリの知り合いが、ポーランド人が一人いるのだが、仕事はないか、と言って寄越しましてね。あれは去年の十二月、ちょうどクリスマスの頃でした。ポーランド系のユダヤ人で、馬に詳しい男だというのです。ポーランドからルーマニアへ逃げて、さらに、流れ流れてマルセイユから入国したらしい。ご承知の通り、徴兵で、私のところも八人使っていたうち五人取られて、人手に困っているところでした」

ハワードはうなずいた。「で、そのポーランド人がお宅へ?」

「ええ。シモン・エストライヒャーという男で、十になる息子を連れてやってきました。女房もいたのですが、まあ、あまり悲惨な話をお聞かせするのも何ですから、ドイツ軍から逃げ損ねたとだけ言っておきましょう」

　ハワードは重ねてうなずいた。

「そのエストライヒャーですが、つい先週までここにいたのです。およそ出すぎたところのない、一本気な男で、実によく働いてくれました。息子も厩舎の仕事を手伝いましてね。それが、先週、ドイツ軍に連れていかれました」

「連れていかれた？」

「ドイツへ送られて、強制労働ですよ。ポーランド国籍で、しかも、ユダヤ人です。私ら、手も足も出ませんでした。心ない町のおべっか使いが密告したに違いないのです。ドイツ軍はまっすぐここへ乗り込んで、ユダヤ人を出せと言いましたからね。ほかの何人かと、手錠をかけられて、荷馬車で運ばれていきました」

「息子もですか？」

「息子は厩舎にいましたが、ドイツ兵が言いださなかったので、私は黙っていました。なにもドイツに協力することはないですからね。しかし、子供には酷な話です」

　ハワードは相槌を打った。「で、今もここに？」

「ほかに行くところがありますか？　大いに役に立っていますよ。が、遠からず、ドイツ軍は子供のことも嗅ぎつけて捕まえにくるでしょう」

　ニコルがキッチンから顔を出して、食事の支度がととのっていると告げた。子供たちは先に済ませて、アルヴェールの妻が二階に用意した寝場所に引き上げていた。彼らはキッチンの長いテーブルで食事をした。作男二人と、顔立ちからユダヤ人とわかる髪の黒い少年が一緒だった。アルヴェールの妻は少年をマリヤンと呼んだ。食事中、マリヤンはほとんど口をきかなかった。

食後、アルヴェールはハワードとニコルをサロンに伴い、ドミノを持ち出してゲームに誘った。ハワードはすぐに打ち込んだが、アルヴェールは心ここにない様子で、勝負に身が入らなかった。

やがて、彼は食事で中断したところへ話を戻した。「アメリカへは、ずいぶん子供が行っていますか？ 向こうへ行けば子供たちは安心だ、と自信を持って言われるけれども、どうも私には、その点がわかりかねます。アメリカは遠い。私らの難儀も、向こうから見たら対岸の火事でしょう」

ハワードは肩をすくめた。「アメリカ人は、総じて心の広い人種です。アメリカへ送り届けてやりさえすれば、子供たちは大丈夫ですよ。私の娘が世話をしますから。よしんば娘がいなくとも、面倒を見ようと言ってくれる人は大勢いるはずです。そこがアメリカのいいところです」

アルヴェールはまだ呑み込めない顔でハワードを見返した。「子供を預かるとなると、経済的負担は馬鹿になりません。場合によっては、長年におよぶかもしれないし。他所の国から来た見ず知らずの子供を、そう易々《やすやす》と引き受けるものでしょうか？」

「アメリカ人は引き受けますよ」老人は言った。「道義にかなうことには気前よく金を出す、というのがアメリカ人の考え方ですから」

アルヴェールは思うところありげに、じっとハワードの顔を覗き込んだ。「マリヤン・エストライヒャーを養うとしてもですか？　まさか、ユダヤ人相手に、そこまではやらないでしょう」

「子供に関する限り、出自はいっさい問題にされませんよ。少なくとも、私の娘はそんなことを、どうこう言うはずがありません」

隣でニコルが思わず身を乗り出した。「ムッシュー……」ハワードが手真似で制して、彼女は発言を控えた。

ハワードは居住まいを正した。「たってお望みと言われるなら、マリヤンを連れていきますよ。ほかの子供たちと一緒に、アメリカへ送りましょう。が、そのためには、お力添えをいただかなくてはなりません」

「ジャン・アンリですね」

「その通りです」

アルヴェールは腰を上げ、袖口がドミノの牌を弾くのも構わずペルノの壜を引き寄せて、ハワードに一杯注いだ。ニコルは勧めを断《ことわ》った。

「危険が大きすぎますよ」アルヴェールはなおも後込《しりご》みした。「もし、あなたが捕まったら、私の娘はどうなります？」

「もし、マリヤンが捕まったら、あの子はどうなります？」老人は言い返した。「鉱山で生涯苦役の強制労働です。それがポーランド人の子供に対するドイツのやり方です」

「わかっています」アルヴェールは言った。「それで、私は頭を抱えているのです」

ニコルが脇から口を挟んだ。「マリヤン本人はどうなんですか？　あの子にその気がなかったら、連れてはいかれませんよ。もう大人ですもの」

「まだほんの十歳ですよ」アルヴェールは苦りきった。

「それでも立派な大人ですよ。行きたがっていないとしたら、連れてはいけないわ」

アルヴェールは部屋を出たが、ほどなく、少年を連れて戻った。「いいか、マリヤン。この方《かた》は、うまくドイツ軍の目を潜れたら、イギリスへ帰る。子供たちは、それからアメリカへ渡る。アメリカはいいところだ。ドイツ兵もいない。どうだ、一緒に行くか？」

少年は無言だった。大人たちは重ねて言い聞かせた。少年は辛《かろ》うじてそれとわかるフランス語で言った。「アメリカで、何をするの？」

ハワードが答えた。「まずは学校へ行って、英語や、アメリカの暮しを身に付けるのだね。学校では、仕事に就いてお金を稼げるように、いろいろ教えてくれる。大きくなったら、何をしたい？」

少年は躊躇《ためら》う気色もなかった。「ドイツ人を殺してやる」

一瞬の沈黙を隔てて、アルヴェールは言った。「ドイツ人のことは言わなくていい。この方が親切に連れていって下さるんだから、アメリカで何になりたいか、それを言ってごらん」

少年は口をつぐんだ。

ニコルが優しく話しかけた。「どうなの？　今と同じ、馬を育てる仕事をしたい？　それとも、品物を売り買いしてお金を儲ける方がいい？」弱年とはいえ、しょせん、民族の血は争えないのではなかろうか。「商人になりたい？」

マリヤンは上目遣いに彼女を見た。「遠くから、ライフルで狙い撃ちできるようになるよ。そうすれば、ドイツ人が歩いているところを丘の上から撃てるからね。それと、ナイフを投げる稽古をするよ。暗いところや、狭い路地ではナイフが一番だよ。音がしないから」

アルヴェールは苦笑に眉を顰《ひそ》めた。「どうも済みません、ムッシュー。気分を害したでしょう」

ハワードは答えようがなかった。

マリヤンは言った。「いつ行くんですか？」

ハワードは逡巡を持てあました。マリヤンは扱いにくい。娘は厄介な荷物を引き受けることになろう。が、一方でハワードはこの少年に深い同情を覚えた。

「一緒に行くか？」

黒い髪の少年はうなずいた。

「だったら、ドイツ人のことはきれいに忘れるんだ」老人は言った。「ほかの子供たちと同じように、学校で勉強して、野球をしたり、魚釣りに行ったり、元気に遊ばなくてはいけない」

少年は昂然と肩をそびやかした。「僕はまだ小さいから、二、三年はドイツ人を殺せません。寝てるところを、ピッチフォークで腹を刺せば別だろうけど、それでも、相手が死ぬ前にかかってきたらやられるかもしれないし。アメリカでいろんなことを覚えて、十五くらいで、うんと強くなって帰ります」

ハワードは穏やかに諭《さと》した。「アメリカへ行ったら、ほかにも勉強することがたくさんあるよ」

「わかっています。一つは、男じゃなくて、若い女を狙うこと。若い女を殺せば子供が増えないから、そのうちドイツ人はいなくなるんです」

「もういい」アルヴェールが険しく言った。「呼ぶまで、キッチンへ行ってろ」

少年は立ち去った。主はニコルに向き直った。「いや、参りました。まさか、あそこまで言うとはねえ」

「よほどひどい目に遭ったのでしょうね。感じやすい年頃だし」

アルヴェールは暗澹たる面持ちでうなずいた。「いったい、あの子はどうなりますかね」

ハワードは椅子に体を沈めてペルノを含んだ。「あの子の将来は、二つに一つです。一つはドイツ軍の狩り込みで、これは時間の問題でしょう。下手《へた》に抵抗すれば、マリヤンはその場で撃たれることにもなりかねません。捕まれば、鉱山で強制労働ですが、あの子は反抗的な態度を貫くだろうから、いずれ体罰を受けて、あたら命を落とすことになるでしょう。これが一つ」

アルヴェールはペルノの壜を隔ててハワードの向かいに腰を降ろした。老人の口ぶりには、先を見る目に対する確信があった。「もう一つは？」

「私らと一緒に、イギリスへ逃げおおせます。アメリカへ行って、優しく親切な扱いを受けるうちに、一、二年もすれば、悲惨な記憶や憎しみも薄れるでしょう」

アルヴェールの貫くような視線が老人を射た。「で、マリヤンはどっちです?」

「それは、あなた次第《しだい》です。あなたが手を差し延べない限り、マリヤンはドイツの迫害を免《まぬか》れません」

薄暮の中で、沈黙はいつ果てるとも知れなかった。

アルヴェールはついに意を決した。「できるだけのことはしましょう。明日、大佐のお嬢さんとルコンケへ行って、ジャン・アンリと話してみます。あなたは子供たちと、ここで人目を避けていて下さい」

9

翌日、ハワードはひもすがら、柵に囲われた馬の放牧場で陽を浴びて過した。子供たちは目の届くところで遊ばせた。伸び放題の髯がむさくるしく、我ながら、いかにもみすぼらしく思えたが、身を窶《やつ》すためとあればやむを得ない。それを除けば気分はよく、束の間の休息は命の洗濯だった。

アルヴェールの妻が古い籐《とう》の寝椅子を納屋から持ち出してぼろ布で拭いてくれた。ハワードは礼を言って寝そべった。子供たちは仔猫のジョジョを庭に連れ出してミルクを浴びるほど飲ませ、手当たり次第《しだい》に餌を与えた。仔猫はほうほうの体《てい》で逃げ出し、老人の膝に這い上がって微睡《まどろ》んだ。

しばらく後、子供たちが取り巻いて見守る中で、ハワードは家内工業さながら、次から次へ小枝の笛を作った。

時折り、ポーランド人少年のマリヤンが木戸口に寄って、物珍しげに一同を窺った。ハワードが声をかけると、仕事がある、と曖昧な照れ隠しの言い訳をして立ち去ったが、じきにまたやってきて、子供たちの遊ぶさまを盗み見た。ハワードは、あえて近づきを急がず、少年の好きに任せた。

午後も半ばを回る頃、突如、西の方角に激しい爆発音が上がり、鋭く乾いた機銃音がそれに重なった。子供たちは遊びを止めて空を仰《あお》いだ。どこか近くの飛行場から単座の戦闘機が三機、ヤマウズラのように飛び立って、高度二千フィートの上空を急加速しながら西へ向かった。

ロニーが訳知り顔に言った。「爆弾だよ。爆弾は落ちる時、シュルシュルシュル……っていう音がして、それからドカンて爆発するんだ。今のは遠いから、シュルシュルっていうのは聞こえないけどさ」

「シュルシュルシュルー、ドカーン」シーラが叫ぶのをピエールが真似、たちまち子供たちは、シュルシュル、ドカン、と声を張り上げてハワードの周りを駆けめぐった。

本物の爆撃は次第に間遠になり、やがて夏の午後の静けさが戻った。

「ドイツ軍がどこかに爆弾を落としたんだよね」ロニーはハワードを見上げて言った。

「たぶん、そうだろうな」老人はうなずいた。「ちょっと、ここを縛るから、この木の皮を押えていてくれないか」笛を作るハワードの手もとに見とれて、子供たちはじきに爆撃のことを忘れた。

午後遅く、ニコルとアルヴェールがルコンケから戻った。二人とも全身埃にまみれ、おまけに、ニコルは片方の掌に深傷《ふかで》を負って応急処置のぼろ切れを巻いていた。ハワードは色をなした。

「どうしました？　何か、事故にでも遭いましたか？」

ニコルは心なしか上ずった声で笑った。「イギリス軍ですよ。午後、ブレストで空襲があって。これ、イギリス軍の空襲で受けた傷です」

アルヴェールの妻がブランデーのグラスを手にして走り出ると、ニコルの肩を抱いてそそくさとキッチンへ連れ戻った。柵の中に取り残されて、ハワードは西の空を睨んだ。

子供たちは何が起きたか半分しか理解していなかった。シーラが言った。「ニコルにあんなことするなんて、悪い飛行機よね」

「ああ、そうだ。いい飛行機は、あんなことはしない」

シーラは老人の答に満足した。「ニコルにあんなことするなんて、すごく悪い飛行機よ」

子供たちはみな同じ気持だった。ロニーは言った。「悪い飛行機はドイツ軍。いい飛行機はイギリス軍だよ」

子供たちに事実を明かすことは躊躇《ためら》われた。

ほどなく、ニコルが庭に姿を現した。傷はきれいに包帯をしていたが、蒼ざめた顔だった。

アルヴェールの妻が子供たちを食事に呼んだ。

ハワードは傷の具合を尋ねた。「何でもありません」ニコルは言った。「爆弾で窓ガラスが飛び散って、それで、ちょっと切っただけです」

「災難でしたね」

彼女は老人に向き直った。「通りにあんなにガラスのかけらがあるなんて、思ってもいませんでした。まるで山のよう。おまけに、空襲で出火して、町じゅう、火の海なんです。その上、土埃が舞って、煙だらけで」

「しかし、どうしてまた、そんなところへ巻き込まれたんです?」

「どうしてもこうしても、あっと言う間ですもの。ルコンケで食事をして、車で帰る途中、アリスティドはブレストの銀行に用があって、私も、歯磨きやら何やら、細々《こまごま》した買い物がありましてね。アリスティドが銀行に寄って、私はドゥ・スィヤム通りのお店に入ったところではじまったんです」

「はじまった?」

ニコルは肩をすくめた。「飛行機ですよ。機体の番号が読めるくらい低く、人家の屋根すれすれに飛んできました。翼の標識でイギリス軍とわかったけれど、軍港で旋回して爆弾を落としましたから、狙いはドイツの軍艦だったはずです。後から後から飛んできて、縦一列になって落とした爆弾が町にまで降り注ぎました。ドゥ・スィヤム通りと、ルイ・パストゥール通りの民家が二軒、爆撃を浴びて……。爆弾が落ちた家は、たちまち、人の背丈にも足りない瓦礫の山ですよ。私が見たのはそこまでです。あとはもう、ただ火の海と、煙と、土埃ばかり。そこへガラスが飛び散って……」

ハワードは茫然として、しばらくは言葉もなかった。「怪我人は、大勢ですか?」

ニコルはうなずいた。「かなり出ましたね」

ハワードはいたたまれない気持だった。どうして未然に誤爆を防げなかったろうか。ニコルを気遣うあまり、彼は頭がくらくらした。

「私のことなら、どうぞ気になさらないで。本当に、何でもないんですから。アリスティドも無事ですし」彼女は小さく笑った。「少なくとも、これでイギリス空軍の健在が証明されましたものね。私、ずっと待っていたんです」

ハワードは答える術《すべ》もなく、黙って首を横にふった。

ニコルは老人の腕に手をやって声を落とした。「爆弾はほとんど軍港に落ちています。いくつかはそれたとしても、故意じゃありません。本当なら、ドイツの軍艦に命中しているはずです」ちょっと間を置いて、彼女は言った。「ジョンが見たら喜んだでしょうに」

「ああ」ハワードは気持が晴れなかった。「喜んだろうね」

ニコルは彼の手を取った。「サロンでペルノでも飲みましょう。ジャン・アンリのこと、お話ししなくては」

サロンにアルヴェールの姿はなかった。二人は向き合って腰を降ろした。ハワードはまだ空襲のことで胸がいっぱいだった。ニコルは彼のグラスにペルノを注いで水で割り、自分のグラスは控え目に満たした。

「そこで、ジャン・アンリのことですけれど」彼女はおもむろに切り出した。「表立《おもてだ》っては動きにくいのですね。マリーのことがあって、アリスティドが承知しません。その代り、同じルコンケの漁師で、シモン・フォッケという若い人が行ってくれることになりました」

老人は、内心、躍《おど》り上がらんばかりだったが、じっと堪《こら》えて聞き返した。「その若い人というのは、いくつかな?」

ニコルは肩をすくめた。「二十歳か、二十二くらいかしら。ドゴール派です」

「何ですって？」

「フランスの若手で、ドゴール将軍という人が今、イギリスにいます。これまで、フランスではあまり知られていませんでしたけれど、この将軍がロンドンに立て籠って対独抗戦を呼びかけているんです。ヴィシー政府はドゴール将軍を認めていませんが、若い人たちは呼びかけに応《こた》えて、どんどん、将軍のもとに馳せ参じています。スペイン経由で行く人もいれば、英仏海峡を渡っていく人もいます。シモン・フォッケが行く気でいるのもそのためです。もともと漁師で、船はお手のものだし」

「しかし、ドイツ軍が放っておかないでしょう」

ニコルはうなずいた。「すでに、交通はいっさい遮断されています。でも、沿岸と、ウェサン島の周辺海域はまだ漁船の操業が認められていますから、知恵を働かせれば、抜け道はあるはずです」

「船はどうします？」

「それはアリスティドが手配してくれました。ジャン・アンリが持ち船をその若い漁師に貸すんです。シモンは漁に出て、そのままイギリスへ向かいます。ジャン・アンリは自分から、憲兵隊とドイツ軍に、船を盗まれたと訴え出る手筈《てはず》です。船の代金は、アリスティドが陰でジャン・アンリに弁償しますから、ハワードさん、お金をお持ちなら、その分アリスティドに払って下さい」

もとよりハワードに否やはなかった。「金額にして、どれほどかな？」

「五千五百フラン」

ハワードは思案の体《てい》で尻ポケットから財布を取り出し、老人特有の慎重な手つきで中の書き付けをあらためた。「信用状の残《ざん》が四十ポンドありますが、これで足りますか？」

「大丈夫でしょう。アリスティドは、持ち合わせを残らず要求すると思います。そこは農民のことですから。でも、協力する気持に変りはありません。お金の面で折り合わないからといって、手を引くことはないはずです」

ハワードはきっぱり言った。「不足分は、戦争が終わったら、必ず支払います」

二人はなおしばらく、金の受け渡しについて話し合った。頃を見て、ニコルは腰を上げた。

「そろそろ子供たちを寝かさなくては。アルヴェールの奥さんの親切に甘えて、何から何まで押しつけてはね」

「私も行きましょう」ハワードは言った。「今日一日、みんな、いい子でした。何も世話が焼けなかった」

子供たちは全員一部屋で、女の子二人はベッド、男の子三人は目の粗《あら》い毛布で包んだ床のマットレスだった。子供たちを寝かし付けようとしていたアルヴェールの妻は、ニコルとハワードににっこり笑いかけてキッチンへ引き取った。ロニーが言った。「この毛布、馬の臭いさもあろう。老人は胸のうちでうなずいた。「一晩じゅう、馬に乗っている夢を見るのではないかな」

シーラは尻馬に乗った。「あたしも乗りたい」

ないの？」

「いい子にしていたらね」

ローズは浮かぬ顔だった。「ずっとここにいられるといいのに」

ニコルはベッドの端に腰を降ろした。「あら、どうして？　ロンドンのお父さんに会いたく

「でも、ロンドンて、街でしょう？」

「そう、大きな街よ」

「あたし、田舎の方が好き。ここは今までいたところと同じだし」

ロニーが割り込んだ。「僕たち、みんなロンドンへ行くんだよ」

「みんなではないよ」老人は言った。「きみとシーラは、オックスフォードのマーガレット伯母さんのところだからね」

「本当？　ローズも？」

「いいや。ローズはロンドンでお父さんと暮すんだ」

シーラが口を挟んだ。「ピエールは、マーガレット伯母さんのとこ？」

「いや、ピエールとヴィレムはアメリカだ。私の娘の家に行くのだよ。きみたちは知らないけれども、私の娘はニコルよりも年上で、ちょうどきみたちくらいの、小さな子供の母親だ」

子供たちは信じられない顔でハワードを見上げた。みんなの気持を代弁するかのように、ロニーが尋ねた。「その子、何ていう名前？」

「マーティン。ピエールと同い年だ」

ピエールは一同を見回した。「ハワードさんは一緒に行かないの?」

「ああ、私は行かれない。イギリスに仕事があるのでね」

ピエールは唇をふるわせた。「ローズは?」

ニコルは床にひざまずいて優しく話しかけた。「アメリカはいいところよ。フランスと違って、停電がないから夜も明るいし、飛行機が爆弾を落としたり、空から人を撃ったりすることもないわ。食べ物はいくらでもあるし、フランスも前はそうだったけれど、甘くておいしいものが何でもあるの。ロングアイランドのコーツハーバーというところにマダム・コステロの大きなお家があって、あなたたちはそこで暮すの。ポニーに乗れるし、犬もいて、お友だちになれるのよ。フランスでは、戦争で食べるものがなくなったから、犬なんて飼えないでしょう。アメリカへ行けば、船に乗ったり、泳いだり、海に潜ったり、向こうの人たちと一緒に、魚釣りをしたり、楽しいことがいっぱい。恐いことなんて何もないのよ。アメリカは戦争がないから」

ピエールは彼女を見上げた。「ニコルも行くの?」

ニコルは声を落とした。「それがねぇ、ピエール。私は行かれないの」

少年は口を歪めた。「一人で行くの、いやだ」

ハワードが脇から言った。「ひょっとすると、ローズも行くように、お父さんが言うかもしれない。そうしたら、ローズが一緒だ。それならいいだろう?」

シーラが乗り出した。「ロニーとあたしは、ハワードさん? ピエールと一緒に行っていい？」

「さあ、それはどうかな。マーガレット伯母さんが何と言うか」

ロニーはここぞと踏み込んだ。「伯母さんが僕たちのこと厭がったら、ピエールと一緒にコーツハーバーへ行けるの？」

「ああ」老人はうなずいた。「伯母さんがきみたちに、イギリスにいてほしくない考えなら、みんな揃ってコーツハーバーへ行けばいい」

「ふーん」少年は顔色一つ変えなかった。「厭がってくれないかなあ」

やがて、子供たちはそれぞれに落ち着いて、あとは眠るばかりとなった。二人は階下に戻り、食事を待つ間、庭に出た。

「アメリカの娘の家のことを、ずいぶんよく知っていますね」

ニコルは目顔で笑った。「ジョンからいろいろ聞きましたから。ジョンは行ったことがあるんですね」

「一九三八年に、しばらくイーニッドのところに居候をしてね。あれの亭主のコステロと、えらく気が合ったようで」

「その時のこと、詳しく話してくれました。お互いに眠れなかった明け方に。ジョンはアメリカが気に入っていましたね。飛行機乗りの立場で、アメリカの技術に惚れ込んでいたんだと思います」

老人はまたしても、若い二人がパリで過した週末の仕儀を訝《いぶか》りながら、上の空で言った。

「よほど楽しかったと見えますね」

彼は妄想を絶った。「ピエールが少々心配だな。アメリカへやるのに、付き添いをどうするか、考えもしなかったのでね」

ニコルはうなずいた。「感受性の豊かな子ですからね。はじめは寂しくて、塞ぎ込むでしょうけれど、でも、じきに馴れますよ。ローズも行けるようになるといいのに」

ハワードは彼女に向き直った。「あなたが行けばいい。それが一番でしょう」

「アメリカへ？　そうはいきませんよ」

ふと微《かす》かな不安がハワードの頭を過《よぎ》った。「しかし、ニコル、イギリスまでは行ってくれるね？」

彼女は首を横にふった。「いいえ。私、フランスを離れることはできません」

ニコルの立場は理解しつつも、落胆は大きかった。「さあ、それはどうかな？　この国はドイツに占領されて、これからますます住みにくくなるでしょう。私らと、イギリスへいらっしゃい。エセックスの私の家で暮してもよし、子供たちとアメリカへ行ってもいい。その方が、よほど楽だよ、ニコル」

「でも、母のことがありますし」

ハワードは言い淀んだ。「何とか連絡を取って、お連れできないかな？　この先、フランスは暮しが不自由になるばかりだ」

ニコルは重ねて首をふった。「それはわかっています。でも、イギリスの暮しは、母には合わないと思います。私自身、今となっては、イギリスは……」

「イギリスへ行ったことは？」ハワードは敢えて尋ねた。

「十月に行く約束でした。ジョンがまた休暇を取れるはずだったので。ジョンは私をお父さまに会わせるつもりだったでしょう。ところが、戦争がはじまって、休暇どころではないし、旅行もむずかしくなりました。とうとう、ヴィザも下りなくて」

ハワードは静かに言った。「だったら、ニコル。この際、そのイギリス行きを実現したらい い」

彼女は肯《がえ》んじなかった。「いいえ」

「どうして？」

「ご自分も、子供たちとアメリカへいらっしゃいます？」

ハワードは頭をふった。「行きたいところだけれども、無理でしょう。イギリスへ帰れば、私は私で、するべきことがあるだろうし」

「ですから、私もフランスを離れるわけにはいきません」

それとこれとは話が別、と言いかけて、ハワードは口をつぐんだ。彼の胸中を察してか、ニコルは言った。

「人はフランス人か、イギリス人か、どちらかです。両方、同時にはなれません。今のようなむずかしい時には、自分の国に留《とど》まって、できるだけのことをしなくてはならないと思います」

ハワードはゆっくりうなずいた。「その通りだね」

ニコルは遠慮がちに、自分の気持を話した。「ジョンと私……結婚していたら、私はイギリス人ですから、事情が違います。でも、今はもう、どう頑張ってもイギリス人にはなれません。自分一人で、イギリス人の考え方や、生き方を身に付けようとしても、それはできない相談です。私はあくまでもフランス人です。やっぱり、私は行けません。わかって下さるかしら?」

「よくわかるよ、ニコル」ハワードは嘆息して、言葉を接《つ》いだ。「私も、もう年だ。戦争が終っても、これまでのように体が利かないだろう。そうなったら、イギリスへ来て、しばらく傍《そば》にいてくれないか。ほんの一週間なり、十日なり」

「ええ、喜んで。事情が許すようになり次第《しだい》、飛んでいきますよ」

二人は無言のまま、放牧場の柵に沿って歩いた。ややあって、ニコルは言った。「で、これからのことですが。フォッケは今夜、ルコンケから漁に出て、海峡をルフールあたりまで行くはずです。それきり、ルコンケには戻らずに、明日の晩、漁獲の陸揚げなり、餌の購入なり、何か理由を構えてラベルヴラシュに寄ります。真夜中に港を出ますから、それまでに、子供たちを船に乗せなくてはなりません。船はまっすぐイギリスへ向かいます。夜明け前にフランスの領海を出るには、真夜中がぎりぎりです」

「その、ラベルヴラシュというのは、どこです? だいぶ遠いのかな?」

ニコルは肩をすくめた。「遠く見ても、せいぜい四十キロかしら。そこから四マイルほど陸へ入ったところに、ランニリスという小さな町があります。私たち、明日中に着いていなくてルやヴィレムと一緒に行くか？」

はいけません」

「そのあたりは、ドイツ軍は大勢ですか？」

「さあ、それは。アリスティドが今、手を回して情勢を探っています。何か策を考えてくれるでしょう」

マリヤンが柵囲いを横切って母屋へ戻るところだった。ハワードが声をかけると、少年はしおしおと寄ってきた。

老人は言った。「私らは明日ここを出るがね、マリヤン。やっぱり、一緒に行くか？」

「アメリカへ？」

「いったん、イギリスへ行くのだよ。無事、イギリスへ渡れたら、きみはピエールやヴィレムとアメリカへ行って、戦争が終るまで、私の娘の家で暮すことになるだろう。どうだ、行くか？」

少年はたどたどしいフランス語で答えた。「ムッシュー・アルヴェールのとこにいれば、ドイツ軍に捕まります。そうしたら、殺されます。母さんは殺されたし、父さんも、きっと殺される。うちはユダヤ人だから。連れてって下さい」

ハワードはまっすぐ少年の目を見た。「いいかね。きみを連れていくかどうか、私は迷っているのだよ。ここから海岸へ出るまでには、きっとドイツ軍と出会うだろう。口をきくこともあるし、一緒に食事をすることだってあるかもしれない。そんな時、きみがドイツ兵を憎んでいるとわかったら、私ら、みんな逮捕されてしまう。きみを連れていくことが果たして安全か、ローズや、ロニーとシーラ、ヴィレム、小さいピエール……、みんなを危険な目に遭わせていいものかどうか、ここが思案のしどころだ」

少年は言った。「迷惑はかけません。今はアメリカへ行く方がいいです。行きたいです。今はまだ、よっぽどまぐれ当たりでなきゃあドイツ兵は殺せないし、暗がりで忍び寄ってナイフで切り裂いたって、捕まって殺されるのはこっちです。でも、何年か経《た》てば、暗い路地なんかで、いくらでも、こっそり殺せるんです。うまくやれるように、いろんな手を覚えるまで、待つ方がずっと利口です」

ハワードはいささかうんざりした。「ドイツ兵が傍《そば》にいても、じっとしていられるか?」

「何年でも待ちます。その時が来るまで」

ニコルが口を挟んだ。「ねえ、マリヤン。ムッシュー・ハワードのおっしゃること、わかるでしょう? あなたがドイツ軍に捕まったら、ほかの子供たち、男の子も女の子も、みんな一緒よ。ドイツ軍はあなただけではなくて、ほかのみんなにも同じことをするわ。あなたのせいで、みんながひどい目に遭ったらどうするの」

「心配ないです。連れてってくれたら、おとなしく言うことを聞くし、行儀よくします。おとなしくするのも訓練です。そうすれば、敵は気を許すから。そいで、隙を見て、こっちの思い通りにしてやる」

ハワードは意を決した。「ようし、マリヤン。明日は早いぞ。支度を済ませておくように。さあ、もう行って、食事をして、早く寝なさい」

母屋に帰る少年の背中を見送って、ハワードは溜息混じりに言った。「この戦争が終った時、世の中、いったいどうなっているだろうか」

「さあ、どうなりますか。でも、今ハワードさんのしていらっしゃることは、きっと将来のためになると思います。子供たちをヨーロッパから遠ざけるのはいいことだわ」

ほどなく、二人は食事に呼ばれてキッチンへ戻った。食後、サロンに席を移してアルヴェールは行動の手順を話した。

「いいですか、こういう段取りです」

彼は思い入れを込めて説明にかかった。「ランニリスはドイツ兵でいっぱいです。海岸から四マイルほど入ったところで、海岸自体は、そう、ラベルヴラシュや、ポールサルといったあたりはドイツ軍も手薄で、まだ占領軍が掌握していないところもあるらしい。田舎道では検問もないので、そこが、こっちのつけ目です」

アルヴェールは言葉を続けた。「ランニリスの手前三マイルのところに、カンタンという農家があります。亭主のカンタンが、明日、ルーデアックという漁師のところへ、堆肥を馬車で運びます。ルーデアックはラベルヴラシュで海難救助艇の船長をしていますが、丘の上で、それなりに手広く畑を作っていて、肥料がいるのです。ここまでは、私が手筈をととのえました。堆肥を積んでいくのは一頭立ての馬車です。いいですか、ムッシュー。その馬車に、大佐のお嬢さんと子供たちを乗せて、あなたが手綱を取って下さい」

ハワードはうなずいた。「なるほど。それなら怪しまれる気遣いはありませんね」

アルヴェールはちらりと老人を見やった。「その格好ではまずい。何か、もっと粗末なものを用意しましょう」

ニコルが質問を挟んだ。「明日の晩、フォッケとは、どこでどう接触するのかしら?」

牧場主は答えた。「フォッケは夜の九時に、波止場の居酒屋に顔を出します。酔っぱらいの風体で、ペルノ・デ・ザンジュを注文しますがね、実は、そんな酒はありゃあしません。これが、つまり、合い言葉です。そこから先は、どうか一つ、うまくやって下さい」

ハワードはうなずいた。「その、カンタンという農家へは、どう行きますか?」

「私が車で送ります。その方が安全だ。ランニリスより手前だから、途中で止められることもないでしょう。私にできるのはそこまでです」アルヴェールはしばらく考えて、言い足した。「カンタンの農場を出るのは早すぎてもいけず、そう、五時頃がいい。そうすれば、ちょうど日暮れ方にラベルヴラシュに着くでしょう。それでもまだ、ルーデアックのところで、しばらく時間を潰すことになりますがね」

ニコルは不安を拭えなかった。「ルーデアックとカンタンは、信用できる人ですね?」

「心配いりません。近頃では、こんなことは珍しくも何でもない。みんな事情は呑み込んでいるし、しっかり、取るものは取っていますから。それに、二人とも私の心安い知り合いです」

ハワードは言った。「私も今ここで、支払いを済ませておきましょう」

三人はテーブルを囲んで腰を降ろした。

その後、間もなく一同は寝に就《つ》いた。一日の休養で疲れが取れたハワードはぐっすり眠り、一夜明けて数日来、味わったことのない爽やかな気分で朝のコーヒーを飲みにキッチンへ降りた。

アルヴェールは言った。「食事が済んだらすぐ出ます。ちょうどいい時間でしょう。服を用意してあります。着替えて下さい。気に入らないでしょうが、この際、やむを得ません」

用意された着替えはことごとくハワードの趣味に合わなかった。染みだらけの粗末なフランネルのシャツに、擦り切れたブルージーンズ、かつては錆色がかったピンクだったと思しき汚れたデニムのプルオーバー、それに、よれよれの黒いブルトン帽である。この身なりに合う履き物はフランス農民の木靴だが、こればかりは何としても老人の足に馴染まず、アルヴェールは代りに穴のあいたみすぼらしい長靴を持ち出した。

髯はもう何日も伸ばしたままだった。着替えをしてキッチンに戻ったハワードを見て、ニコルはじわりと笑った。「あらぁ、いいわあ。それで、こう、猫背になって、締まりのない口をして……そうそう、すっかり老け込んだつもりで、のろのろ歩いて下さい。耳が遠いふりをして。必要なことは何でも私が話しますから」

アルヴェールは、前から、横から、斜めから、ハワードの落ちぶれた身なりを厳しく点検した。「ああ、これなら、ドイツ兵に見られても大丈夫だ」

食事までのひとしきり、彼らは互いの姿形を念入りにあらためた。ニコルは家を出た時の黒い上っ張りのままだったが、アルヴェールはもっと汚れが目立つようにした方がいいと言い、靴は妻の履き潰したローヒールに変えさせた上、頭から、これも妻のお古のショールをかぶせてやっと満足した。

子供たちはおよそ手間がかからなかった。起き抜けに池で遊んだ子供たちは細工を施すまでもなく泥だらけで、おまけに、ロニーとヴィレムはあちこち擦り剝いて、どこから見ても土地の子供だった。

一行は食休みもそこそこに出発した。アルヴェールの妻は人のよい大らかな笑顔でハワードとニコルの感謝に応えた。彼らはアルヴェールが農場で使っているドゥ・ディヨンの古びたワゴンに乗り込んだ。

車が走りだすと、ロニーは言った。「今度は汽車で寝るの?」

「いや、汽車には乗らない」ハワードは答えた。「この車も、すぐ降りるからね。ムッシュー・アルヴェールにさよならを言って、そこから先は馬車で行くんだ。みんな、話す時はフランス語だよ。いいね」

シーラは不満だった。「どうしてフランス語でなきゃあいけないの? あたし、前みたいに英語がいい」

ニコルが優しく諭した。「ドイツの兵隊さんがたくさんいるでしょう。兵隊さんたちはね、英語を話す人が嫌いなの。だから、いつもフランス語を話すようにするのよ」

ローズが出し抜けに言った。「マリヤンのお母さんはね、ドイツ兵に両手を切り落とされたんですって」

ハワードは穏やかに言い渡した。「さあ、もうドイツ兵の話はおしまいだ。じきに降りるからね。今度は馬車だ」彼はピエールをふり返った。「馬は何て鳴くのかな?」

ピエールは恥ずかしそうに俯《うつむ》いた。「わかんない」

ローズは少年に顔を寄せた。「何よ、ピエール。知ってるでしょう。

トゥールの小母《おば》さん
庭には桜の木
ちっちゃなネズミはチュウチュウ
おおきなライオンはウォーウォー
モリバトはホウホウ……」

子供たちの歌は、ランドルノーの町をワゴンの窓からちらりと見て素通りし、ランニリスへ向かう途中まで続いた。

やがて車は速度を落とし、街道をそれて、のめるように停まった。アルヴェールは一同をふり返った。「さあ、ここです。早くして下さいよ。人目に付くといけない」

ワゴンを降りると、そこはささやかな農場で、向こうに労働者の宿舎と変りない灰色の石造りの家が見えていた。狭苦しいワゴンに揺られた後で、新鮮な空気が心地よく、風は強い潮の香を運んでいた。明るい日差しの下で、石壁に瓦屋根を戴《いただ》く農家の佇《たたず》まいは、あたかもコーンウォールを彷彿《ほうふつ》させる絵模様だった。

入口の柵に、堆肥を半分ほど積んだ荷車を牽《ひ》いて、老いぼれた痩せ馬が繋がれていた。あたりに人の気配はなかった。

アルヴェールは一同を急《せ》かした。「急いで急いで。ドイツ兵に見られないうちに。その堆肥をルーデアックに届ける筋書きですから、いいですか。ラベルヴラシュの港から半マイルばかり登った丘の上です。そこへ荷を降ろして、馬車はマドモアゼル・ルージュロンが明日、ここへ返して下さい。フォッケは夜の九時に波止場の居酒屋で、あなた方と落ち合う手筈です。フォッケの注文は、ペルノ・デ・ザンジュ。わかりますね」

「一つだけ」ハワードは念を押した。「これをまっすぐ行けば、ランニリスですね?」

「そう」アルヴェールはそわそわとあたりを見回した。

「ランニリスからラベルヴラシュへ行く道は?」

雲一つない空から夏の陽が照りつけ、堆肥の臭いに混じってブライアーの香りが鼻をかすめた。アルヴェールは言った。「この道を行くと、町の真ん中の教会にぶつかります。そこから西へ折れると、町はずれで二股に分かれて、ビールの看板が出ているから、そいつを右です。二股からラベルヴラシュまで、七キロ」

ニコルは土地鑑があった。「私、行ったことがあります。道はわかると思います」

牧場主は言った。「じゃあ、わたしはこれで。そっちも、早く行った方がいい」彼はハワードに向き直った。「私にできるのはここまでです。お気をつけて。世の中がよくなって、また会えるといいですがね」

老人は会釈を返した。「本当にお世話になりました。あらためてお礼を申し上げる時が来ることを祈ります」

アルヴェールは車に飛び乗ると、後進で道路に戻り、見る間に土埃の向こうへ消えた。ハワードはあたりを見回した。日盛りの小家にこそとも動く影はなかった。

ニコルは子供たちを促《うなが》した。「さあ、みんな、乗って」

ヴィレムとマリヤンは迷わず荷台に上がったが、イギリス人の兄妹と、ローズ、ピエールの四人は後込《しりご》みした。ロニーがおずおずと尋ねた。「馬車って、これのこと?」

ローズも眉を顰《ひそ》めて言った。「これ、肥やしの馬車よ。肥やしの馬車なんかに乗ったら、叔母さんに叱られるわ」

ニコルは少しも慌てなかった。「あら、私は平気よ。乗りたくなかったら、ムッシューと一緒に歩きなさい。手綱を持ってもいいわ」彼女は子供たちを急き立てた。堆肥は荷台の半分を塞いでいるだけで、前寄りに全員が乗るゆとりを余していた。

ピエールはローズと並んで歩きたがった。「ローズと一緒に馬を引きたいな」

ニコルは言った。「あなたには無理よ、ピエール。馬は足が速いから。向こうへ着いたら馬の鼻を撫でるといいわ」

ハワードは柵から綱を解いて、首うなだれる馬を街道に引き出し、並んでゆるゆる歩きはじめた。

一時間半ほどでランニリスの町に着いた。途中、ニコルは子供たちを退屈させなかった。ぽくぽくと乾いた土を踏む蹄《ひづめ》の音を越えて、時折り子供たちの明るい笑い声がハワードの耳に届いた。ローズは彼の脇を裸足で跳ねるように歩いた。

何度もドイツ軍の車とすれ違った。トラックが追い越していくことも稀ではなかった。その都度、ハワードは馬車を道端いっぱいに寄せてドイツ軍をやり過した。士気色にやつれた兵士らは無表情に馬車を見降ろすばかりだった。一度、三十人ほどの歩兵小隊と行き合ったが、指揮官の中尉は馬車の一団をじろりと見やったきり呼び止めようともせず、ランニリスに着くまで、ついに誰からも見咎められることはなかった。

町に入る手前で一行は止められた。道の真ん中に、辛《かろ》うじて通れる隙を残して車を二台、横向きに停めた間に合わせのバリケードが設けられていた。見張りの兵士が物憂げに午後の陽の中に現れ、手を上げてハワードを制した。ハワードは馬を止めて上目遣いに兵士を見返すと、顎を突き出し、締まりのない口で何やら聞き取りにくいことを呟いた。監視小屋から軍曹が顔を出した。

軍曹は拙《つたな》いフランス語で問いかけた。「どこへ行く?」

ハワードは首を斜めに倒して耳に手をやった。「ん?」

軍曹は大きな声で質問を繰り返した。

「ルーデアックのとこへ」ハワードは答えた。「ラベルヴラシュのはずれの」

軍曹は荷台のニコルを見上げた。「そっちの女子衆は、一緒か?」

ニコルはピエールの肩を抱いてにっこり笑った。「今日はこの子の誕生日ですよ。でも、こういう時だから、何もしてやれなくてねえ。叔父がラベルヴラシュに用があるし、堆肥は半分積んでるだけで馬も楽だから、子供たちを遠出に連れてってやろうと思って」

老人は仰々しくうなずいた。「今日び、子供たちを楽しませようといったって、容易なこっちゃない」

軍曹は取って付けたように笑って、投げやりに言った。「通ってよし。せいぜい、のんびりすることだ」

ハワードが馬に鞭をくれ、荷車はまたのろのろと動きだした。町はほとんど人通りがなかった。市民がドイツ軍を避けて閉じ籠っているせいもあり、午後の暑さのためでもあるらしかった。ここかしこで接収されたとわかる民家が目に付いた。殺風景な部屋の窓近くにドイツ兵がかたまって、世界じゅうの軍隊に共通の仕種《しぐさ》で靴を磨いていた。兵士らの誰一人、肥馬車には見向きもしなかった。

中央の大きな教会に近く、プラタナスの木陰に戦車三台とトラックが六台駐まり、立派な家の二階の窓から短い竿に吊られたハーケンクロイツ旗が、午後の陽を受けてあるかなきかの風に揺れていた。

荷馬車はゆるゆると町を行き、商店や民家を過ぎて、ドイツ軍の将兵とすれ違った。町をはずれて、ビールの看板のある二股道を右に取り、最後の家並みが背後に去ると、やがて、左右から丘の裾がなぞえに交わる向こうに青く霞んだ海が見えてきた。

海を見て、老人の心は弾んだ。生涯を通じて、ハワードは海の眺望と潮の香をこよなく愛した。牧草の緑に縁取られて遠く霞んだ海は、ハワードにとって、すでにして故国の一部だった。イギリスは指呼《しこ》の間《かん》である。明日の夕方までにはあの海を渡って子供たちともども、無事、イギリスの土を踏めることだろう。歩みは遅かったが、望郷の念は胸を焦がすばかりだった。

ハワードは馬を止め、草臥《くたび》れたローズを荷車に乗せた。代ってニコルが老人と並んだ。

「海が見えます。もうじきですね」

「ああ、もう遠くない」

「ほっとしますね」

ハワードはニコルを横目に見た。「あと一つ、それが叶えば、本当によかったと言えるのだけれども。一緒に行ってくれないか？　どうしても駄目かな？」

ニコルは首を横にふった。「そればかりは」

二人はしばらく黙って歩いた。忘れた頃になって、ハワードは言った。「本当に親切にしてもらって、何とお礼を言っていいやら」

「どういたしまして。私の方こそお礼を言わなくては」

「それはまた、どうして？」

「ハワードさんがお見えになった時、私、憂鬱のどん底でした。どうお話ししたらわかっていただけるかしら」午後の陽は熱く照りつけていた。ニコルはわだかまりなく言った。「私、とことん、ジョンが好きでした。何よりも、イギリスの女性になりたくて。この戦争がなければ、その通りになっていたはずです。私たち、結婚の約束をしていましたから。もし、ジョンから話があったら、反対なさいました？」

「とんでもない。大歓迎ですよ。だって、そうでしょう」

「ええ、今はわかっています。でも、あの頃は、お会いするのが恐くって。私がもっとしっかりしていたら、とっくに結婚していたと思います」ニコルはひとしきり思いに沈んだ。「私がぐずぐずしているうちに、ジョンが亡くなって……。それから、何もかもが悪い方へ向かいました。撤退して、ドイツ軍はフランスに侵攻するし、ベルギーは降伏するし、イギリスもダンケルクからだすし。イギリスはフランスは孤立無援でしょう。新聞やラジオは寄ってたかってイギリスを悪く言いだすし。イギリスはフランスを裏切ったとか、もともと轡《くつわ》を並べる気はなかったとか、それはずいぶんな言い方ですものね」

「その通りだと思いましたか？」ハワードは静かに尋ねた。

「私がどんなに悲しかったか……」

「今はどうかな？　やっぱり、報道を信じますか？」

「今、信じているのはただ一つ。ジョンを愛した私は間違っていなかったということです。結婚してイギリスの女性になっていたら、生涯、幸せだったろうと思います」

少しして、ニコルは言葉を接いだ。「そんなふうに思えるって、大切なことですよ。それが、しばらくは気持が揺らいで、何も信じられなくなりました。でも、もう大丈夫。確信を取り戻しましたから。二度と失うことはありません」

なだらかな登りを越えると、目の下にラベルヴラシュの村が横たわり、川の流れが入り組んだ岩礁を縫って海に注いでいた。ニコルは言った。「あれがラベルヴラシュ。もう一息ですね」

二人は黙々と馬を引いて坂を下った。道は流れに沿ってセメント工場や、疎《まば》らな民家を過ぎ、海難救助隊の艇庫を右に見て、小さな波止場に通じていた。エンジンの故障したドイツ軍のEボートが接岸し、甲板中央部の上げ蓋がはずされて、桟橋の工作車の脇に投げ出してあった。ドイツ兵が数人桟橋にたむろして、煙草を吹かしながら、Eボートで忙しく立ち働く作業服の水兵らを眺めていた。

ハワードの一行は波止場の居酒屋を過ぎて、村はずれから丘の登りにかかった。野バラが咲きこぼれる中を行くほどに、やがて、ルーデアックの農場に辿り着いた。

赤茶けた粗布の上っ張りを着た男が入口に出迎えた。

ハワードが声をかけた。「カンタンのところからですが」

男は小さくうなずいて堆肥置き場を指さした。「そこへ空けて。さっさと行ってくれ。気をつけてな。ここでうろうろしていちゃあ駄目だ」

「わかりました」

男は建物の中に消え、二度と再び顔を出さなかった。かれこれ八時近く、あたりに夕闇が迫っていた。ハワードは子供たちを荷台から降ろし、馬を引き戻すと、荷車を傾けて鋤で堆肥を掻き落とした。作業は十五分とかからなかった。

ニコルは言った。「まだ時間がありますね。波止場の居酒屋へ行けば、子供たちに、パンとコーヒーぐらいの食事は頼めるのではないかしら」

ハワードはうなずき、空《から》の荷台に子供たちを乗せて手綱を取った。丘を下って角一つ曲がると、目の前に広々と湾口が開けていた。残照に青く透ける波間に鋸《のこぎり》状の岩礁が覗き、折しも沖合から、焦げ茶の帆を張った漁船が一艘、港に向かってくるところだった。遠く微《かす》かにエンジンの音が聞こえた。

老人はニコルをふり返った。「フォッケかな」

ニコルはうなずいた。「そうだわ、きっと」

一行は村に入った。居酒屋の前で荷車から降りた子供たちに、近くのドイツ兵らはおよそ関心を示さなかった。ハワードは駒留めの横木に手綱を結わえた。

ロニーがフランス語で言った。「あれ魚雷艇？ 見にいってもいい？」

「今は駄目」ニコルは少年を押し止《とど》めた。「これから食事だから」

「今夜の食事は何？」

店に入ると、バーにかたまっていた漁師たちがいっせいにふり返った。好奇の目にさらされて、ハワードは正体を見破られたかと生きた心地もなかった。子供たちを漁師から遠い奥のテーブルに坐らせて、ニコルは調理場の女将《おかみ》に注文を伝えた。

食事はすぐに運ばれてきた。子供たちにはコーヒーとパンにバター、大人二人にはその上に水割りの赤ワインが添えられていた。周囲の目を意識して、老人とニコルはもっぱら子供たちの世話に忙しいふりを装ったが、もとより落ち着いた食事どころではなかった。ハワードにとっては、ここが生死の分かれ目だった。真実、露顕の危機を意識したのはこれがはじめてである。鉛のように重い時間が過ぎていった。約束の刻限にはまだかなり間があった。

食事が済むと、もう子供たちはじっとしていなかった。何とか九時まで持たせなくてはならない。ロニーは椅子の上でしきりに体を揺すった。「海を見にいっていい?」

子供たちを店に引き止めて、新たに漁師らの注目を集めるよりは、外に出した方が安全に違いない。「いいとも。行っておいで。ただ、そこの防波堤までだよ。それより遠くへ行っては駄目だ」

シーラはロニーの後を追った。ほかの子供たちはおとなしく椅子にかけていた。ハワードは水っぽい赤ワインをもう一本頼んだ。

九時十分を回った頃、筋骨たくましく、肩幅の広い青年が転げ込んできた。漁師の赤いポンチョに防水ブーツの身なりだった。青年は、すでにしたたか酔っている様子で、足下が怪しかった。バーに立つと、彼は灯台の光のように、ぐるりと店内を見回した。

「おい、ペルノ・デ・ザンジュをくれ。ドイツ軍なんぞ、糞食らえだ」

先客の漁師たちが彼を制した。「声が高いぞ。表《おもて》にドイツ兵がいるんだ」

バーの若い女は眉を寄せた。「ペルノ・デ・ザンジュ? からかいっこなしよ。ただのペルノでいいでしょう」

青年は目を丸くした。「ペルノ・デ・ザンジュは、置いてない?」

「そんなの、聞いたこともないわ」

男はむっつり黙り込み、カウンターに片手を突いて危うげに体を揺らせた。ハワードは立って男に声をかけた。「よかったら、こっちへ来て、赤ワインでもどうかね」

「そいつはどうも」青年はハワードのテーブルに移った。

ハワードは声を落とした。「これは、義理の娘でね。ニコル・ルージュロン」

青年はハワードの顔を覗き込み、ほとんど口を動かさずに低く言った。「そのフランス語は、気をつけた方がいい。しゃべるのはこっちに任せて、黙ってて下さい」

彼はどっかり腰を降ろした。ハワードが注いで勧めるワインを水で割って一口呷《あお》ると、青年は声を潜めて言った。「いいですか、船は桟橋です。ただ、ドイツ兵がいるから、ここで乗せるわけにはいかない。暗くなるのを待って、ヴァーシュ灯台まで行って下さい。半マイルほど海へ出た岩の上の、今は使われていない無人灯台です。そこへ船を回しますから」

「わかった。そこへ行く道順は？」

フォッケは道順を教えた。ニコルと向き合って入口を背にしていたハワードは、話の途中、彼女がはっと顔色を変えるのを見た。

「あの……」ニコルは言いかけて口をつぐんだ。

背後に重たい靴音がして、ドイツ語が耳を打った。ハワードは肩越しにふり返った。フォッケが顔を上げるのと同時だった。ライフルを構えたドイツ兵が入口を塞ぎ、その脇に、桟橋のEボートで整備作業に当たっていた甲板員の一人が油に汚れた紺の作業衣姿で立っていた。

一瞬の光景はハワードの脳裡に焼きついた。バーの漁師たちは身じろぎもせず、カウンターの女はグラスを拭く手を止めて、凍りついたように立ち尽くした。

作業服の水兵が口を開いた。ドイツ系アメリカ人の訛りの強い英語だった。

「ああ、このうちイギリス人は誰と誰だ?」

店内に答える声はなかった。

「ようし。全員、警衛所へ来てもらう。曹長が話を聞く。妙に媚びへつらうような真似はするな。そういう態度を取るとためにならないから、そのつもりで」

水兵は拙《つたな》いフランス語で同じことを繰り返した。

10

フォッケは堰《せき》を切ったようにしゃべりだした。もつれた舌でまくし立てる酩酊《めいてい》ぶりは堂に入っていた。ここにいるやつらのことなど、何も知らない、と彼は言った。たまたま来合わせて、ワインを酌《く》み交《かわ》したからといって、どこが悪い？　こっちは潮待ちで、これから漁に出るところだ。警衛所へ連れていかれたら、明日は食うに困る。どうしてくれるのか。陸の人間は自分の目先しか考えない。舫《もや》ってある船はどうなる？　誰が責任を取ってくれるんだ？

衛兵にライフルの台尻で背中を小突かれて、フォッケはふっつり口をつぐんだ。

ドイツ軍からさらに二人、兵卒と上等兵が駆けつけて、一同は店の外へ追い立てられた。抵抗することは思いも寄らなかった。作業服の水兵は先に出ていったが、ほどなく、ロニーとシーラを連れて立ち戻った。二人とも怯えきって、シーラは泣きの涙だった。

「おい」水兵はハワードに食ってかかった。「おまえの連れだろう。やけに英語が達者だ。習った英語じゃあないな」

ハワードは二人の手を取って両脇に引き寄せたきり、物も言わなかった。水兵は不審げに老人を睨んだが、その場を動かず、夕闇の中を警衛所へ引かれていく一同を見送った。

ロニーは恐怖に蒼ざめていた。「どこへ行くの？　僕たち、ドイツ軍に捕まったの？」

ハワードは平静を装った。「ちょっと話があるだけだ。恐がらなくていい。何もされはしないから」

少年は訴えた。「英語を話したらハワードさんに叱られるって、シーラに言ったんだ。なのに、言うこと聞かないんだもの」

ニコルが尋ねた。「あの作業服の水兵さんに、英語で何か言ったの？」

ロニーはうなずき、恐る恐る老人を見上げた。「ハワードさん、怒ってる？」

すでにすくみ上がっている子供たちに、重ねて気持の負担を与えたところで意味がなかった。「いいや。それは、英語を話さない方がよかったけれども、もう、いいんだよ」

シーラは激しく泣きじゃくった。「だって、英語で話したいんだもん」

ハワードは足を止めて少女の涙を拭いた。衛兵もその間は気をきかせて待った。「泣かなくていい」老人は言った。「今からは、好きなだけ英語を話せばいい」

少女はしゃくり上げながらも、神妙に押し黙ってハワードに付き従った。

ランニリスへ向けて二百ヤードのあたりを右に折れ、民家を接収した警衛所の殺風景な一室に押し込まれると、曹長が慌てて勤務服を着込むところだった。曹長は脚立《きゃたつ》に板を渡しただけの間に合わせのテーブルに座を構え、ハワードたちはその前に並ばされた。

曹長は冷ややかに一同を見渡した。「ゲーベン・ズィ・ミア・イーレ・レギティマツィオンパピーレ」

ハワードはわずかながらもドイツ語を解《かい》したが、ほかはまるで通じなかった。ぽかんと見返すばかりの彼らに苛立って、曹長は声を張り上げた。「カルト・ディダンティテ、身分証明書」

フォッケとニコルはフランスの身分証明書を差し出した。曹長は無言でそれをあらため、きっと顔を上げた。ハワードは勝ち目のない勝負を投げる態度で、イギリスのパスポートをテーブルに押しやった。

曹長はにやりと口を歪め、パスポートを手に取って、仔細らしく検分した。「ほう。エングレンダー。イギリス人か。ウィンストン・チャーチル」

曹長は子供たちを睨《ね》め回し、聞き取りにくいフランス語で身分証明書の呈示を求めたが、ないとわかると、それ以上はこだわらなかった。

ドイツ語の命令が飛んで、一同は身体検査を受け、有り金から、時計、ペンナイフ、果てはハンカチに至るまで、所持品を残らず没収された。それが済むと、各自毛布一枚をあてがわれ、藁のマットレスがいくつかあるだけの部屋に閉じ込められた。角材で塞がれた窓の外には番兵が立っていた。

ハワードはフォッケに向き直った。「こんなことになってしまって、何とも申し訳ない」このフランス青年がひとかけらの報いも得ずに逮捕されたことが心苦しかった。

若い漁師は悟りきった顔で肩をすくめた。「ドゴールんとこへ行って、一働きしたかったけどな。まあ、またの機会もあるだろうさ」彼はごろりと横になり、毛布を引きかぶって寝たふりをした。

ハワードとニコルはマットレスを二組敷いて、それぞれに、男と女を分けて子供たちを寝かし付けた。マットレスは一枚しか残らなかった。

「どうぞ、寝て下さい」ハワードは言った。「私はおちおち寝られそうもないから」

ニコルは頭をふった。「私もです」

しばらく後、二人は足を投げ出して、並んで壁に凭《もた》れ、格子で塞がれた窓の外を眺めやった。室内はすでに暗かったが、星明かりが微かに港を照らし、海は残光を湛《たた》えていた。空気はまだ暖かだった。

ニコルは言った。「明日は尋問されますね。何を言えばいいのかしら」

「答は一つ。本当のことを言うしかないな」

彼女はじっと思案した。「アルヴェールを巻き込まないようにしなくては。ルーデアックや、カンタンにも迷惑はかけたくないし」

ハワードはうなずいた。「まず、着ているものの出どころを訊かれる。あなたが提供したことにしてもらえるかな」

彼女は請け合った。「いいですよ。フォッケとは前からの知り合いで、私が頼んで用意してもらったことにしましょう」

ニコルはうとうとしかけた青年を揺り起こし、一心に趣意を伝えた。フォッケが投げやりにうなずくのを確かめて、彼女はハワードの隣へ戻った。

「もう一つ」老人は言った。「マリヤンのことだけれども。途中で、迷子になっているのを見かけて連れてきた、というのはどうだろう」

「シャルトルへいらっしゃる前ですね。マリヤンには私から話します」

ハワードは安心できなかった。「ほかの子供たちに聞き合わせをされなければいいけれど」

それきり話が跡絶えて、ゆっくりと時間が過ぎた。ニコルは楽な姿勢を探して身じろいだ。

「横になりなさい、ニコル。少し寝た方がいい」

「寝たくありません。ええ、本当に、この方がいいんです」

「いろいろ考えているのだがね」

「私も」

ハワードは暗がりで彼女をふり返った。「とんだ巻き添えで、つくづく申し訳ないと思っていますよ。これだけは避けたかったし、あと一歩でどうにか切り抜けるところだったけれども」

ニコルは肩をすくめて遠慮がちに言った。「そのことでしたら、どうか気になさらないで。私が考えているのは、それとは違うんです」

「というと?」

「フォッケに会った時、私のこと、義理の娘っておっしゃいましたね」

「あそこで何も言わないではまずいからね。まんざら嘘でもなし」

老人は闇の中で、にやりと笑って彼女の目を見た。「違うかな?」

「私のこと、そう思って下さいます?」

「もちろん」ハワードはこともなげに言った。

沈黙は人屋《ひとや》の闇を閉ざして長きにおよんだ。ヴィレムだろうか、子供の一人が寝苦しそうに鼻声を発して身じろいだ。表《おもて》では、歩哨が未舗装の道を行きつ戻りつしていた。

思い出したように、ニコルは言った。「私たち、過《あやま》ちを犯しました。間違いをしたと言うしかありません」彼女は老人に向き直った。「でも、これだけは本当ですけれど、私、そんなつもりでパリへ行ったんじゃありません。ジョンにしたって、それは同じです。はじめから、そんな気持は少しもありませんでした。お願いですから、ジョンを責めないで下さい。どちらの落ち度でもないんです。それに、その時は間違いとも思えなかったし」

ハワードの意識は五十年前に遡った。「わかるよ。たいていは、そうしたものでね。後悔はしていないね?」

ニコルは、それには答えなかったが、わだかまりが解けて話を続けた。「ジョンて、本当に悪い人ですよ。約束では、私がパリを案内するはずだったんです。そのためにパリで会ったんですもの。それなのに、いざとなると、教会や、美術館や、画廊なんて目もくれないんです」

彼女は笑いを包みかねていた。「私にしか興味がなくて」

「極めて当然だろうね」ほかに何を言うこともなかった。

「私、本当に困ってしまって。だって、どうしていいかわからないんですもの」

ハワードは声を立てて笑った。「しかし、結局は、心を決めた、と」

ニコルは恨めしそうに言った。「そんな、笑い事じゃありませんよ。でも、ジョンそっくり。ジョンも、こういう時、きっと笑うの」

「一つ聞きたいのだがね、ニコル。ジョンは結婚を申し込んだのかな？」

「イギリスへ帰る前に、パリで結婚しようと言いました。イギリスの法律では問題ないからって」

「うんと言えばよかったのに」内心、首を傾《かし》げながら、ハワードは言った。

ニコルはちょっと口ごもった。「私、お父さまが恐くって」

「私が？」

彼女はうなずいた。「ええ、とても。今から思えばおかしな話ですけれど、その時はそんな気持でした」

ハワードは理解に苦しんだ。「私の何が恐かったのかな？」

「だって、そうじゃありませんか。ジョンが突然、パリで結婚したと言って見ず知らずの女性を連れてきたら、どうお思いになります？　若い者にはありがちなことで、外国で分別を失って、悪い女に引っかけられたなって、きっと、そう受け取って機嫌を悪くなさいますよ。そうとしか思えません」

「はじめはそうだとしても、すぐに考えが変ったろうね」

「今はわかっています。ジョンも同じように言いました。でも、私、冒険はしたくなくて、もう少し慎重にふるまった方が誰のためにもいいのだから、と言いました」

「なるほど。慌てて事をし損ずな、だね」

「いつまでも延ばすつもりはありません。ただ、何もかもきちんとして、胸を張って新生活をはじめたい気持でした。結婚は一生の問題だし、夫と一緒になるだけではなしに、親戚との付き合いも大切ですよね。それに、国籍の違う同士では何かとむずかしい面もあるでしょう。ですから、ジョンの休暇を待って、九月か十月に、今度は私がイギリスへ行くことにしたんです。ロンドンで会って、揃って田舎のお家へご挨拶にうかがって、私の父宛《あて》に手紙を書いていただけば、筋も通るし、形もととのうと思いました」

「そこへ、この戦争か」

ニコルはおうむ返しに言った。「そう、そこへ、この戦争です。私、イギリスへは行かれなくなりました。ジョンがもう一度パリへ来ることはできたでしょうが、休暇どころではないでしょう。それで私、出国許可とヴィザの申請に役所へ日参しましたよ」

彼女は声を落とした。「そうこうするうちに半年近くが過ぎて、飛行中隊から、あの知らせが届いて」

再び長い沈黙が続いた。夜が更けるにつれて寒さが忍び寄った。穏やかな息遣いから、ニコルが板張りの床に坐ったまま寝入っているのがわかった。

やがて、彼女は身じろぐ拍子に姿勢を崩してハワードに寄りかかった。老人は強張った体で起き上がり、半睡のニコルをマットレスに横たえて毛布を掛けた。彼女はじきに深い眠りに落ちた。

ハワードは窓に寄って港を見はるかした。月が上がって、暗く影をなす岩角に波頭が白く砕けた。この先、いったいどうなるのだろうか。老人は子供たちから引き離され、強制収容所送りはまず免《まぬか》れまい。ハワードにとって、それは、すなわち死を意味した。もはや、そう遠いことではない。子供たちのことを思うと暗澹として胸が鬱《ふさ》いだ。収容所送りさえ回避できれば、何としても自由の身でいられるように立ち回らなくてはならなかった。ハワードは、戦争が終るまで、どうにか子供たちの面倒だけは見られよう。シャルトルのどこか、ニコルと母親に近いところに住む場所を確保すればいい。一部屋か、せいぜい二部屋のこぢんまりしたアパートで、子供たちと慎ましく暮せば、金もさしてかかるまい。貧乏は覚悟の上である。かつての安楽な暮しは遠い別世界のことに思えた。

東の空が白んで、いちだんと冷え込みが厳しくなった。ハワードは壁際に戻り、毛布を掻き合わせてうずくまった。いつしか彼も浅い眠りに迷い入った。

朝六時、廊下を踏む兵士らの靴音で目が覚めた。ニコルは先に起きていた。櫛を取り上げられた彼女は、せめてもの身だしなみと、素手で髪をととのえているところだった。狙撃兵がやってきて、全員起床を合図し、洗面所の通路を指示した。

次いで兵卒が粗末な深皿のスープと、パンの塊、それに、苦いコーヒーの大きなポットを運んできた。一同は食事を済ませて、来《きた》るべきことを待った。室内の空気は重苦しく、子供たちも沈滞に呑まれて押し黙っていた。

ノックもなしに、いきなりドアが開いた。前日の曹長が兵卒二人を従えて立っていた。「マルシェ」曹長は言った。「アレ、ヴィット。出ろ！　ぐずぐずするな」

急《せ》き立てられて表に出ると、迷彩を施した箱形のトラックが待機していた。兵卒二人がハワードの一行とともに荷台に乗り込み、ドアを閉じると外から錠がかかった。助手席の曹長が仕切りの小窓から荷台を覗いた。トラックは走りだした。

一同はランニリスで降ろされ、教会の向かいの、窓からハーケンクロイツの旗の垂れた大きな家に連行された。彼らは左右から兵卒に監視されて、廊下に整列した。曹長はすぐ前の一室に入って、後ろ手にドアを閉じた。

そのまま、三十分以上も待たされた。子供たちは、はじめのうちこそ厳《いかめ》しい空気に怯えて、行儀よくおとなしかったが、じきに退屈してもじもじしはじめた。ピエールがか細い声で言った。「広場へ遊びにいってもいい？」

シーラとロニーがすかさず声を合わせた。「一緒に行っていい？」

ハワードは子供たちを制した。「今は駄目だ。もうしばらく、ここにいなくてはいけないからね」

シーラはむずかった。「ここにいるの、いや。お日さまの当たるところに行きたい」

ニコルが傍《そば》に屈《かが》んで話しかけた。「象さんババール、憶えてる？」

少女はうなずいた。

「じゃあ、お猿のジャッコは？　ジャッコは何をしたの？」

シーラはにっと笑った。自分たちだけの大事な秘密を喜ぶ顔だった。

「ジャッコはね、象さんババールのしっぽに摑まって、背中によじ登ったの」

「どうしてそんなことをするの？」

陰気な顔つきの兵卒二人は、わけがわからず、ただ冷ややかに見守るばかりだった。生まれてはじめて外国人に接し、偉大なる国家の威光を誇示するつもりが、捕虜たる女子供は場所もあろうにゲシュタポの公館の廊下で遊び戯れている。虚勢の鎧がほころびて、彼らは言いようのない屈辱を感じた。スポーツ宮殿で総統の演説を聞いた時の感動は何だったのだろうか。彼らが頭に描いていた勝利とは、こんなはずではなかった。

ドアが開くと、兵卒らはばね仕掛けのように踵《かかと》を鳴らして直立不動の姿勢を取った。ニコルはシーラと手をつないで立った。曹長の、気をつけの声を合図に、戦車隊の若い騎兵大尉が姿を見せた。イギリス軍の戦闘服に似た黒の軍服に、鷲と鉤十字に月桂冠をあしらった黒の略帽で、肩口に髑髏と骨十字のアルミニウムの徽章《きしょう》が鈍く光っていた。

ハワードは姿勢を正し、フォッケもポケットから手を出した。子供たちはぽかんと不思議そうに黒ずくめの男を見上げた。

大尉は手帳と鉛筆を構えてハワードに向き直った。「ヴィー・ハイセン・ズィ？　名前は？　苗字と、洗礼名。職業は？」

兵卒の一人が、どうやらそれとわかるフランス語で通訳した。騎兵大尉は一人一人の項目を書き取った。国籍についてハワードは、自身と、ロニーとシーラはイギリス人であることを明かした。偽ったところで意味がない。ヴィレムとマリヤンについては不明と答えた。

黒服の若い将校はいったん部屋に戻り、じきにまた顔を出して、気をつけの号令をかけた。曹長が戸口に現れた。

「フォルゲン・ズィ・ミア！　こっちへ！　ああ、そこでよし。休め！」

一同は長いテーブルの前に並んだ。廊下で彼らを尋問した大尉の隣に年配の男が控えていた。頭は角刈りで、目つきは鋭く、どこか険を帯びた印象だった。拘束衣を着てでもいるようにしゃちこばって、同じ黒服ながら、明らかに騎兵大尉よりも階級が上である。肩紐で吊った黒革の帯剣ベルトは、サムブラウンと呼ばれるイギリス軍の軍装とほぼ同じだった。やがてハワードも知るところとなる通り、男はゲシュタポ警官で、武装親衛隊の大隊指揮官、ディーセン少佐だった。

男は何一つ見逃すまいと、ハワードのブルトン帽から、錆色の汚れた上着、胸当てのある菜っ葉ズボンへ舐めるような視線を這わせた。

「ほう」男は言った。口ぶりはぞんざいだが、完璧な英語だった。「この時期にまだ、フランスを旅行中のイギリス紳士がいたか」彼はわざとらしく言葉を切った。「ニース。モンテカルロ。さぞかし結構な旅だったろう」

老人は答えなかった。嘲りや皮肉に取り合ったところではじまらない。

少佐はニコルに視線を移した。「そっちはフランス人だな」憎悪を剝き出しにした居丈高な物言いだった。「この男のスパイ行為に協力している。休戦協定違反だ。銃殺は免《まぬか》れないものと思え」

ニコルは唖然として少佐を見返した。ハワードが脇から言った。「この人を脅すことはないでしょう。私ら、訊かれれば何なりと事実を話します」

「イギリス人の言う事実に用はない」ゲシュタポ警官は声を尖らせた。「我々は、我々なりに事実を探り出す。完膚《かんぷ》無きまで女を鞭打って、指の爪を残らず引き抜いてでもだ」

ハワードは落ち着いて言った。「何が知りたいのです？」

「女の協力を得るに、いかなる手段をもってしたかだ」

誰かがそっと、それでいて執拗にハワードの袖を引いた。老人が見降ろすと、シーラが小声で要求を訴えた。

「じきに済むから」ハワードは優しく答えた。「ちょっと我慢しなさい」

「我慢できない」シーラは体を揺すった。「早くぅ」

ハワードはゲシュタポの少佐に向き直って下手《したて》に言った。「恐れ入りますが、小さな急用です」彼はローズを指さした。「この子を付けてやってくれませんか。必ずここへ戻るように言って聞かせますから」

戦車隊の若い将校は顔じゅうで笑い、ゲシュタポ警官も、いくらか肩の力を抜いた。騎兵大尉に呼ばれて兵卒は踵を打ち鳴らし、敬礼して、少女二人を連れ出した。

ハワードは言った。「できる限り質問に答えましょう。私はフランスで何をしているわけでもありません。子供たちを連れてイギリスへ帰る途中です。この若い人は、私の亡くなった息子の親しい友だちです。私ども、以前からの顔馴染みで」

ニコルは進んで発言した。「その通りです。イギリス行きの交通の便がなくなって、ムッシュー・ハワードはシャルトルの、私のところへ訪ねて見えました。こちらのフォッケは子供の時分から知り合いで、私からムッシュー・ハワードと子供たちを船に乗せてくれるように頼んだのです。でも、フォッケは、それは禁じられているから困ると言いました」

ハワードは胸のうちで賛嘆を禁じ得なかった。これでニコルが放免されれば、フォッケはこの件にいっさいかかわりがない道理である。

ゲシュタポは唇を歪めて冷ややかに言った。「ミスター・ハワードがイギリスへ帰りたいというのは、疑いのないところだろう。この種の人物にとっては、なかなか居づらくなっているからな」

少佐はいきなり語気を荒らげた。「チャレントンは逮捕したぞ。明日、銃殺だ」

沈黙が室内を閉ざした。ゲシュタポの少佐は眼光鋭く一同を見渡し、ニコルは当惑に眉を寄せた。戦車隊の若い騎兵大尉は無表情のまま、吸い取り紙に落書きをしていた。

ややあって、ハワードは言った。「いかんせん、おっしゃることがわかりかねます。チャレントンという人を、私は知りません」

「知らないか。ならば、コクラン少佐も、ホワイトホールの陸軍省、二階二一二号室も知らないと言うのか」

ハワードは部屋じゅうの視線が自分に集注するのを意識した。「陸軍省には足を踏み入れたこともありません。ましてや、中の部屋など知る由《よし》もありません。コクラン少佐といえば、トトニスの近くに住まいがあったのを知っていますが、その方は一九二四年に亡くなっています。ほかにコクランという人を私は知りません」

ゲシュタポは酷薄な笑いを覗かせた。「信じると思うか?」

「思うも何も、これは事実ですから」

ニコルがフランス語で割って入った。「ちょっと言わせて下さい。これは何かの間違いです。そうとしか思えません。ムッシュー・ハワードはジュラの山奥からいらして、途中シャルトルにお寄りになっただけです。嘘だと思ったら、本人に訊いて下さい」

ハワードはうなずいた。「この人の言う通りです。これまでのことを話しましょうか」

ゲシュタポはわざとらしく腕時計を見ると、まるで興味がない顔で椅子の背に凭《もた》れた。「どうしても話したいと言うなら、三分だけ時間を許す」

ニコルはハワードの腕にすがって思いつめたように言った。「子供たちのことも、どこでどうして一緒になったか話して下さい」

老人はどこから話したものか思案に暮れた。頭の働きが鈍っている老いの身で、これまでの経緯を三分にまとめることはむずかしかった。「四月半ばにフランスへ渡りましてね、パリで一日二日過した後、ディジョンに一泊しました。ジュラの山の中の、シドートンにホテルを予約していまして。少々、釣りを嗜《たしな》むものですから」

ゲシュタポはきっと起き直って吠えるように言った。「魚は何だ? ただちに答えろ!」

ハワードは面食らった。「ブルートラウトです。カワヒメマスがかかることもありますが、まず、めったに食いませんね」

「仕掛けは? ただちに!」

老人は話の糸口を摑みかねて戸惑った。「ええ、私の場合、九フィートの鈎素《はりす》ですが、たいていは流れが速いので、テグスは3xぐらいがちょうど手頃です。もちろん、ウェットフライですが」

ゲシュタポは心なしか態度を和らげた。「フライは何を使う？」

老人は我にもなく興《きょう》に乗った。「ダーク・オリーヴならまず間違いありませんが、大型のブルー・ダンも使い勝手がいい。ジャングル・コックというのもいくつか持っていますが……」

ゲシュタポは邪険にハワードを遮った。「もういい。釣りの講釈を聞いている暇はない」

ハワードは中断したくだりへ戻って、これ以上はないところまで話を端折《はしょ》った。ゲシュタポは引き込まれると同時に、次第《しだい》に疑いの表情を濃くした。ハワードは十分ほどで語り終えた。

ゲシュタポのディーセン少佐はせせら笑う体《てい》にハワードを見据えた。「で、仮にイギリスへ帰れたとして、子供たちはどうする？」

「アメリカへやります」

「なぜ？」

「アメリカは安全ですから。子供たちに、この戦争は酷です。遠ざけてやるに如《し》くはありません」

少佐は老人の顔を覗き込んだ。「結構な話だな。一つ訊くが、子供たちをアメリカへやる費用は誰が負担する？」

「それは、私が持ちますとも」

少佐は蔑《さげす》みを込めてにったり笑った。「アメリカへ行って、子供たちはどうなる？　野垂れ死にか？」

「いえいえ、私の娘がアメリカへ嫁いでいます。戦争が終るまで、子供たちは向こうで預かってもらいます」

「時間の無駄だ。そんな絵空事で人を馬鹿にするな」

ニコルが口を挟んだ。「嘘のように聞こえるかもしれませんが、本当の話です。私、ムッシュー・ハワードと息子さんは前々から知っていますから、アメリカのお嬢さまがどんな方だかよくわかります。アメリカ人は避難民や子供たちに親切だし」

ディーセン少佐は彼女に矛先を転じて、唇をめくり上げた。「ほう。女の口で助け船か。聞くところ、このイギリス紳士の倅《せがれ》と心安かったそうだな。親しい友だちとかで……」

少佐はいきなり怒鳴った。「貴様、そいつの情婦だろう！」

ニコルは昂然と顔を上げて、低く言った。「何と言おうとそちらの勝手です。夕焼けを下品に言うことはできます。でも、夕焼けの美しさは変りません」

しばらく沈黙が続いた。戦車隊の若い将校が何やらゲシュタポに耳打ちした。ディーセン少佐はうなずいてハワードに向き直った。

「日付から言って、ディジョンを素通りしていれば、まっすぐイギリスへ帰れたはずだ。ところが、素通りしなかった。そこに、今の話は穴がある。その先は嘘の積み重ねだ」

少佐は語気を荒らげた。「フランスで何をしていた？　すぐ答えろ！　見え透いた嘘は言うな。どのみち、日が暮れるまでにはしゃべることになる。今ここで話した方が身のためだ」

ハワードはほとほと困惑したが、ちょうどそこへ戻ったシーラを指して言った。「さっきも言った通り、ディジョンでこの子が加減を悪くしましてね。とても動ける状態ではありませんでした」

少佐は怒りに蒼ざめて身を乗り出した。「いいか、もう一度だけ言う。これが最後だ。我々を見くびるな。そんな嘘では子供も騙せない。本当にその気なら、とっくにイギリスへ帰っていたはずだ」

「子供は私の責任です。病気の子供を連れて旅はできません」

「嘘だ、嘘だ、嘘だ」ディーセン少佐は何か言いかけて思い止《とど》まった。騎兵大尉がまたかしこまって少佐の耳元に口を寄せた。

ディーセン少佐は深く椅子の背に凭れた。「我々の好意を拒んで口を割らないと言うなら、それもいいだろう。暗くなる頃には、洗い浚《ざら》いしゃべることになるぞ、ミスター・イギリス紳士。ただし、それまでには痛い目に遭って、満足に目も見えまい。私の部下たちには格好の慰みだ。そっちの女子供には、とくと見物してもらう」

沈黙が一室を圧した。

「用意がととのい次第、呼びにやるから、それまで静かに待つように」少佐はテーブルに乗り出した。「我々の知りたいことを話しておこう。そうすれば、目と耳が役に立たなくとも、しゃべることはわかるからな。貴様が女と子供たちを隠れ蓑にスパイ行為を働いていることは明らかだ。チャレントンと連絡を取り合っていることも見通しだ。今さら聞くまでもない。貴様か、チャレントンのいずれかが、ブレストにおける総統の艦隊視察の情報をイギリスに送った。その結果が、あの空襲だ」

少佐はもったいらしく間を置いて言葉を続けた。「それはともかく、我々としては、今日の午後にも貴様の口から聞く気だが、情報がどのような経路でイギリスに伝わったか、いかにしてコクラン少佐の手に渡ったか、そこが知りたい」彼は唇を醜く歪めた。「さっきの話で、一九二四年に死んだとやらいうコクラン少佐だ。貴様の口から聞きたいのはそれだ、ミスター・イギリス紳士。白状すれば、その場で苦痛から解放される。忘れるな」

ディーセン少佐は曹長に合図した。「連れていけ」

一同は部屋から追い出された。ハワードは、今しも我が身に起こっていることが信じられず、目の前が真っ暗になった。こうしたことがある、と物の本で読み、人から聞いて知ってはいたが、とうてい現実とは思えなかった。強制収容所のユダヤ人が拷問を受ける話も耳にしている。とはいえ、まさか自分がそのような目に遭うとは、思ってもみなかった。言語道断ではないか。

フォッケは一人連れ去られ、ハワードとニコルは子供たちとともに、鉄格子が窓を塞ぐ階下の一室に閉じ込められた。すべてを断ち切るような音とともにドアが閉まった。

ピエールがフランス語で言った。「ここで食事するの？」

ニコルは一言、答えるのがやっとだった。「そうよ、ピエール」

ロニーが尋ねた。「今日の食事は何？」

少年の肩に腕を回して、ニコルは当てもなく言った。「さあ、出されてみないことにはね。あなた、あっちでローズと遊んでいて。私、ムッシュー・ハワードとお話があるから」

ニコルはハワードに向き直った。「どうしましょう。何か妙なことに巻き込まれているんですね」

ハワードはうなずいた。「例の、ブレストの空襲だね。あなたが怪我をした」

「そういえば、アドルフ・ヒトラーがブレストへ来ると、あちこちで噂していました。でも、よくあることで、たいていは誰言うとなく広まった法螺《ほら》だと思って、私、気にもしませんでした」

会話は跡絶えた。鉄格子の窓越しに草茫々《ぼうぼう》の荒れ果てた庭を眺めるうち、ハワードは筋が読めてきた。総統が空爆の目標とあっては、出先のゲシュタポは立つ瀬がない。情報を伝えたスパイを挙げるか、スパイと目される人物のぼろぼろの死体をさらしものにするか、何であれ存在をひけらかすことに躍起であろう。

「いくら責められても、知らないことは話せないからね。どうやら、これで運の尽きだ。私が殺されるようなことになったら、ニコル、子供たちをよろしく頼むよ」

「できるだけのことはします。でも、殺されるなんて、そんな。ひどい目に遭うと決まったわけでもないでしょう。このままでいいはずがないわ」彼女は拳を固めて苛立ちを示した。

ハワードは思案をめぐらせた。「ここは何とか掛け合って、遺言を残すことを考えなくてはならないね。遺言しておけば、戦争が終った時に、イギリスから金が渡る。その金で、家のない子供を養って、学校へ上げてくれればいい。それまでは、できる範囲で子供たちの面倒を見てもらうしかないけれども」

重苦しい時間が過ぎた。正午に当番兵が肉と野菜を煮込んだ鋳物の鍋に小皿を添えて運んできた。子供たちは粗末な食事を貪った。ニコルも少しは口を付けたが、老人は食事どころではなかった。

当番兵が食器を下げて、一同はまたじっと次に起ることを待った。三時に曹長が衛兵を従えて現れた。

「ル・ヴィユウ。マルシェ。そこの年寄り、来い」曹長は言った。ハワードは進み出た。寄り添って行きかけるニコルを衛兵が押し戻した。

老人は足を止めた。「ちょっと待って下さい」ハワードはニコルの手を取って、額《ひたい》にキッスした。「これきりだね。私のことは、気にしなくていい」

曹長らは老人を急き立てて広場に連れ出した。日差しは眩《まばゆ》いばかりだった。時折り車が走り過ぎ、店々では土地の農民が品物を漁っていた。人々の暮しは平素と少しも変りなかった。大聖堂から洩れる単調な聖歌が、物憂い夏の午後の空気をふるわせていた。買い物客の女たちは、衛兵に引き立てられていくハワードを怪訝《けげん》な顔で見送った。

ハワードは別の建物の、一階の部屋に押し込まれた。背後で外から鍵をかける音が冷たく響いた。老人は室内を見回した。

居間風の一室で、フランスの中流家庭によく見られる金箔置きの窮屈な椅子とロココ調の家具が並び、壁には仰々しい金縁の額に入れた低俗な油絵が掛かっていた。鉢植えの棕櫚《しゅろ》と古めかしい写真立て、それに、いくつか置物を飾ったサイドテーブルがあり、部屋の中央にクロスをかけた大きなテーブルが据えられていた。

テーブルに一人の若い男が坐っていた。色白で、髪は黒く、三十にはまだ間がありそうな平服の男だった。男はハワードにちらりと目をやった。

「どなた?」男はフランス語で話しかけた。見知らぬ老人の登場に何を感じるでもない、投げやりな態度だった。

ハワードはその場に立ち尽くして内心の恐怖と戦った。異様な情況は、すなわち危険を意味すると思われた。

「私、イギリス人です」彼は遅れ馳せに答えた。今さら隠したところで意味がない。「昨日、逮捕されました」

若い男は素っ気ない薄笑いを浮かべると、今度はかけらほども訛りのない英語で言った。

「どうぞ、こっちへ来て、おかけ下さい。似た者同士ですね。私もイギリスです」

ハワードはぎくりと一歩後退《あとずさ》った。「イギリス?」

「市民権がありましてね」男は無頓着に言った。「母がウォキングの出で、私はほとんどイギリスで育ちました。父はフランス人で、私も生まれはフランスになっています。父は前の戦争で亡くなりました」

「しかし、どうしてこんなところに?」

若者はハワードを差し招いた。「どうぞ、そこへ」

老人は椅子を引き寄せて、重ねて尋ねた。「ランニリスに、ほかにもイギリス人がいるとは知らなかった。ここで何をしているんです?」

若い男は答えた。「銃殺を待っています」

ハワードは愕然とした。「すると、チャレントンというのは?」

男はうなずいた。「ええ、チャレントンは私です。話は伝わっているようですね」

さして広くもない部屋を長い沈黙が支配した。ハワードは声を失ってふるまいに窮し、見るとはなしに向き合った男の手に目をやった。チャレントンはテーブルの上に左の掌を返して右手を伏せ、拇指《おやゆび》を交差させて、不思議な形で指を組んでいたが、老人の視線に気づいて、すぐにその手を解いた。

彼は小さく溜息を吐いた。

「あなたは、どうしてここへ?」

「子供を何人も連れてイギリスへ帰る途中でしたが……」ハワードはここに至るまでのあらましを語った。若者は双眸に鋭い光を宿して耳を傾けた。

聞き終えて、チャレントンは言った。「そういうことなら、大して心配はいりませんね。フランスのどこかで、晴れて自由に暮せますよ」

「さあ、それはどうかな。向こうは私があなたと通じていると見ているから」

チャレントンはうなずいた。「ああ、案の定。それで、ここで会わせたんです。やつら、もっと血祭りに上げる相手がほしい」

「どうやら、その通りだね」

チャレントンは立って窓際に寄った。「あなたは大丈夫です。証拠がない。あるはずがないですからね。遅かれ早かれ、イギリスへ帰れますよ」

その声にはどこか悲しげな響きがあった。

ハワードは尋ねた。「そう言うあなたは?」

「私ですか? 私は殺されます。証拠を摑まれているから」

俄《にわか》には信じ難かった。ハワードは芝居の一幕を見る思いだった。

「お互い、身動きが取れませんね」きっかけを探って彼は言った。「あなたの方が事態は深刻かもしれない。私には何とも言えません。それはともかく、一つ頼みを聞いてくれませんか」

老人はあたりを見回した。「紙と鉛筆があったら、遺言状を書き直したいのです。証人の署名をお願いできますか?」

チャレントンは首を横にふった。「ドイツ軍の許可なしには何も書けません。仮に書かせてくれたとしても、握り潰されるだけです。私の署名のある文書は、いっさい、イギリスへは届きません。誰かほかの人に頼んで下さい」

ハワードは溜息を吐いた。「そうですか、わかりました」老人はちょっと考えて言い足した。「もし、私がどうにかここを切り抜けて、あなたは解放されないとなったら、何か私で役に立つことはありますか? 誰かに言伝《ことづて》はありませんか?」

チャレントンは皮肉な薄笑いを見せて、きっぱり言った。「ありません」

「私にできることが何かないですか?」

若い男はちらりとハワードをふり返った。「オックスフォードを知っていますか?」

「オックスフォードならよく知っていますよ。あちらですか?」

チャレントンはうなずいた。「オリエルです。あの川を遡ったあたりをよく歩きました。堰《せき》の傍《そば》の、小さな橋の袂《たもと》に、古い石造りのパブがあります。絶えず流れの音が聞こえて、澄んだ水に魚が泳いでいる。周りは一面の花です」

「トラウト・インでしょう、ゴッドストウの」

「そう、トラウトです。知っていますか?」

「知っているどころではありません。始終、行っていたところです。もう、四十年前の話ですが」

「あそこで、私のために一杯やって下さい。壁際の席で、魚を見ながら。かっと暑い夏の日がいい」

「イギリスへ帰ったら、きっと行きましょう」ハワードはけばけばしい内装の煤《すす》けた部屋を見回した。「それはそれとして、本当に、何か言伝はありませんか?」

チャレントンは重ねて首を横にふった。「ありません。仮にあったとしても、ここでは言えません。どこかに必ず、隠しマイクがありますから。ディーセンのやつが聞き耳を立てていますよ。そのために、ここで二人を会わせたんだ。たぶん、マイクはあの絵の裏です」

「本当かな?」

「これほど確かなことはないですよ」

チャレントンはドイツ語で怒鳴った。「時間の無駄だ、ディーセン少佐。この人は、私のことなんて何も知らない」彼は一呼吸置いて、さらに続けた。「言っておくが、今にきっとイギリス軍とアメリカ軍が乗り込んでくる。ドイツ軍はひとたまりもない。イギリスもアメリカも、前の大戦と違って手厳しいぞ。この老人を殺すような真似をしてみろ。少佐は公衆の面前で縛り首だ。死体はほかの殺人鬼どもへ見せしめに、腐るまで吊しっぱなしだ」

彼はハワードに向き直り、こともなげに英語で言った。「これで、飛んできますよ」

老人は動揺を持てあました。「あんなことを言っていいのかな。少佐が気分を害すると、あなたにとっては不利でしょう」

「どうなろうと同じです」若者は言った。「どうせ、こっちは長いことないんだ」

チャレントンの毅然とした態度にハワードは気後《きおく》れを感じた。

「後悔していませんか?」

「ええ、何も」チャレントンは少年のように笑った。「暗殺こそ果たせなかったにしても、アドルフ・ヒトラーをふるえ上がらせてやりましたから」

背後でドアが開いた。ふり向くと、上等兵が兵卒を従えて立っていた。兵卒がハワードにすり寄って、上等兵は声を荒らげた。「来い!」

チャレントンはにんまりハワードを見上げた。「言った通りでしょう。さようなら。どうぞ、お気をつけて」

「さようなら」それ以上は言葉を交す暇もなく、背中を小突かれて老人は部屋を出た。廊下を通りしなにハワードは、別の一室で顔面に朱を注いでいる黒服のゲシュタポを見た。両脇から衛兵に挟まれて陽の当たる広場を戻るハワードの心は重かった。

ニコルと子供たちのところへ帰ると、ロニーが興奮して駆け寄った。「マリヤンがね、逆立ちを教えてくれたよ。僕、もう逆立ちできるんだよ。ピエールも。でも、ヴィレムと女の子はできないんだ。ねえ、ねえ、見て。ほら」

子供たちが競って逆立ちをする騒ぎの中で、ニコルは気遣わしげに言った。「手荒なことはされませんでした？」

ハワードは頭をふった。「私を使って、チャレントンという若い人に口を割らせようとしたよ」老人はその場の模様をざっと掻い摘《つま》んで話した。

「ナチスのやり方だわ」ニコルは眉を曇らせた。「シャルトルでも、そんな話を聞いたことがあります。体を痛めつけるよりは、精神的な苦痛を与えて目的を果たそうとするんですね」

長い午後もやがては暮れた。部屋は狭く、暑苦しく、自由を束縛された子供たちは退屈を紛らす術《すべ》もなかった。することもなく、見るものも、読む本もない子供たちは寄ると触ると喧嘩をはじめ、ニコルとハワードは止めに入るのに忙しかったが、それがために自分たちの不運を託《かこ》つ暇もないことが唯一の救いだった。

兵卒がまた食事を届けてきた。苦いコーヒーと棒状のパンだった。子供たちは食事をしていくらか気が紛れた。空腹を満たせば子供たちはじきに眠くなる。ハワードは食器を下げにきた兵卒にベッドを要求した。

藁のマットレスに、硬い枕と毛布が人数分だけ運ばれ、ニコルとハワードが支度をととのえる頃には、子供たちは草臥《くたび》れて早く寝たがっていた。

夜は時間の経つのが遅く、ニコルとハワードはただマットレスに坐って物思いに耽った。時折り短い言葉を交すほかはほとんど沈黙のうちに夜は更けて、十時頃、二人は上に着たものだけを脱ぎ、毛布を掻き合わせて横になった。

ハワードはよく寝たが、ニコルは眠れなかった。翌朝早く、薄明かりの中で獄屋のドアがけたたましく開いた。制服に身を固めて腰に銃剣を吊り、鉄兜をかぶった上等兵だった。「アウフ！」上等兵はハワードを揺り起こし、服を着るように手真似で指示した。

ニコルは恐怖をあらわに片肘を突いて起き上がった。「私も呼ばれていますか？」フランス語の問いに、上等兵は頭をふった。

ハワードは上着をはおると、薄闇を透かしてニコルをふり返った。「また尋問かな。大丈夫、じきに戻るよ」

彼女は不安を隠してさりげなく言った。「待っています。子供たちのことはご心配なく」

「ああ、頼むよ。オ・ルヴォワール」

ひんやりした夜明けの町を、教会の向かいの、ハーケンクロイツの旗の垂れた建物に連行された。最初に尋問を受けた場所だった。上等兵は二階の奥の、前とは別の一室にハワードを案内した。家具調度から接収前は寝室だったと知れるその部屋は、ベッドを撤去して、今はゲシュタポの執務室だった。

ディーセン少佐が黒の制服で窓際に立っていた。「よう、イギリス紳士。また会ったな」ハワードは答えなかった。少佐はハワードを連れてきた上等兵と兵卒にドイツ語で何やら言い付けた。上等兵は敬礼して立ち去り、兵卒はドアの脇で直立不動の姿勢を取った。灰色の朝の光が冷たく射し込んでいた。

「こっちへ来い」ディーセン少佐は言った。「見ろ。いい庭だろう」

ハワードは窓際に寄った。赤煉瓦の高塀に囲まれて、果樹の生い茂る、手入れの行き届いた庭は古色蒼然として、いかにもハワード好みだった。

「ほう、いい庭ですね」低く答える傍《そば》からハワードは、この裏には罠があると直感した。

少佐は言った。「おまえが助けてやらない限り、同胞、チャレントン君は、間もなくこの庭で死ぬ。スパイ行為の廉《かど》で銃殺だ」

老人は少佐を見返した。「あなたが何と思って私をここへ呼んだかわかりません。チャレントンとは、昨日、一つ部屋で会わされた、あれが初対面です。勇気のある、立派な人だと思いました。あの人を銃殺にするのは大きな間違いです。ああいう若い人は生かしておかなくてはいけない。戦争が終った時、世界の役に立つ人です」

「いいことを言うな。その通りだ。殺すのは惜しい。おまえが協力すれば、死なずに済むぞ。戦争が終るまでは捕虜の身だが、それもう、遠い先ではない。長くて半年だな。それで放免だ」

少佐は窓をふり返った。「見ろ、引かれてくる」

ライフルを携えたドイツ兵が六人、チャレントンを囲んで遊歩道をやってくるところだった。指揮官の曹長はやや後《おく》れて間合いを保ち、チャレントンは両手をズボンのポケットに入れて静かに歩みを進めていた。縄はかけられていず、足取りにはいささかの乱れもなかった。

ハワードは少佐に向き直った。「どうしろと言うんです？　こんなところを私に見せて何になるんです？」

「助けを必要としている同胞を、おまえが救うかどうか、それが見たくてな」

ディーセン少佐は老人に顔を寄せて、声を殺した。「いいか。ほんの一言、しゃべれば済むことだ。おまえたちに害がおよぶことはない。ましてや、戦況に影響しようはずもない。イギリスはすでに命脈尽きているのだからな。チャレントンがフランスで、どうやって情報を摑んだか、摑んだ情報をどうやってイギリスのコクラン少佐に伝えたか、それさえ話せば、処刑はただちに中止する」

少佐は体を引いて言葉を接《つ》いだ。「どうだ？　おまえ、現実主義だろう。有為《ゆうい》の青年を見殺しにしていいのか？　ここで救ってやれば、戦争が終ってイギリスの役に立つ。おまえがしゃべったことは、誰にも知られない。チャレントンは捕虜として拘束するが、一月《ひとつき》か二月《ふたつき》して戦争が終れば自由の身だ。おまえと子供たちは、フランスから出すわけにはいかないが、我々に協力すれば捕虜に取ることはしない。おまえはあの若い女とシャルトルでひっそり暮せばいい。

秋には戦争も終る。そうすれば、イギリスへ帰れる。それまでには、イギリスの諜報組織は雲散霧消して、この件で査問を受ける気遣いはない。おまえは痛くも痒くもないし、おまけに、あの若いのの命を救えるんだ」少佐はまた顔を寄せて、猫撫で声で言った。「ほんの一言でい い。どうやって情報を送った？　おまえがしゃべったことは、チャレントンにも内緒にしてやる」

老人は真っ向から少佐を見据えた。「言えません。正直、私は何も知りません。私には、まったくかかわりのないことです」知らないと言い張れるのは、いくらか気が楽だった。チャレントンの諜報活動について多少とも知っていたら、情況は深刻この上ない。

ディーセン少佐は一歩下がって声を歪めた。「たわけたことを言うな。俺は信じない。おまえは自分の国の諜報員に、必要な支援を与え得る立場だ。外国旅行者なら、それくらいは当然だろう。人を馬鹿にする気か」

「ドイツ人旅行者の場合はそうかもしれませんが、イギリスの一般の旅行者は、諜報活動とはいっさい無縁です。誓って言いますが、私はあの人の力になることを何一つ知りません」

少佐は唇を嚙んだ。「どうやら、貴様もスパイだな。変装してフランスに潜り込んだ。これまでの足取りは摑まれていない。気をつけろ。おまえ、チャレントンと同じ運命を辿ることになるぞ」

「たとえそうなったとしても、そちらの尋ねには答えられません。私は何も知りませんから」

ディーセンは窓の外に目をやった。「もう時間がない。あと一、二分だ。考え直すなら今のうちだぞ」

ハワードは庭を見降ろした。チャレントンは李《すもも》の木に近く、塀に背を向けて立っていた。すでに後ろ手に縛られ、曹長が赤い目隠しをしようとするところだった。

ディーセンは重ねて言った。「誰にも知られはしない。今ならまだ救えるぞ」

「あなたの言うようにはなりません」老人は頭をふった。「私は情報を持っていません。それはともかく、銃殺は間違いです。長い間には、あなた自身のためにもならないでしょう」

ディーセンはいきなりハワードに詰め寄り、顔をすりつけんばかりにして声を荒らげた。

「あいつ、貴様に情報を渡したな。貴様、利口ぶっているが、俺の目はごまかせない。トラウト・イン。ビール。花。魚。人を馬鹿にするな！　あれは何の意味だ？」

「言葉通りですよ。思い出の場所というだけのことです」

少佐は苦々しげに顎を引くと、吐き捨てるように言った。「嘘をつけ」

庭では曹長が目隠しをし終えてチャレントンから離れ、六人の射撃手は十ヤードほどの間合いで横一列に並んだ。曹長の号令で、射撃手らはライフルを装塡《そうてん》した。

「これ以上、引き延ばす気はないぞ」ディーセンは言った。「若いのの命を助けるために、何か言うことはないか？」

老人は首を横にふった。

曹長が庭から窓を見上げた。ディーセンは腕を一振りした。曹長は向き直り、姿勢を正して鋭く号令を発した。チャレントンが李の木の下に頽《くずお》れるのを老人は見た。若者の体は、一瞬、小さく引き攣って、それきり動かなくなった。

ハワードは吐き気を催して目をそむけた。ディーセンは部屋の中央に戻った。戸口の兵卒は棒を呑んだように立ったまま微動だにしなかった。

「おまえの話を信じていいものかどうかわからないが」ややあって、ディーセン少佐は重苦しく口を開いた。「スパイだとすれば見上げたものだ、とだけは言えるな」

「私はスパイではありません」

「ならば、この国で何をしていた？　フランスの百姓に化けて、何を嗅ぎ回っていた？」

「もう何度も言ったでしょう」ハワードはほとほとうんざりした。「子供たちをイギリスへ連れていくつもりでした。身寄りに預けるか、アメリカへやるかするためです」

ディーセンはがなり立てた。「嘘だ、嘘だ！　貴様、口を開けば嘘を言う。イギリス人はみな同じだ。驢馬《ろば》のように頑《かたく》なだ！」少佐は老人の前に顔を突き出した。「どいつもこいつも罪作りだ！」彼は窓越しに庭を指さした。「その気があれば避けられたにもかかわらず、貴様、あの若いのを見殺しにしたな」

「いくら私が止めても、銃殺は阻《はば》めなかったでしょう。あの青年を殺したのはあなただ」

ディーセン少佐は表情を曇らせた。「俺は殺したくなかった。殺さざるを得なくしたのはあいつ自身だ。あいつと貴様、二人して俺を追いつめた。この責任は、貴様たち二人にある。俺から選択の道を奪ったのだからな」

沈黙しばしの後、ディーセンは言った。「いつの場合も、イギリス人は虚偽と謀略で我々を陥れてきた。チャーチル。チェンバレン。やつらが煽動、挑発を繰り返して、ドイツを戦争へ駆り立てた。貴様も、つまりは、そういうイギリス人だ」

ハワードは黙ってこれを聞き流した。

ディーセン少佐は気を取り直すように部屋を横切ってテーブルに坐った。

「その、子供たちをアメリカへやるという話だが、俺は天から信じない」

老人は疲労困憊して、無表情に答えた。「何と言われようと仕方のないことですが、私は本当にそのつもりでした」

「アメリカに嫁いだ娘に子供たちを預ける考えだった、ということか？」

「ええ」

「アメリカの、どこだ？」

「ロングアイランドの、コーツハーバーというところです」

「ロングアイランドか。金持ちの多いところだな。娘は大金持ちか？」

「娘の連れ合いは、アメリカの実業家です。ええ、娘は裕福に暮しています」

少佐は信じられない顔で言った。「そんな金持ち女が、道端で拾われてきた汚らしい子供たちを大勢引き受けて世話すると聞かされて、俺が真《ま》に受けると思うのか？」

「私の娘なら、不思議はありません」彼はちょっと考えて言葉を足した。「わかりませんか。アメリカ人は、人助けをすることに熱心です。アメリカ人が、戦火に追われてヨーロッパを逃れた難民の子供たちを受け入れるとしたら、それは自分たちのしていることに意義を感じるからでしょう。事実、大いに意義のあることです」

ディーセン少佐は探るような目でハワードを見た。「アメリカへ行ったことは？」

「ほんのしばらく」

「ホワイトフォールズを知っているか？」

ハワードは首を傾《かし》げた。「よくある地名ですが、さぁて……。州は、どこですか？」

「ミネソタだ。ロングアイランドからは遠いか？」

「ミネソタというと、中部ですね。一千マイルはありましょうか」話の筋道が妙な方へ向きはじめて、老人は釈然としなかった。

少佐は言った。「ところで、あの女だが。あれも一緒にアメリカへやるのか？　立ち入ったことを訊くようだが、あれもおまえの子供か？」

ハワードは首を横にふった。「行ってくれるといいのですが、フランスを離れる意思はありません。父親は、現在、ドイツ軍の捕虜です。残された母親がシャルトルにいます。一緒にイギリスへ行くように誘いましたが、うんと言いません。ドイツ軍に睨まれる筋はないはずです」

少佐は肩をすくめた。「それは、見方の問題だ。おまえにとっては協力者だからな」

ハワードは、またもや、げんなりした。「何度でも言いますが、私はスパイ行為なんぞ働いていません。信じてもらえようと、もらえまいと、この二週間、私が何をしてきたかといえば、ただ子供たちの安全を考えていただけです」

二人は睨み合った。

「子供たちをイギリスへ渡して下さい」老人は声を落とした。「フォッケの船で、プリマスへ行かせて下さい。マドモアゼル・ルージュロンが、子供たちを連れてアメリカへ行けるようにして下さい。これが聞き届けられるなら、何なりと、そちらの望み通りに白状しましょう」

ディーセン少佐は憤怒の眼《まなこ》でハワードを見据えた。「ふざけるな。貴様のその一言は、わがドイツ帝国に対する侮辱である。我々を、品性下劣なロシア人と同列と侮《あなど》って、取引を持ちかける気か！」

ハワードは答えなかった。

ディーセンは席を立って窓際に寄った。「俺はどうも、おまえが理解できない。今の話を聞く限りは、どうしてなかなか、肝が太いな」

ハワードは力無く笑った。「いや、それは違う。ただ、年を取っているだけです。ここでどんな目に遭おうと、失うものは何もない。それだけ辛苦を味わってきたということです」

ディーセン少佐は言い返さず、兵卒にドイツ語で命令した。ハワードは獄屋に戻された。

11

ハワードの顔を見て、ニコルは心から安堵した。この一時間、子供たちにまとわりつかれながらハワードの身の上を案じて、彼女は居ても立ってもいられない気持だった。「今度は何でしたの？」

ハワードは草臥《くたび》れきって肩を落とした。「チャレントンという青年が銃殺された。それから、またしつこい尋問だよ」

彼女は老人を労《いたわ》った。「少しお休みになるといいわ。もうじきコーヒーが来るでしょうから、それでいくらか楽になりますよ」

ハワードは丸めたマットレスに腰を降ろした。「ニコル。ゲシュタポは私を残して、子供たちだけイギリスへやるのではないかと思う。その時は、連れていってくれるかな？」

「私が？　一人で、子供たちをイギリスへですか？　それは、とうてい無理ですよ、ハワードさん」

「できれば行ってもらいたいのだがね」

彼女はハワードの隣に坐った。「子供たちのためですか？　それとも、私のためかしら？」

すぐには答えにくい質問だった。「両方だね」

ニコルは筋道を立てて言った。「イギリスには、お知り合いとか、子供たちの親類とか、頼れる方が大勢おいででしょう。手紙一本、持たせてやれば、子供たちは大人が付いていなくても大丈夫です。でも、私は……前にも言いましたけれど、今の私は、イギリスへ行ったところで何の役にも立ちません。私はフランス人です。両親は、このフランスで辛《つら》い目に遭っていま す。私、フランスを離れるわけにはいきません」

ハワードは力無くうなずいた。「そういう返事だろうと思ってはいたけれども」

三十分ほどして、ドイツ軍の兵卒が二人がかりでテーブルを運んできた。彼らは狭い入口から苦労してテーブルを担ぎ込み、部屋の中央に据えると、さらに椅子を八脚、数学的な精度でその周りに配置した。

ニコルとハワードは驚きのあまり声もなかった。囚われの身となって以来、食事はすべて床のボウルから手にした皿に取り分けて済ませていた。この待遇の変化は気味悪く、何やら訝《いぶか》しげだった。

兵卒が引き上げるのと入れ違いに、明らかに近所のカフェから出向いたとわかる、小柄なフランス人のウェイターが料理を運び込んだ。ドイツ兵が一人、背後から無言の威圧をもってウェイターを監視した。ウェイターはおどおどとテーブルクロスを広げて、食器を並べた。大きなポットに熱いコーヒーと、これも熱くしたミルクの壺、焼きたてのパンにバターと砂糖、大皿に山盛りのソーセージというもてなしだった。並べ終えると、ウェイターは肩の荷を降ろした顔でそそくさと立ち去った。ドイツ兵は眉一つ動かすでもなく、部屋を出て静かにドアを閉じた。

子供たちは勢い込んでテーブルを取り巻いた。ハワードとニコルはみなを椅子にかけさせて、食事の面倒を見た。ニコルはそっと老人の顔を窺った。

「大した変り方ですね。どういうことかしら?」

ハワードは頭をふった。彼にもわからないことだった。

口には出さなかったが、これはまた何かを引き出すための、新手の企みと思われた。ハワードは脅しに屈しないと知って、懐柔に出る魂胆であろう。

子供たちは瞬《また》く間に皿のものを残らず平らげ、満足してテーブルを離れた。しばらくして、最前の小柄なウェイターが、同じ見張りの兵に付き添われて立ち戻り、テーブルを片付けて物も言わずに出ていった。ドアは開け放ったままだった。

衛兵の一人が戸口に顔を覗かせて言った。「ズィ・ケネン・イン・デン・ガルテン・ゲーエン」ハワードはどうにか、庭に出てよし、の意味を解《かい》した。

建物の裏手は、老人が朝方ゲシュタポの部屋から見たと同じような、高い煉瓦塀に囲まれた庭だった。狭い部屋に閉じ込められて鬱屈していた子供たちは、歓声を上げて走り出た。ハワードとニコルは首を傾《かし》げながら後に続いた。

この日もよく晴れて、すでに表《おもて》はかなり暑かった。ほどなく、ドイツ兵が二人、肘掛け椅子を持ち出して、木陰の中央に正しく置いた。「ゼッツェン・ズィ・ズィッヒ。これへかけて」

ニコルとハワードは無言のまま、あたりを憚《はばか》る体《てい》に並んで腰を降ろした。兵士らが姿を消すと、代って銃剣付きのライフルを携えた兵卒が、庭にただ一ヶ所の出入口を塞いだ。兵卒はライフルを塀に立てかけ、無表情に休めの姿勢を取ると、それきり身じろぎもしなかった。何とも怪しげな雲行きである。

ニコルは言った。「どうしてこんなことをするのかしら？　何か狙いがあると思いません？」

「さあてね。今朝方、もしかすると行けるかもしれない、とふと思ったがね。少なくとも、子供たちだけはイギリスへやってもらえるのではないかという気がしたけれども、だといって、なぜこうやって涼しい木の下で休ませてくれるのか、理由はわからない」

ニコルは声を落とした。「罠ですよ、きっと。何か聞き出そうとして、おためごかしですよ」

ハワードはうなずいた。「だとしても、閉じ込められているよりは、この方がはるかに有難いね」

ポーランド人の少年、マリヤンは大人たちに劣らず懐疑的で、芝生に坐り込んだきり、むっつり黙りこくっていた。捕らえられて以来、彼が口をきくことは稀だった。ローズも落ち着かず、脱出の機を窺うかのように、塀を見上げて庭を行ったり来たりした。年下の四人、ロニーとピエール、ヴィレムとシーラは何の不審も懐《いだ》かず、駆けずり回って遊び戯れ、かと思えば、小さくかたまり、指をしゃぶって兵卒を見上げた。

ニコルがふと見ると、老人は肘掛け椅子で寝入っていた。

獄屋で食事をするほかは、終日、庭で過した。食事は昼も夜も、ドイツ兵の監視下であの小柄なフランス人が黙々と給仕した。本職のあしらいで、味といい、量といい、申し分ない食事だった。夕食が済むとドイツ兵がテーブルと椅子を片付け、休むように指示した。ニコルとハワードはマットレスを敷いて子供を寝かし付けた。

二人もじきに横になった。

うとうとしかけるところへ、ノックもせずにドアを開けて、ドイツ兵が寝入り端の老人を揺り起こした。「コメン・ズィ。シュネル。ツア・ゲシュタポ。至急、ゲシュタポまで」

ハワードは、またかと思いながら、暗がりで身支度をととのえた。ニコルは枕から頭を上げた。「何かしら？　私も行きましょうか？」

「いやいや、用があるのは私だけだから」

彼女は腹立たしげに言った。「何だってこんな時間に」

ドイツ兵に急《せ》かされて、ハワードはニコルをふり返った。「心配はいらないよ。どうせまた、くどくどと尋問だ」

ハワードが連れ去られてドアが閉まった後の暗がりで、ニコルは身ごしらえをととのえ、眠っている子供たちの間に坐って不安と焦燥のうちに時間が過ぎるのを待った。

ハワードは最初に尋問を受けた部屋に通された。ゲシュタポのディーセン少佐が待ち受けていた。デスクに空《から》のコーヒー茶碗がそのままで、室内には葉巻の烟《けむり》が立ち込めていた。ハワードを連れてきたドイツ兵がしゃちこばって敬礼し、少佐は一言それに応《こた》えた。兵士が立ち去って、部屋にはハワードとディーセンの二人きりになった。

真夜中を少し回ったところだった。窓は灯火管制の毛布で塞がれていた。

少佐は壁際に立ったハワードを見上げた。「よう、また会ったな、イギリス人」少佐は抽斗《ひきだし》から黒光りのする大型の自動拳銃を取り出し、弾倉をあらためると、遊底を引いて銃弾を薬室に送り込み、目の前のデスクパッドに横たえた。「我々のほかは誰もいない。見ての通り、私はみだりに危険を冒さない」

老人は微《かす》かに頰をほころばせた。「私のことなら、心配無用です」

少佐は言った。「おそらくはな。が、そっちは大いに用心した方がいい」

一呼吸置いて、少佐はおもむろに口を切った。「あれこれ考えたが、結論として、イギリスへ帰すことにした、と言ったら、どう思う？　え？」

ハワードは心臓が躍《おど》り上がったが、すぐに冷静を取り戻した。何か裏がありそうだった。

「子供たちを連れていけるなら、これほど有難いことはありませんが」

「例の女もか？」

ハワードは首を横にふった。「あの人は行かないでしょう。フランスに残ると言っていますから」

ディーセン少佐はうなずいた。「我々としても、その方が都合がいい」少佐は胸に一物《いちもつ》ある顔で言葉を続けた。「今、有難いと言ったな。口先だけなら何とでも言える。イギリスへ帰って、子供たちをアメリカへ送れるようにしてやったら、一つ、こっちの頼みを聞いてくれるか？」

「事と次第《しだい》にもよりますが」

少佐はかっと怒った。「取引する気か！　イギリス人は必ずだ！　親切心を見せればすぐつけ上がる！　足下を見るとはもってのほかだぞ、ミスター・イギリス紳士！」

老人は引き下がらなかった。「そちらの頼みとは何か、それがわからないことには返事のしようがありません」

「なに、面倒なことではない……」

二人は睨み合った。

少佐はデスクの上で拳銃を玩《もてあそ》びながら、慎重に言葉を選んだ。「ここに一人、アメリカへ行かせたい人物がいる。ただ、表沙汰にはいたしかねる。子供たちに交《ま》じって行かれるならば、当人のためにも、それが何よりだ」

少佐は見せつけがしに拳銃を摑んだ。

ハワードはデスクを隔てて真っ向からディーセンを見つめた。「工作員をアメリカへ送り込むのに、子供たちを隠れ蓑に利用するというのであれば、はっきり断《ことわ》ります」

少佐の指が引き金にかかるのを、ハワードは見た。ディーセンは怒りに蒼ざめていた。たっぷり三十秒、二人は睨み合ったまま身じろぎもしなかった。

ディーセン少佐が先に緊張を解いて、苦々しげに言った。「どこまで人を怒らせる気だ。実にどうも、恐れ入った強情者だな。こっちは友好を呼びかけているのに、そうやって頭から疑ってかかられたら、話ができないぞ」

ハワードは答えなかった。必要以外のことを言ったところで何の意味もない。

「いいか」ディーセンは言った。「その固い頭で、ようく考えろ。アメリカへ行くのは工作員などではない。幼い女の子だ」

「女の子?」

「今年、五つになる女の子だ。亡くなった兄の子供だ」

少佐はデスクの上で、ハワードにぴたりと拳銃を擬した。

ハワードは言った。「ちょっと待って下さい。あなたは私に、ドイツ人の女の子を一人、子供たちみんなと一緒にアメリカへ連れていけというんですね?」

「その通り」

「いったい、その子は誰で、アメリカのどこへ行くんです?」

「子供が誰かはすでに話した。私の兄、カールの娘。名前はアンナ・ディーセン。今、パリにいる」

少佐は躊躇《ためら》いがちに、肉親のことを話した。「私は、兄弟が二人いる。上の兄、ルパートは前の大戦に出征して、その後、アメリカへ渡った。今、ホワイトフォールズで商売をしている。食料雑貨の店を営《いとな》んで、市民権を持つ歴としたアメリカ人だ」

「ほう」ハワードはまともにうなずいた。

「次兄のカールは、第二機甲師団第四戦車連隊中尉だった。何年か前に所帯を持ったが、これが旨《うま》くいかなかった」少佐はちょっと言い淀み、迷いをふり捨てるように早口になった。「結婚相手が生粋《きっすい》のアーリア人でないとなると、何かと不都合が生ずる。それが因《もと》で、いろいろあって、妻とは死に別れた。そのカールも、今はこの世にない」

ディーセンは心惜しげに口をつぐんだ。「それはお気の毒に」ハワードは静かに言った。その気持に嘘はなかった。

ディーセンは恨みを宿す目でハワードを見た。「卑怯なイギリス兵の手にかかって、カールは死んだ。イギリス軍を追って、アミアンから海峡方面へ進撃の最中だった。沿道は避難民でいっぱいだ。カールは人波を分けて戦車を進めようとした。イギリス兵が難民の群に紛れているとは知らなかったのだな。イギリス兵はガソリンの壜を投げて、砲塔から流れ込んだところへ火を放った。カールはハッチから飛び出したが、投降する暇もなく撃たれて死んだ。投降する意思だったことはイギリス兵も知っていたはずだ。炎上する戦車に閉じ込められては、手も足も出ない」

ハワードは言葉に窮した。

「というわけで、アンナは孤児だ。アメリカへ行って、ルパートのもとで暮した方がいい」

「五歳、でしたね？」

「五歳半だ」

「わかりました。喜んで引き受けましょう」

ディーセンはハワードの顔を覗き込んだ。「イギリスに着いて、子供たちはすぐに発《た》てるか？　アメリカへ行くのは何人だ？　全員か？」

ハワードは頭をふった。「いや、それはどうですか。三人は間違いなく行きますが、六人のうち二人はイギリス人、もう一人はフランス人の子供で父親がロンドンにいます。この三人がアメリカへ行くかどうか、この場では何とも言えません。いずれにせよ、行くと決まっている三人は、一週間以内に送り出すつもりです。つまり、その、イギリスへ帰れたらの話ですが」

ディーセンはうなずいた。「ぐずぐずしている暇はないぞ。六週間後には、ドイツ軍はロンドンに侵攻する」

少佐は期するところある顔で言葉を接《つ》いだ。「この戦争の帰趨《きすう》に関して、仮にも我々が確信を欠いていると思うな。我がドイツ軍は、フランス同様、イギリスも占領する。我々の前に敵はない。が、英連邦相手の戦争はまだ長引く。戦争が続けば、フランスばかりかドイツでも食糧事情は悪化する。子供のためにはよくない。それで、アンナを中立の国へ行かせてやりたいのだ」

ハワードはうなずいた。「わかりました。そういうことであれば、一緒に連れていきましょう」

ディーセンは目を眇《すが》めて老人を見据えた。「裏切りはなしだぞ。いいか、マドモアゼル・ルージュロンは我々の手中だ。シャルトルの母親のもとへ帰すが、ルパートからアンナが無事着いたと連絡があるまで監視するから、それを忘れるな」

「人質ですね」老人は動じなかった。

「人質だ」少佐は昂然と肩をそびやかした。「もう一つ言っておく。万一このことが洩れたら、あの若い女は強制収容所だ。イギリスへ帰って、あることないこと言い触らすような真似はさせないから、そう思え」

ハワードは咄嗟《とっさ》に考えをめぐらせた。「それについては、こちらにも一言あります。もし、マドモアゼル・ルージュロンがゲシュタポに虐待されているという噂を耳にしたら、私はこのことをイギリスじゅうに宣伝します。ドイツ語放送で、名指しであなたに抗議します」

ディーセンは色をなした。「脅迫する気か！」

老人は微《かす》かな笑いを浮かべた。「脅迫だの、裏切りだの、もうそんな話は止《よ》しましょう。今はお互いが頼りです。その意味では、五分と五分です。姪御さんは、この私が責任を持って預かります。新鋭の大型飛行艇クリッパーに乗せてでも、無事、ホワイトフォールズへ送り届けましょう。その代り、マドモアゼル・ルージュロンについては、あなたの責任で、指一本触れさせないと約束して下さい。これなら、双方にとって不足はないはずです。了解が成り立ったところで、円満に別れましょう」

ディーセンは正面からハワードを見つめて、沈黙はやや長きにおよんだ。「脱帽だ。大した知恵者だな、ミスター・イギリス紳士。結局、すべて思い通りだ」

「それはお互いさまでしょう」

ディーセンは拳銃を置いて、傍《かたわ》らの用箋に手を伸ばした。「イギリスの住所は？　八月に、ロンドンに入城したら、こっちから連絡する」

出国の細かい段取りを打ち合わせて、十五分後、ディーセン少佐は席を立った。「いっさい、口外無用だぞ。明日の夜、暮れきってから移動だ」

ハワードは請け合った。「大丈夫、誰にも言いません。ただ、これだけは伝えておきますが、はじめから、姪御さんは引き受けるつもりでした。断《ことわ》ることなど思いも寄りません」

少佐はうなずいた。「それはよかった。断ると言われたら、私はその場で撃ったはずだ。腹のうちを知られた上は、生きてこの部屋から出すわけにはいかない」

彼は取って付けたように会釈した。「アウフ・ヴィーダーゼーン」極まり悪げに言って、少佐はデスクの呼び鈴を押した。ハワードは兵卒に付き添われて、寝静まった月明かりの道を獄屋に戻った。

背後でドアが閉まるのを待ちかねたように、ニコルはハワードに駆け寄った。

「何でしたの？　乱暴されませんでした？」

ハワードは彼女の肩に手をやった。「心配はいらない。何もされなかったよ」

「じゃあ、何があったんです？　呼ばれた理由は何ですか？」

二人は向き合ってマットレスに腰を降ろした。銀色の月の光が斜めに射し込み、遠く微かに飛行機の爆音が聞こえていた。

「実はね、ニコル。何があったか話すわけにはいかないけれども、一つ、これだけは言える。今から私の言うことは、右から左へ忘れるように。いいね。これからは、何もかもいい方へ動く。近くイギリスへ発てるよ。子供たちみんな、もちろん、私もだ。あなたはシャルトルへ帰って、お母さんの傍《そば》で暮せる。ゲシュタポに付け回されることもない。もう大丈夫だ」

ニコルは息を呑んだ。「でも、どうして……？　どこでどういう話になったのかしら？」

「それは言えない。これ以上、話すわけにはいかないのだよ、ニコル。ただ、今の話は信じてくれていい」

「お疲れなんじゃありません？　どこかお悪いの？　今おっしゃったことは本当で、でも、どうしてそうなったかは、私が知ってはいけないんですか？」

ハワードはうなずいた。「明日か、明後日には、ここを出られるだろうね」老人の自信に満ちた口ぶりに、ニコルもようよう安心した。

「よかった。夢みたい」彼女は半ば独り言のように言った。

しばらくは会話が跡絶えた。ほどを経《へ》て、ニコルは言った。「お帰りを待ちながら、暗い中で、いろいろ考えました」淡い月影を透かして、ハワードは彼女が顔をそむけているのを見た。

「この子たち、大きくなったら何になるだろうかと思って。ロニーはきっとエンジニアですね。マリヤンは軍人。ヴィレムは、そう、ヴィレムは弁護士かお医者さんではないかしら。ローズは間違いなく、いい母親になるでしょう。シーラも子供を産むでしょうけれど、もしかすると、職業婦人になってばりばり仕事をするようになるかもしれませんね。それから、ピエール。あの子は何だと思いますか？　私、ピエールはきっと芸術家になって、時代の先頭に立つだろうと思います」

「なるほど、それぞれ、よく当たっているね」

ニコルは静かに言葉を続けた。「ジョンが亡くなってから、私、すっかり塞ぎ込んで、自分でも立ち直れないのではないかと思うくらいでした。世の中、何も信じられなくて、何もかも、すべて狂って、歪《いびつ》で、愚劣な気がして……。神までが滅び去って、世界はヒトラーの手に委ねられたのかとさえ思うほどでした。この子たちも不幸な目に遭うのかと思うと、とても悲しくて」

ハワードは黙って先を待った。

「でも、今になって本当のことがわかってきたように思います。ジョンと私、あの一週間を除いては、幸せにはなれない定めだったのではないかしら。間違いを起こしたのも、因縁ではないかという気がします。ジョンと私を介して、この子たちがヨーロッパから逃れて平和に育つことができるように」

彼女はいちだんと声を落とした。「ジョンと私の出会いはこのために用意されていたんだと思います。今から三十年もすると、きっと世界はこの子たちの誰かを必要とするようになるでしょう。ロニーかもしれないし、ヴィレムかもしれません。あるいは、ピエールか誰か、きっと世界のために立派な仕事をする人になると思います。だとしたら、それは、私がジョンをパリに案内して、二人が愛し合ったからこそです」

ハワードは暗がりでニコルの手を取ると、すぐには離しかねて、そのまま長い時間が過ぎた。明け方近く、二人はそれぞれのマットレスに身を横たえたが、ついに一睡もしなかった。

翌日も、前の日と同様、あらかたは庭で過した。子供たちは変化に乏しい囚われの暮しに飽きて落ち着きを失いかけていた。ニコルが子供たちの世話に追われる間、ハワードは終日、木陰の肘掛け椅子で微睡《まどろ》んだ。六時に夕食が出て、それが済むと、前日のウェイターがテーブルを片付けた。

ハワードとニコルがマットレスを延べにかかると、上等兵がそれを押し止《とど》めて、やっとのことに、出立する旨《むね》を伝えた。

ハワードが行く先を尋ねると、何も知らされていないと見えて、上等兵は曖昧に肩をすくめた。「ナハ・パリス?」

三十分後、一同は目隠しで窓を塞いだ有蓋トラックに乗せられた。ドイツ軍の兵士二人が一緒に乗って、トラックは走りだした。ハワードは行く先を聞き出そうと試みたが、兵士らは打ち解けなかった。二人の会話に耳を傾けるうち、兵士らは休暇でパリへ行くらしく、その傍《かたわ》ら、捕虜の警護を申し付けられていることがわかった。してみれば、上等兵が首を傾《かし》げながら、パリではないか、と言ったのは見当違いでもなさそうだった。

トラックに揺られながら、ハワードはそのことをそっとニコルに伝えた。トラックは海岸を離れ、昼の温もりを残す薄暮の並木道を内陸へ向かった。

町はずれにかかって、ニコルは目隠しの隙間から外を覗いた。「ブレストだわ。この道、知っています」

兵士の一人がうなずいて、小さく言った。「ブレスト」

トラックは駅前に停まった。片方の兵士が一行を見張り、もう一人が鉄道輸送指揮官のところへ行った。フランス人の乗客たちが不思議そうにハワードの集団をふり返った。ほどなく、彼らは改札を抜けて二人の兵士とともに三等車に乗り込んだ。汽車はパリ行きと思われた。

ロニーが早速いつもの質問を発した。「汽車で寝るって言ったのは、これ?」

ハワードは優しく笑い返した。「私が言ったのは、これではないけれども、この汽車で寝るようになるかもしれないいな」

「ベッドがあるって言ったよね?」

「さあて、それはどうかな」

ローズが言った。「喉が渇いた。オレンジがほしいな」

駅でオレンジを売っていたが、ハワードは金がなかった。子供たちの要求を話すと、ドイツ兵の一人が汽車を降り、人数分のオレンジを買って戻った。子供たちはいっせいにむしゃぶりつき、二人の兵士も負けじと音を立ててオレンジを吸った。

汽車は八時に駅を離れた。各駅停車の徐行運転だった。八時二十分に、ラニッサンという寂しいところに停まった。農場に小屋が二軒あるほかは、あたりに目に付くものもなかった。窓から顔を出して、ニコルははっとふり返った。

「あら! ディーセン少佐」

黒ずくめの制服に黒の軍長靴も厳《いかめ》しいディーセン少佐は、つかつかと車輛に近付いて外からドアを開けた。ドイツ兵は飛び上がるように席を立って気をつけの姿勢を取った。少佐は兵士らにドイツ語で鋭く何かを言って、ハワードに向き直った。

「ここで降りるように。汽車はここまでだ」

ニコルとハワードは子供たちを急《せ》かしてプラットホームに降り立った。澄みきった山の稜線に、今しも日が沈もうとするところだった。少佐が小さくうなずくと、兵士の一人がドアを閉じて、短くラッパを吹き鳴らした。汽車は、ハワードの一行とゲシュタポのディーセン少佐を田舎の小さな駅に残して、ゆっくり遠ざかった。

「ようし。こっちだ」

少佐は先に立って木の階段を降りた。改札も出札所もない無人駅だった。道端に灰色のフォードのワゴンを停めて、運転席に黒服のゲシュタポと、その隣に小さな子供が乗っていた。ディーセンは自《みず》ら車のドアを開けて、少女を降ろした。「コム、アンナ。ヒア・イスト・ヘア・ハワード、ウント・ミット・イーム……」おいで、アンナ。この人は、ハワードさんだ。一緒に、ルプレヒト伯父さんのところへ行くのだよ。

少女は、年寄りと子供たち、それに、髪ぼさぼさの若い娘を順に見やると、生白い細腕を突き出して甲高く叫んだ。「ハイル・ヒトラー！」

「グーテン・アーベント、アンナ」ハワードは丁寧に挨拶を返し、苦笑の体《てい》で少佐に向き直った。「アメリカへ行くには、この習慣をきっぱり絶たなくてはなりませんね」

ディーセンはうなずいた。「私から言おう」彼は少女に諄々《じゅんじゅん》と説いた。少女は目を丸くして何やら問い返した。ヒトラーの名がハワードの耳をかすめた。少佐はハワードとニコルを意識して、いささか紅潮の面持ちで説明を繰り返した。少女の晴れやかな返事を聞いて、運転席のゲシュタポは気遣わしげにディーセンをふり返った。

「納得したと思う」少佐は照れ臭い口ぶりで言った。

ハワードは尋ねた。「どういう返事です？」

「子供は総統を理解していない。しょせんは大人の世界だからな」

ニコルがフランス語で聞き返した。「でも、アンナは何と言いまして？」

ディーセンは肩をすくめた。「子供の言うことは、どうも、よくわからない。もう、ハイル・ヒトラーを言わなくていいのが嬉しいそうだが、そのわけは、総統が口髭をたくわえているからだという」

ハワードは真顔でうなずいた。「子供は、時として奇想天外ですからね」

「まったくだ。ようし、みんな乗ってくれ。いつまでもこうしてはいられない」少佐は警戒の目つきであたりを見回した。

一同は車に乗った。アンナは後ろに移ってハワードの集団に加わり、ディーセンが助手席に乗り込んだ。車が動きだすと、少佐はふり返り、ハワードとニコルのそれぞれに口を紐で結んだズックの袋を渡した。

「パスポートと所持金だ。中をあらためてくれ」

老人は袋を開けた。取り上げられたものがすべてそっくり、手つかずに揃っていた。

車は黄昏《たそがれ》の田舎道を一時間半ほど走った。ディーセンは時折り低い声で運転手に指示を与えた。ハワードは、車が暗くなるまでの時間潰しに当てもなく走っているらしいことを察した。ここかしこの村を抜け、ドイツ兵の立哨する検問所を過ぎた。当番兵がバリケードで車を停め、ゲシュタポの制服を見るなり飛び退って敬礼することもしばしばだった。

途中で一度、ハワードは尋ねた。「どこへ向かっているんです？」

ディーセンは素っ気なく答えた。「ラベルヴラシュだ。例の漁師が待っている」

老人は首を傾《かし》げた。「港には、見張りがいますね」

「今日はいない。前もって手を回してある。そこに抜かりがあるものか」

ハワードはそれきり口をつぐんだ。

十時ちょうど、とっぷり暮れきったところで車は静かにラベルヴラシュの桟橋に乗りつけた。運転手は車を停めると同時にエンジンを切った。ディーセンが先に降りて、しばらくあたりを窺った。怪しい気配もなく、桟橋は静まり返っていた。

少佐は合図した。「来い。早くしろ。声を立てるな」

ハワードとニコルが手を添えて子供たちを降ろした。少佐はニコルを押し止《とど》めた。「下手《へた》な考えを起こすなよ。そこを動くな。一緒に船に乗ろうという素振りでも見せたら、この場で皆殺しだ」

ニコルはきっとして言った。「銃を抜くことはありません。そんなつもりはありませんから」

ディーセンはそれに答えず、腰の自動拳銃を抜き放って暗い中を忍び足で桟橋へ向かった。ハワードとニコルは、一瞬、躊躇したが、すぐに子供たちを連れて後に続いた。黒い制服の運転手がしんがりを固めた。

ディーセンは桟橋の突端からふり返って声を殺した。「急げ」

荷揚げ用の斜路が水に落ち込むあたりに一艘の小船が待機していた。星明かりの空を背景に、帆柱や索具の影が浮かび、船縁《べり》を叩く漣《さざなみ》を除いては、あたりに物音一つなかった。間近く寄って、見ると船は半甲板の漁船だった。ディーセンのほかに男が二人いた。桟橋に立った黒服は、今や見知った運転手、もう一人は船上で、桟橋の輪に通したロープを摑んでいた。

「早く乗れ」ディーセンは言った。「ここで出航を見届けるからな」

少佐はフォッケに向き直って、フランス語で念を押した。「ルトレピエを過ぎるまで、エンジンをかけるな。土地の住民を起こしてはまずい」

若い漁師はうなずいて、おっとりしたブルトン訛りで言った。「大丈夫ですよ。この風で、潮に乗れば」

大人たちは七人の子供を順に船に乗せた。少佐はハワードに声をかけた。「いいか、イギリスへ帰ったら、身を慎め。近々、ロンドンで会おう。九月になると思う」

ハワードはニコルと向き合って、躊躇《ためら》いがちに言った。「これでお別れだね。この戦争が九月に終るとも思えないし、終ったとしても、私はもう年を取って、旅は無理だろう。その時は、ニコル、そっちから訪ねてくれるね？　話したいことは山ほどある。この何日か、こう切羽つまっていなければ、ゆっくり、いろいろな話がしたかった」

「旅行が自由になったら、すぐにも飛んでいきます。ジョンのこと、もっと聞かせて下さい」

ディーセンは二人を遮った。「さあ、もういいだろう、ミスター・イギリス紳士」

ハワードはニコルにキッスした。彼女は一瞬、強く老人を抱きしめた。ハワードは船縁を跨《また》いで子供たちに加わった。

ピエールが言った。「この船でアメリカへ行くの?」

老人は習い性となった忍耐で首を横にふった。「いいや、アメリカへ行くのはもっと大きな船だ」

「どのくらい大きいの?」ロニーが尋ねた。「この倍くらい?」

フォッケは舫《もやい》を解き、棹《さお》で力いっぱい桟橋を突いた。一行とフランスを隔てる黒い海面は一ヤードになり、五ヤードに広がった。ハワードは寂寥を覚え、桟橋に立ち戻りたい衝動に抗《あらが》い、老人の孤独を深く意識しながら、身じろぎもしなかった。

ドイツ人二人に挟まれて桟橋で一行を見送るニコルの姿が徐々に遠ざかった。船は潮の流れに乗って次第《しだい》に速度を増した。フォッケが舳先で綱を手繰り、焦げ茶の横帆がゆっくり重たげに上がった。ハワードは目が潤んで、一瞬、ニコルを見失ったが、すぐにまた、ドイツ人たちと並んで立つ彼女の姿をくっきりと視野に捉えた。やがて、桟橋の人影は夜陰に隠れ、船からは星明かりの空に模糊《もこ》として丘の稜線が見えるばかりとなった。

悲しみに打ち塞いで、ハワードは行く手の広い海に目を転じた。しかし、涙に曇ったその目に映るものは何もなかった。

ロニーが言った。「舵を取らせてくれるかなあ?」

ハワードは答えず、少年は同じことを繰り返した。

ローズは船酔いを訴えた。「気持が悪い」

老人は気を取り直し、沈む心を叱咤《しった》して、子供たちの当座の世話に専念した。冷え込みのきつい夜の海で、子供たちは暖かい衣類も、毛布の用意もなかった。フォッケとも短い言葉を交《かわ》したが、若い漁師は突然の解放に、狐に摘《つま》まれた顔だった。フォッケはまっすぐファルマスへ向かう考えで、コンパスも海図もなかったが、百マイルあまりの海路は通《かよ》い馴れて掌《たなごころ》を指すようなものと自信を示した。ファルマスまでは一昼夜と少しの計算であるという。食料の備えはなく、船には赤ワインが二壜と水筒があるだけだった。

二人は船首倉から持ち出した帆を敷いて子供たちの寝る場所を作った。老人はアンナを一番楽な隅に寝かせてローズに世話を任せたが、小さな母親も、この時ばかりは自分が船酔いで、働きを見せるどころではなかった。

老人が慰めの言葉をかける間もなく、ローズは船端から乗り出して吐いた。外海に出ると、子供たちは、一人また一人、とローズに倣《なら》った。ルトレピエの黒い岩礁を過ぎる頃には、船酔いに苦しむ子供たちの呻吟《しんぎん》で、まるでエンジンをかけているのと変りないありさまだった。船は激しく揺れたが、老人は不快を感じなかった。子供たちの中で、一人ピエールだけは船酔いもどこ吹く風と、船尾にフォッケと並んで立ち、行く手の波に照る月の光を見つめていた。

リバンテのブイで針路を北に取った。子供たちがぐったりと消耗して鳴りを潜めたところで、ハワードは尋ねた。「本当に、方角はわかるのかな?」

フランス青年は軽くうなずくと、月を仰《あお》ぎ、背後に遠ざかる暗い陸影をふり返り、中天に北斗七星を見据えて、前方を指さした。「こっちだ。ファルマスはこの方角です」フォッケはファルマスをフォルムートと発音した。「夜が明けて、エンジンを使えば夕方までには着きますよ」

またしても子供が呻《うめ》きだして、老人は船首へ取って返した。一時間もすると、子供たちは気息奄々《えんえん》と横たわったまま苦しげな寝息を立てはじめた。ハワードははじめてほっと腰を降ろした。ふり返ると、すでに陸は遠ざかり、フランスの見当にぼんやり暗い影が浮かんでいるばかりだった。老人は深い痛恨と孤独を嚙みしめながらブルターニュの方角を透かし見た。心底、ニコルのいるフランスに戻りたかった。

ややあって、ハワードは現実に返った。ここはまだ、イギリスではない。感傷に耽っている時ではない。老人は気忙《きぜわ》しく立ち上がって、あたりを見回した。南東の風は小止みなく、船足は四ノットほどだった。

「順潮だ」フォッケは言った。「この風が持てば、エンジンはいらないな」

若い漁師は胴の間の横木に腰かけたまま、安煙草を吹かしながら、肩越しにふり返った。「右だ。そうだ。ようし、その調子。星から目を離すな」

何と、幼いピエールが全体重を預けるようにして舵輪にすがっていた。老人は言った。「その子は、船を操れるのかね？」

フォッケは船縁越しに唾を吐いた。「今、教えてるとこでね。なかなか吞み込みが速いですよ。舵を取ってりゃあ、酔わないしね。イギリスへ着く頃には、立派な船長だ」

ハワードは少年に声をかけた。「ほう、巧《うま》いもんだな。どうやって、方角を決めるんだ？」

月が傾いた暗夜の海で、ピエールはただまっすぐ前方を見つめていた。「フォッケに教わったの」少年のか細い声は波に掻き消され、ハワードは耳に手をあてがって、やっとのことで聞き取った。「あそこに四角になってる星が目印だって」ピエールは小さな手を伸ばして北斗七星を指した。「あれに向かっていけばいいんだよ。あの星は、アメリカでも見えるって。アメリカは食べ物がいっぱいあるから、犬にもやれて、仲好しになれるって、ニコルのお姉さんが言ってたよ」

ピエールはじきに草臥《くたび》れて、針路は北斗七星からそれた。フォッケは煙草の吸い殻を海に捨ててハワードに舵を任せ、足下に帆布を延べて少年を寝かせた。ほどなく、フォッケも舟板に直《じか》に寝ころんで目をつむり、船はハワードの舵取りで星明かりの海を進んだ。

夜通し、ほかの船に行き合うことはなかった。すれ違ったにしても、互いに無灯火で相手がわからなかったかもしれない。四時半頃、薄明の海に波を蹴立てて、西から一隻の駆逐艦が接近した。

四半マイルあたり手前で減速した駆逐艦を見れば、威風堂々とはいかず、船体は長引く戦乱に赤錆びてみすぼらしいばかりだったが、なおその中に、いくばくかの品格を保っていた。ダッフルコートに制帽の若い士官が艦橋からメガフォンで呼びかけた。「ヴ・ゼット・フランセ？　フランス人か？」

ハワードは叫び返した。「イギリス人もいます」

若い士官は愛想よく手をふった。「プリマスまで、大丈夫か？」

「ファルマスへ行くんですが」駆逐艦の冷却ファンと波の音に遮られて、声は届きにくかった。

「プリマスへ入港しなくてはいけない。プリマスだ。わかるか？」

ハワードはとりあえずフォッケに指示を伝え、駆逐艦に向けて大きくうなずいた。若い士官はもう一度手をふって、後をも見ずに姿を消した。駆逐艦は白く泡立つ航跡を曳いてイギリス海峡を北へ向かった。フォッケの船は煽りを食って大きく揺れた。

フォッケはいくらか東寄りに針路を立て直してエンジンを始動した。船は六ノットあまりに速度を増した。子供たちは起き上がると、たちまち酔いを発して空嘔吐《えずき》に苦しんだ。疲れた体は芯まで冷えきり、おまけに胃の腑は虚ろで、子供たちは息も絶え絶えだった。

やがて陽が昇り、海も暖かくなった。ハワードは子供たちにワインと水をわずかずつ与えた。午前中、夏の陽に輝く海を、船はひたすらイギリスへ向かった。フォッケは時折りハワードに時間を訊き、太陽の位置を確かめて針路を取り直した。昼近く、北を指す彼らは水平線の果てにうっすらと横たわる青い陸影を見た。

三時頃、一隻のトロール船が接近してハワードたちの身分を尋ねた。波に揺れるトロール船の向こうにレイムヘッドの高地が見え隠れしていた。

夕方五時半にレイムヘッドの沖合にさしかかった。平時ならただのヨットに過ぎない小型のモーターランチでイギリス海軍志願予備役の大尉が乗りつけて、重ねて一行の身分を質《ただ》した。

「キャットウォーターはわかるかな？」大尉はハワードに向かって声を張り上げた。「飛行艇の基地がある。ああ、そうだ。あそこへ回って、北側の係留地へ着けるように。難民はすべて、漁獲の水揚げ埠頭へ上陸することと定められている。わかるな？　ようし」

ランチはハワードらの船を離れて南へ去った。漁船はレイムヘッドの端をかすめ、コーサンドを過ぎて、入り江の防波堤を回り込んだ。前方の夕日の丘に、プリマスの町が灰色を帯びてひっそりと港を見降ろしていた。ハワードは港の光景を眺めて密《ひそ》かに溜息を吐いた。自分の国よりも、フランスで過した一時期の方が幸せだったという気がしないでもなかった。

波静かな湾内に錨泊する軍艦や、背後の丘を見て、子供たちはいくらか元気を取り戻し、新たな興味をもってあちこちふり返った。ハワードの案内で、フォッケは軍艦の間を縫うように船を進めた。ドレイク島をはずれたあたりで風が強まり、漁船は焦げ茶の帆を畳んだ。エンジンを絞って、船は水揚げ埠頭に接近した。

埠頭は船でいっぱいだった。各国から難民が続々とイギリスへ流れ込んでいると知れる。空きを見つけて着桟するのに十五分かかった。鷗《かもめ》が鳴きながら頭上を飛び交い、埠頭では労働服の男たちが漫然と難民の船を見降ろす傍《かたわ》らで、休日を過す夏服の娘たちが港の写真を撮っていた。

やっと順番が来て、一行は覚束《おぼつか》ぬ足で梯子を登り、魚市場を埋める難民の群に加わった。ブルターニュの労働者の身なりで、髯が伸び放題のハワードは心身ともに疲労困憊の極みだった。腹を空かせて消耗しきった子供たちは、頼りなげに老人の周りに寄りかたまっていた。

婦人奉仕団の制服に身を固めた厳《いかめ》しい女性が一行をベンチに案内して、怪しげなフランス語で言った。「今、係の者が来ますから、ここで待っていて下さい」

ハワードはベンチにへたり込んだ。体じゅうの力が抜けて、意識が半ば霞んでいた。奉仕団の女たちが何度かやってきて質問を繰り返し、ハワードはただ口に浮かぶままを答えた。三十分ほどして、別の若い女が紅茶を運んできた。これは何よりも有難かった。

人心地がついて、ハワードはあらためて周囲を窺った。品のいいイギリス人女性の声がした。

「まあ、ダイソンさん、ごらんなさいな。男の人が二人に、子供たちがたくさん」

「どこの人たちかしら?」

「いろいろ交《ま》じっているようですよ。あの可愛い女の子はドイツ語だし」

「可哀想に。オーストリアよ、きっと」

別の声が言った。「イギリス人の子もいるわ」

子供たちに同情が集まった。「それは気がつかなかったわ。どういう事情かしらね。みんな、ひどいなりをして。ほら、見てごらんなさい、あの髪の毛! よくまあ、あんなにまで汚れて、可哀想に」女たちははっと口をつぐんだ。「あの気の毒なお年寄り。あれだけの子供たちを連れて、さぞかしご苦労なことでしょう」

ハワードは微《かす》かに頰を緩めて目を閉じた。これこそは、馴れ親しんでよく知っているイギリスだった。老人は心から安らぎを覚えた。

12

最後の爆弾が落ちて、高射砲の音が止《や》んだ。東一帯の火の手はおさまりかけていた。市街のあちこちで空襲警報解除のサイレンが長く響きわたった。

私たちは強張った体で立ち上がった。私は東に面する大きな窓のカーテンと鎧戸を開け放った。窓ガラスが音を立てて床に落ち、硝煙の臭う冷たい風が頰をなぶった。

すぐ下の道路では、レインコートにゴム長靴で、鉄兜をかぶった男たちが疲れを押して、小さな消火ポンプを撤去しているところだった。通りの向こうでは別の一団が窓枠に残ったガラスを鳶口《とびぐち》で叩き落としていた。ガラスの破片は舗道に散って、夥《おびただ》しいクリスタルのシャンデリアが揺れるような音を発した。男たちは手際よくガラスを落としながら、窓から窓へ移った。灰色の冷たい曙光が小雨降るロンドンの空に射し初《そ》めていた。

私は窓からふり返った。「で、子供たちは、無事アメリカへ？」

「行きましたとも」老人はうなずいた。「みんな揃って行きました。キャヴァナー夫婦に電報で、シーラとロニーもアメリカへやるように勧めましてね。テノワは自分から、ローズを頼むと言ってきました。私は知り合いのさる婦人にわけを話して、コーツハーバーまで子供たちに付き添ってもらいました」

「アンナも一緒ですね？」

「ええ、もちろん」私たちはドアの方へ向かった。「今週、ホワイトフォールズのアンナの伯父という人から手紙が届きました。ドイツの弟に電報を打ったそうで、めでたしめでたしです」

「娘さんはびっくりしたでしょう。一時に大勢、小さなお客さんで」

ハワードは声を立てて笑った。「さあ、どうですか。ひとまずは電報で、子供たちを引き受けてくれるかどうか、娘の意向を尋ねましたが、引き取ると言ってきましたから、心配ないでしょう。コステロは子供たちを迎えて、家じゅう、模様替えをしているようです。プールを作ったり、ボートハウスを建てたりしているそうで、子供たちは楽しくやっていると思います」

白々と明け初める中を、私たちは階下に降り、ロビーで別れた。老人を見送って、私は夜勤のポーターにクラブの被害情況を尋ねた。ポーターの話では、屋上に爆弾が落ちたが、爆発寸前に若いアーネストが蹴落としたそうである。ガスと水道が止まったが、電気は無事だという。

私は欠伸《あくび》をした。「夜通し、ハワード氏と喫煙室で話したよ」

ポーターはうなずいた。「時々覗いて、お二人が一緒においでのところを拝見しました。支配人にも言いましたが、あなたが一緒で、私どもも安心でした。あの方はこのところ、めっきり老け込んでいらっしゃるようですので」

「そう、だいぶ弱っているようだな」

「二月《ふたつき》ほど前に、長い旅行からお戻りでしたが、あの旅が、果たしてお体のためにはよかったか、どうですか」
私はクラブを出た。足の下でガラスが音を立てて砕けた。

あとがき

本書はネヴィル・シュートの長編『パイド・パイパー（Pied Piper）』の全訳である。

パイド・パイパーといえば、ロバート・ブラウニングの詩によって文学史上に赫奕《かくえき》たる名声を与えられたドイツ民話の主人公「ハメルンの笛吹き」を人は思い出すことだろう。ザクセン州はハノーファーにほど近いハメルンの町に、突如、ネズミの大群が押し寄せて住民の暮しを脅かす。市長と議会、住民が鳩首談合するところへ、どこからともなく現れるのがパイド・パイパーである。彼は褒賞と引き換えにネズミ退治を請け負い、笛を吹いて町を歩く。その音《ね》に釣られてネズミどもは後に従い、ヴェザー河に嵌《はま》って根絶やしである。が、市長と議会は約束を違《たが》えて、言を左右に支払いを拒む。パイド・パイパーは再び笛を吹いて歩く。今度は町中の子供が家を捨て、親を忘れて彼に続き、コッペルバーグの丘の腹にぽっかりと口を開けた洞窟に消えて行方を絶つ。一人だけ、足が悪かったばかりに取り残された子供は孤独を託《かこ》って悲嘆に暮れるという話である。

ネヴィル・シュートはこの民話とブラウニングの詩を踏まえて、没後四十年余を経た今なお、ますます評価が高まる一方の本書に『パイド・パイパー』の題を付した。初出は一九四二年。

ナチス・ドイツによるロンドン大空襲がネヴィル・シュートに執筆を促したであろうことは疑いを容《い》れない。

一九三九年九月、ドイツ軍のポーランド侵入を機に、イギリス、フランス両国が対独宣戦布告してヨーロッパは第二次世界大戦に突入した。ドイツ軍は瞬く間にポーランドの西半分を制圧し、翌四〇年四月のデンマーク侵攻を皮切りに、ノルウェー、ベルギー、オランダ、ルクセンブルクを次々に攻略して、五月半ばにはフランスの要塞線、マジノ・ラインを突破した。イギリス・フランスの混成軍はドイツ機甲師団の前になす術もなく英仏海峡に追いつめられ、ついに対岸のイギリスへ落ち延びた。将兵三十万が命からがら逃げおおせて奇跡の作戦と言われたダンケルク撤退である。ドイツ軍は余勢を駆って六月十四日、パリに入城。この情勢を見て、イタリア軍は南からフランスに兵を進めた。ドイツ軍はさらに、地上部隊が手薄になったイギリス本土を攻撃し、都市部の空爆は日とともに激しさを増した。これが世に言うロンドン大空襲である。

ざっと掻い摘《つま》んだところ、本書の時間設定は以上の戦況に対応している。現役を退いた老弁護士、シドニー・ハワードがその後に負った心の痛手を養うべくジュラの山村を訪ねた時、西部戦線はすでに風雲急を告げていた。とはいえ、老いの身にとって戦争は出る幕もないどこか遠くの出来事だった。

そのハワードが英仏軍のダンケルク撤退を知り、イギリスへ戻る決心を固めると、戦争はもはや他人事ではなくなった。ひょんなことから預かった、年端もいかぬ子供たちを連れて、ハワードは戦火の中を歩き続ける。非常時の極限情況において、老人、女、子供はいつの場合も無力な被害者である。もとより、彼らには戦う気力も手段もない。にもかかわらず、不条理に泣くことを潔しとしないとなれば、彼らもまた戦わなくてはならない。老ハワードは徹底非暴力の抵抗を自身に与えられた唯一の武器としてその戦いを勝ち抜くのである。

フランスを占領したナチス・ドイツはハワード一行の前に立ちはだかる最大の脅威だが、実はそれ以上に厄介な敵が彼らを窺っている。高齢と幼少。病み上がりの虚弱。少年の無知と、その裏返しである人一倍の好奇心。ナチスに対するポーランド難民孤児の底知れぬ怨念……。それらの条件を積み重ねてサスペンスを盛り上げるネヴィル・シュートは、実に第一級のストーリーテラーである。それぞれに悲劇を背負った子供たちの性格を巧みに描き分けているあたりにも、この作家の並ならぬ筆力が知れる。ゲシュタポの冷酷な査問に答えるハワードは、時にユーモアをさえ覗かせて非暴力抵抗の神髄を発揮する。不撓《ふとう》の意思こそは弱者の利器である。それをネヴィル・シュートは語っている。

これまでのところ、ネヴィル・シュートは我が国で、何故か映画『渚にて』の原作者としてしか広く一般には知られていない。ひとまずここで邦訳のある作品を紹介しておこう。

『渚にて』On the Beach 1957　佐藤龍雄・創元SF文庫
『遥かな国』The Far Country 1952　末永時恵・新潮社

『失われた虹と薔薇』The Rainbow and the Rose 1958　大門一男・講談社
『さすらいの旅路』Pied Piper 1942　拙訳・角川文庫
『アリスのような町』A Town Like Alice 1950　小積光男・日本図書刊行会

生涯に習作と自伝を含めて二十五編の作品を残し、いずれも高い評価を得ているネヴィル・シュートの邦訳がわずかに五編とは淋しい限りだが、これは日本での話で、英米におけるネヴィル・シュートの人気は衰えることを知らない。特にイギリスでは、アガサ・クリスティ、ハモンド・イネスと並んで広汎な支持を得ている作家である。ペーパーバックの廉価本PAN Booksに全作品が収録されており、洋書屋で容易に手に入るから、興味がおありの向きには是非お薦めしたい。

ネヴィル・シュートは一八九九年ロンドン生まれ。オックスフォードのベーリアル・カレッジを卒業して、航空機メーカー、デハヴィランドの設計技師となり、その後、ヴィッカーズに移って飛行船R-一〇〇の開発に携わった。大恐慌時代には自らエアスピード社を起こして数数の新鋭機を世に送ったが、中でも同社の「エアスピード・エンヴォイ」は、アメリカの大統領専用機、エア・フォース・ワンと同格のクイーンズ・フライト、すなわち女王陛下の御料機としてよく知られている。

有能な技術者であり、企業家でもあったネヴィル・シュートはイギリス航空機業界に貢献を果たす傍ら、昼間の緊張からの解放を求めて文筆に手を染めた。処女作は一九二六年発表の『MARAZAN』で、若いパイロットが墜落事故をきっかけに麻薬密売組織の暗躍を知り、対決の末にこれを殲滅《せんめつ》する冒険活劇である。若書きながら、今日の目で読んでもなかなかの出来と言える。

自伝『計算尺』Slide Rule 1954でネヴィル・シュートは語っている。「はじめから小説が売れるとわかっていたら、さっさと航空界から去っていたろうし、だとしたら、ろくな作品も書けずに人生の失敗者で終ったに違いない」

以後、第二次大戦が終る一九四五年までに九作の長編を発表した。ロンドン大空襲を予言した『What Happened to the Corbetts』1939や、グリーンランドを舞台に現代とヴァイキングの世界が交錯する『An Old Captivity』1940、兵士の恋を描いた『Pastoral』1944など、優れた作品がある中で、ここに訳出した『パイド・パイパー』はこの時期のシュート作品の頂点とする評価が一般的である。

戦後、ネヴィル・シュートは航空機業界を退いて著作に専念し、一九四九年にオーストラリアに居を移した。時にオーストラリアの作家と紹介されるのはこのためである。戦争中の怪我のために死期を宣告された男が病院で同室だった三人の仲間を訪ね歩く一種変形のオムニバス『The Chequer Boad』1947、金属疲労による航空機事故を予言する科学者の孤独を描いた『No Highway』1948、今で言うカルチュアショックを主題とする『Beyond the Black Stump』1956など、オーストラリア時代も佳編が目白押しである。そして、代表作『渚にて』、タスマニアで農薬散布に従事するパイロットを主人公に、幻想味溢れる秀作『虹と薔薇』、南太平洋を舞台に、海難事故で命を落とした類縁の跡を弔《とむら》う男の行動を追った『Trustee from the Toolroom』1960と名品を遺して一九六〇年にシュートは没した。
思えばどの作品も物語の楽しさを存分に味わわせてくれる、端正な作風の希有な小説家である。

余談ながら、この『パイド・パイパー』は発表された一九四二年にいち早く、20世紀フォックスがアーヴィング・ピッチェル監督で映画化した。主演はモンティ・ウーリーとアン・バンクロフトで、オットー・プレミンジャーがゲシュタポのディーセン少佐に扮しているのはご馳走である。『名犬ラッシー』のロディ・マクダウェルがハワードと旅のご難に遭う子供の一人で登場しているのも面白い。

また、一九九〇年にはテレビ映画になって、これは日本でも放映されたから、ご記憶の読者も少なくないことと思う。ピーター・オトゥールの名演が印象的だった。

先に記した通り、本書はかつて角川文庫で刊行されている。重版の機会もないまま三十年を経て、このたび、図らずも復刊の僥倖に恵まれた。歳月は手加減なしで、今では訳者自身、老ハワードの境遇に近い。それで、邦題を原著に合わせると同時に、訳文も大幅に改めた。もし、かつての拙訳をご存じの読者がおいでなら、何卒、この間の事情をお含みいただきたい。

二〇〇一年霜月

訳者

解説

北上次郎

本書『パイド・パイパー』は奇妙な小説だ。ネヴィル・シュートは、核戦争によって北半球が壊滅し、その死の灰がメルボルンに到達するまでの静かな終末の日々を描いた『渚にて』の作者として知られているが、それくらいの知識しか持たずに、本書がどういう内容なのかもわからず読み始めたので、そのためもあって、実に面白かった。とはいっても、最初にお断りしておくと、本書は初訳ではなく、ずっと以前に角川書店から『さすらいの旅路』と題して翻訳されている。今回はそれを大幅に改訳して刊行されるので、あるいは以前の版をお読みの方もいるかもしれないが、今だからこそ、本書は実に胸にしみるのである。この奇妙な話が、ではなぜ胸に残るのか。その理由を書くことで解説に代えたい。

本書の主人公は、ジョン・シドニー・ハワードという七十歳のイギリス人弁護士だ。彼が休暇を取ってフランスの片田舎に釣りにいくのが物語の発端である。ジュネーヴまで直線距離で二十マイルという山間の町シドートンで、国際連盟職員のキャヴァナー一家と知り合い、その二人の子供をイギリスに連れていくことになるのが、この物語の真の始まりだ。イタリアが連合軍に宣戦布告し、ドイツ軍がセーヌ川を越えてパリ北方に侵入した朝、彼らの旅は始まる。つまり、ドイツ占領下のフランスを、二人の幼い子供を連れて七十歳の老人が旅していくのである。その様子を克明に描いていくのが本書だ。すなわち、ロードノベルといっていい。

そのディテールを本書は丁寧に描いていく。こういっていいのかどうか迷うところだが、えい、書いてしまえ。本書はなんと、それだけの小説だ。それが実にいい。旅の途中のさまざまな困難を一つずつ克服していくからそれなりにスリリングであり、しかもたっぷりと読ませるので、それだけというのは語弊のある言い方だが、しかし、主人公がなにしろ七十歳の老人であるから派手なアクションがあるわけではない。物語構造は敵地潜入ものの変形バージョンとも言えるのだが、同行するのが幼い子らであるから、この手のものに共通する「内部の裏切り者捜し」も出てこない。苦難に満ちた旅のディテールを克明に描いていくだけである。ようするに、背景があり、過去があり、枝道があるために、どんどん物語がふくれあがっていく昨今の現代エンターテインメントを読み慣れていると、その驚くほどシンプルな物語構造が逆に新鮮に思えてくるということだ。奇妙な小説、というのはそういう意味にほかならない。これほどシンプルなのに、これほど新鮮であることに驚くのだ。

そのディテールが読ませることは書いておきたい。列車に乗って、まっすぐパリに行き、そこから乗り継いでどこかの港町まで行き、船に乗ってイギリスに簡単に帰国できるものなら話は簡単だが、列車は時間通りに走らず、ところどころ不通になっているから、話は簡単には運ばない。やっとバスに乗り換えるとドイツ軍に撃たれて大破。あとは歩くはめになるから（途中でトラックに同乗させてもらったりもするが）、楽ではない。しかも、七十歳の老人一人でも大変なのに、パスポートを持たない幼い子供も一緒だから、旅は余計に困難になる。ドイツ軍が占領している町を通りかかると、幼い子らは戦車に夢中になり、見に行きたいと熱望する。英語は喋らないようにと注意はするのだが、本当にそれが守れるかどうか、老人の心配はつきない。早く旅立ちたいと思っても、幼い子はゆっくりと食事して、なかなか食べ終わらないし、途中で熱を出したり、ぐずったり、喧嘩したり、老人と子供の旅は気の遠くなるような困難の連続なのだ。だから、地味な話だというのに、物語に緊張感が張り詰めている。

次には、主人公の設定だ。ハワードがなぜわざわざフランスの片田舎まで釣りに行ったのかというと、「見知らぬ土地へ逃れて気持を入れ替える必要を意識するほどに苛立ちが募り、もはや矢も楯も堪らぬ思いだった」からで、その心理は次のように書かれている。

「七十に手が届く老人にしどころがなかったであろうことは想像に難くない。戦争がはじまると、ハワードはただちに特別警察官を志願した。法律の知識を役立てるには警察が一番と考えたためである。しかし、警察の考えは違った。老齢の警官に用はない。ハワードは防空警備員を志して同じように断られた。さらに考えのおよぶ限り、あらゆる可能性を探ったが、ハワードが働きを見せる場所はついになかった」

「年寄りにとって戦争は辛い。わけても、男性の老人は気の毒だ。役立たずの余計者に甘んじることを潔しとしない彼らは欲求不満に陥り、戦争はますます老人の心を深く蝕む」

で、イギリス空軍に入っていた息子の死をきっかけに、彼は旅立つのだが、目的の田舎町について、ドイツ軍がオランダに侵攻したというニュースを聞くと、今度は「物情騒然たるロンドンの街頭でイギリス軍の制服に行き合い、緊張と憂悶をイギリス市民と分かち合いた」くなって、帰国を決意する。そのときに、キャヴァナー夫妻から子供のことを頼まれるのである。

自分が七十歳になったとき、「役立たずの余計者に甘んじることを潔しとしない」かどうかはわからないが、キャヴァナーの子供たちに対するハワードの心理は理解できる。彼は次のように思う。「子供たちともっと深く接したいと思ったが、年齢を考えると気後れがして、たいていは庭の松の木の下で遊ぶ二人を遠くから眺めるばかりだった。子供たちが馴染みのない変わった遊びをしているのを見ると、自分も仲間に加わりたかった。幼い二人は、ハワードの遠く霞んだ記憶の弦をそっと掻き鳴らした」

つまり、死んだ息子のこと、アメリカにいる娘のことを、彼は思い出すのである。子供らが幼かったときのことを、しみじみと思い出すのである。小説を読んでいて、失ったものに対する追憶と哀惜の念に出合うと、私はしばし立ち止まるが、このくだりも例外ではない。こういう小説に、私は極端に弱い。胸にしみる、というのはそういうことだ。すなわち、これは老人小説でもある。若い読者が本書をどう読むかはわからないが、中年男性なら身につまされるのではないか。

そして、もう一つ。これは読書の興を削ぐといけないので曖昧な書き方にしておくが、本書は美しい恋愛を描いた小説でもある。ニコルというヒロインのラスト近くの台詞を読まれたい。

そのニコルの力強い台詞を引用したい誘惑にかられるが、ここは我慢。このくだりこそ、本書に託した作者のメッセージなのかもしれないという気もしてくる。未読の方はぜひお読みいただきたいと思う。

訳者紹介 1940年生まれ。国際基督教大学教養学部卒業。英米文学翻訳家。アシモフ「黒後家蜘蛛の会」，ホーガン「星を継ぐもの」，ニーヴン&パーネル「神の目の小さな塵」など訳書多数。2023年没。

検　印
廃　止

パイド・パイパー
自由への越境

2002年2月22日　初版
2024年6月7日　20版

著　者　ネヴィル・シュート

訳　者　池《いけ》　央《ひろ》　耿《あき》

発行所　(株)　東京創元社
代表者　渋谷健太郎

162-0814／東京都新宿区新小川町1-5
電　話　03・3268・8231-営業部
03・3268・8204-編集部
URL　http://www.tsogen.co.jp
フォレスト・本間製本

乱丁・落丁本は，ご面倒ですが小社までご送付ください。送料小社負担にてお取替えいたします。

©池卓実　2002　Printed in Japan

ISBN978-4-488-61602-1　C0197

彼こそ、史上最高の安楽椅子探偵

TALES OF THE BLACK WIDOWERS◆Isaac Asimov

黒後家蜘蛛の会1

新版・新カバー

アイザック・アシモフ

池央耿 訳 創元推理文庫

◆

〈黒後家蜘蛛の会《ブラック・ウィドワーズ》〉——その集まりは、
特許弁護士、暗号専門家、作家、化学者、
画家、数学者の六人と給仕一名からなる。
彼らは月一回〈ミラノ・レストラン〉で晩餐会を開き、
四方山《よもやま》話に花を咲かせる。
食後の話題には不思議な謎が提出され、
会員が素人《しろうと》探偵ぶりを発揮するのが常だ。
そして、最後に必ず真相を言い当てるのは、
物静かな給仕のヘンリーなのだった。
SF界の巨匠アシモフが著した、
安楽椅子探偵の歴史に燦然と輝く連作推理短編集。

アメリカ探偵作家クラブ賞YA小説賞受賞作

CODE NAME VERITY◆Elizabeth Wein

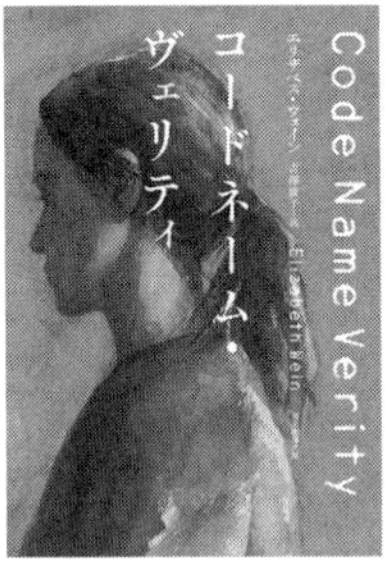

コードネーム・ヴェリティ

エリザベス・ウェイン

吉澤康子 訳　創元推理文庫

◆

第二次世界大戦中、ナチ占領下のフランスで
イギリス特殊作戦執行部員の若い女性が
スパイとして捕虜になった。
彼女は親衛隊大尉に、尋問を止める見返りに、
手記でイギリスの情報を告白するよう強制され、
紙とインク、そして二週間を与えられる。
だがその手記には、親友である補助航空部隊の
女性飛行士マディの戦場の日々が、
まるで小説のように綴られていた。
彼女はなぜ物語風の手記を書いたのか？
さまざまな謎がちりばめられた第一部の手記。
驚愕の真実が判明する第二部の手記。
そして慟哭の結末。読者を翻弄する圧倒的な物語！

ドイツミステリの女王が贈る、
大人気警察小説シリーズ！

〈刑事オリヴァー＆ピア〉シリーズ

ネレ・ノイハウス◎酒寄進一 訳

創元推理文庫

深い疵《きず》
白雪姫には死んでもらう
悪女は自殺しない
死体は笑みを招く
穢《けが》れた風
悪しき狼
生者と死者に告ぐ
森の中に埋めた
母の日に死んだ
友情よここで終われ

2010年クライスト賞受賞作

VERBRECHEN◆Ferdinand von Schirach

犯罪

フェルディナント・フォン・シーラッハ

酒寄進一 訳　創元推理文庫

◆

＊第１位　2012年本屋大賞〈翻訳小説部門〉
＊第２位　『このミステリーがすごい！ 2012年版』海外編
＊第２位　〈週刊文春〉2011ミステリーベスト10　海外部門
＊第２位　『ミステリが読みたい！ 2012年版』海外篇

一生愛しつづけると誓った妻を殺めた老医師。
兄を救うため法廷中を騙そうとする犯罪者一家の末っ子。
エチオピアの寒村を豊かにした、心やさしき銀行強盗。
——魔に魅入られ、世界の不条理に翻弄される犯罪者たち。
刑事事件専門の弁護士である著者が現実の事件に材を得て、
異様な罪を犯した人間たちの真実を鮮やかに描き上げた
珠玉の連作短篇集。
2012年本屋大賞「翻訳小説部門」第１位に輝いた傑作、
待望の文庫化！

史上最高齢クラスの、
最高に格好いいヒーロー登場!

〈バック・シャッツ〉シリーズ

ダニエル・フリードマン◎野口百合子 訳

創元推理文庫

もう年はとれない

87歳の元刑事が、孫とともに宿敵と黄金を追う!

もう過去はいらない

伝説の元殺人課刑事88歳vs.史上最強の大泥棒78歳

もう耳は貸さない

89歳のわたしを、過去に手がけた事件が襲う……。

創元推理文庫

小説を武器として、ソ連と戦う女性たち！

THE SECRETS WE KEPT◆Lala Prescott

あの本は読まれているか

ラーラ・プレスコット　吉澤康子 訳

◆

冷戦下のアメリカ。ロシア移民の娘であるイリーナは、CIAにタイピストとして雇われる。だが実際はスパイの才能を見こまれており、訓練を受けて、ある特殊作戦に抜擢された。その作戦の目的は、共産圏で禁書とされた小説『ドクトル・ジバゴ』をソ連国民の手に渡し、言論統制や検閲で人々を迫害するソ連の現状を知らしめること。危険な極秘任務に挑む女性たちを描いた傑作長編！

スパイ小説の金字塔！

CASINO ROYALE◆Ian Fleming

007/カジノ・ロワイヤル

新訳版

イアン・フレミング
白石 朗 訳　創元推理文庫

◆

イギリスが誇る秘密情報部で、
ある常識はずれの計画がもちあがった。
ソ連の重要なスパイで、
フランス共産党系労組の大物ル・シッフルを打倒せよ。
彼は党の資金を使いこみ、
高額のギャンブルで一挙に挽回しようとしていた。
それを阻止し破滅させるために秘密情報部から
カジノ・ロワイヤルに送りこまれたのは、
冷酷な殺人をも厭わない
007のコードをもつ男――ジェームズ・ボンド。
息詰まる勝負の行方は……。
007初登場作を新訳でリニューアル！

ミステリを愛するすべての人々に――

MAGPIE MURDERS◆Anthony Horowitz

カササギ殺人事件◆上下

アンソニー・ホロヴィッツ
山田蘭 訳 創元推理文庫

◆

1955年7月、イギリスのサマセット州の小さな村で、
パイ屋敷の家政婦の葬儀がしめやかに執りおこなわれた。
鍵のかかった屋敷の階段の下で倒れていた彼女は、
掃除機のコードに足を引っかけたのか、あるいは……。
彼女の死は、村の人間関係に少しずつひびを入れていく。
余命わずかな名探偵アティカス・ピュントの推理は――。
アガサ・クリスティへの愛に満ちた
完璧なオマージュ作と、
英国出版業界ミステリが交錯し、
とてつもない仕掛けが炸裂する!
ミステリ界のトップランナーによる圧倒的な傑作。

CWAゴールドダガー受賞シリーズ
スウェーデン警察小説の金字塔

〈刑事ヴァランダー・シリーズ〉

ヘニング・マンケル◇柳沢由実子 訳

創元推理文庫

殺人者の顔
リガの犬たち
白い雌ライオン
笑う男
＊CWAゴールドダガー受賞
目くらましの道 上下
五番目の女 上下
背後の足音 上下
ファイアーウォール 上下
霜の降りる前に 上下
ピラミッド
苦悩する男 上下
手/ヴァランダーの世界

次々に明らかになる真実！

THE FORGOTTEN GARDEN◆Kate Morton

忘れられた花園 上下

ケイト・モートン

青木純子 訳　創元推理文庫

◆

古びたお伽噺集は何を語るのか？
祖母の遺したコーンウォールのコテージには
茨の迷路と封印された花園があった。
重層的な謎と最終章で明かされる驚愕の真実。
『秘密の花園』、『嵐が丘』、
そして『レベッカ』に胸を躍らせたあなたに、
デュ・モーリアの後継とも評される
ケイト・モートンが贈る極上の物語。

サンデー・タイムズ・ベストセラー第1位
Amazon.comベストブック
ABIA年間最優秀小説賞受賞
第3回翻訳ミステリー大賞受賞
第3回AXNミステリー「闘うベストテン」第1位

これこそ、SFだけが流すことのできる涙

ON THE BEACH◆Nevil Shute

渚にて
人類最後の日

ネヴィル・シュート
佐藤龍雄 訳　カバーイラスト＝加藤直之
創元SF文庫

◆

●小松左京氏推薦――「未だ終わらない核の恐怖。
21世紀を生きる若者たちに、ぜひ読んでほしい作品だ」

第三次世界大戦が勃発、放射能に覆われた
北半球の諸国は次々と死滅していった。
かろうじて生き残った合衆国原潜〈スコーピオン〉は
汚染帯を避けオーストラリアに退避してきた。
だが放射性物質は確実に南下している。
そんななか合衆国から断片的なモールス信号が届く。
生存者がいるのだろうか？
一縷の望みを胸に〈スコーピオン〉は出航する。